遥望故乡月

两木金◎著

天津出版传媒集团

天津人民出版社

图书在版编目（CIP）数据

遥望故乡月 / 两木金著. —— 天津：天津人民出版
社, 2023.6
ISBN 978-7-201-19420-2

Ⅰ. ①遥… Ⅱ. ①两… Ⅲ. ①散文集 – 中国 – 当代
Ⅳ. ①I267

中国国家版本馆 CIP 数据核字(2023)第 082081 号

遥望故乡月
YAOWANG GUXIANG YUE

出　　版	天津人民出版社
出 版 人	刘　庆
地　　址	天津和平区西康路 35 号康岳大厦
邮政编码	300051
邮购电话	（022）23332469
电子信箱	reader@tjrmcbs.com
责任编辑	霍小青
装帧设计	青年作家网
印　　刷	河北浩润印刷有限公司
经　　销	新华书店
开　　本	710 毫米×1000 毫米　1/16
印　　张	17.75
字　　数	250 千字
版次印次	2023 年 6 月第 1 版　2023 年 6 月第 1 次印刷
定　　价	68.00 元

自序一：父母是书

　　我的父母是陕西关中农民，地地道道的农民，除了种庄稼之外，别的什么都不会。他俩都没文化，斗大的字不识一升。和中国数亿农民一样，他们实在是太平凡了，平凡得如同沧海一粟。

　　我喜欢写散文，因为散文轻松愉快，行文无章法，用词无拘束，写作很惬意，任凭那匹思想的野马在辽阔的关中大平原上自由驰骋，文字顺势尽情流淌。一件事情说清楚了，一段情感表达完毕了，文章自然就戛然而止。那种自由自在的感觉真的是美得无与伦比。

　　我平生所写的第一篇散文是《怀念父亲》，为纪念父亲而作，回忆父亲在世时的生活点滴。之后，我又陆陆续续地写了一些怀念父母的文章，原本想着他们普通得不能再普通，渺小得不能再渺小，实在是微不足道，应该没有多少文章可做。动起笔来，才发现父母身上感人至深的发光点实在是太多了，岂能是数篇小小的文章就能描述详尽的？

　　中国农民自古以来就坚忍不拔，特别能吃苦。任劳任怨始终是中国农民与生俱来的优秀品德。在这一点上，我的父母堪称典范。不论经历何种社会变革，不管日月多么艰难困顿，不管生活多么劳累辛苦，他们都自始至终热爱劳动，从不贪图享乐，从不抱怨社会，从不埋怨他人，只一味默默地埋头苦干。只要有一口气在，他们就要尽农民的本分，在庄稼地里流血流汗，春种秋收，该纳粮就纳粮，该交税就交税，一直认为自己所受的磨难，是自己本该承受的。

　　我的父母热爱生活，疼爱孩子，为人父母，不可谓不称职。一对农民大老粗，含辛茹苦拉扯大五个儿女，付出的心血和汗水超乎常人想象，背后的辛酸只有他们自己心里清楚。

　　母亲怀我时，家徒四壁、一贫如洗，苦日子正是绵绵无期，漫长得如同冬日里的寒夜，一眼望不到头。母亲每天连一顿饱饭都吃不上，更遑论什么饮食营养了，因此我刚出生时瘦弱得如同一只病猫。母亲生我后一直奶水不足，声声啼哭的我又倔强得要命，除了母亲的乳汁，其他任何能活命的吃食，比如羊奶、炼乳、面糊糊之类的，甚至是别的产妇的乳汁，我皆宁可饿死也不尝一口，因而我的幼年时期是在饥饿状态下一天天熬过来的。母亲常说，我生下来没被饿死，实属奇迹。

我在一岁多的时候，有一次患痢疾，腹泻不止，村子里卫生所的赤脚医生实在是无能为力。眼看着我奄奄一息了，父母抱着我去找在西安工作的二姑，由她带着去西安市儿童医院给我看病。那大夫看了我一眼，直接说："这孩子不行了。"父母当时就扑通扑通双双跪倒在医生面前，哭着哀求他救救我。也亏了我命大，那次我与死神擦肩而过。为了儿女，父母可以做任何事情，别说放弃尊严，就是要付出生命，他们也不会有丝毫犹豫。

我五六岁时，跟随父亲去西安二姑家。那天早上，父亲带着我到二姑家附近的一个公园去逛。父亲上卫生间，让我在外面等他。不知怎么的，我闲得无聊，一人独自走向远处玩耍，竟然迷失了方向，怎么都找不到那卫生间。我急得大哭，愈走愈远，如一只迷途羔羊，又如秋风中枝头那最后一片摇摇欲坠的枯叶。幸好后来父亲和二姑，还有一群人惊慌失措地在公园大门口找到了我。父亲抱着我号啕大哭，涕泪横流，哭得比我还伤心。

父母心地善良，为人纯朴。那一年，我读高中，村里来了个外乡人，说是寻找三年前丢失的女儿，待至傍晚，无处投宿，便登我家门，求留宿一夜。我当时很不愿意家里容留陌生人过夜，说那是不知底细的人，谁晓得会不会是凶徒。父母说那人面善，看着不像坏人，值得信任，坚持免费给他提供食宿，说出门在外的庄稼汉可怜，能尽力帮人一把总是好的，谁能没有个难处？父母虽然是一对粗糙的农民夫妇，却也通人情、晓事理，平日里常教育我要用功读书，与人为善。这样的家训对我一生的成长，都是大有裨益的。

到目前为止，我所写的散文大多与怀念父母有关，已达数十篇之多，但每当念及父母恩情，仍觉有诸多令我感动的情景值得用文字记录下来，纵使下笔千言万语，每每皆觉意犹未尽。

父母给了我生命，又用他们朴素的生活体验教导我如何去做个心地善良的好人，行得正、走得端，与世无争，淡泊名利，不生害人之心，指引着我在人生的大道上迈步向前。人这一生呀，不过短短的七八十年，未必大富大贵才活得有价值，生命有爱，平淡是真。我的父母用尽生命，不辞劳苦，努力用勤劳的双手为儿女们创造着幸福生活，不问风雨是非，人生的百般滋味都用心咂摸，老实做人、踏实做事。生活中的每一个普通人，都能在平凡中显伟大，烟火一生也会不朽。

父母是一本书，打开篇篇皆文章，读不尽人生的酸甜苦辣；父母是一支笔，挥毫泼墨即生花，写不尽满纸的春华秋实。

是为序。

自序二：我手写我心

人为什么活着？

人不是为自己活着，是为了责任而活：小时候是为了带给父母快乐而活，长大了是为了养家糊口而活，等老了是为了给子女一份爱的寄托而活。

当工作劳累时，我们要像黄牛一样学会忍耐；当人生遭遇失意时，我们要像雪松一样坚强；当生活遇到磨难时，我们要像蜡梅一样，面对寒风暴雪，依旧含笑开放。

没有人像齐天大圣孙悟空那样是从石头缝里蹦出来的，每个人都不可能无牵无挂地活一辈子。

人生的意义在于奉献并获取爱。为了那些爱你的和你爱的亲人能够开心快乐地生活每一天，再多的苦难，我们都要默默并快乐地承受。

唐朝孟郊在《游子吟》里说："谁言寸草心，报得三春晖。"面对含辛茹苦将我们养育成人的父母，人生的意义除了尽孝，还有报恩。何以报恩？子女是父母的脸面，人活着就要给父母脸上增添光彩，要活成父母的骄傲。倘若父母因你而蒙羞，那么这样的人生无疑是一场失败。

我出版了诗集。

我姑问，你挣钱了吗？

我说，没挣钱，赔了好几千块。

我姑问，不挣钱，为什么要写书？

我苦笑了。人在这世界上做任何事情，难道都是为了钱吗？难道我们就不能为了兴趣或者理想，做点什么不为钱的事情吗？

我虽然不能通过自己的文学作品为社会的文明与进步做出多大的贡献，也无法影响他人的思想和行为，但写作对于我而言，是由表及里的莫大快乐。

文学作品不仅会带给读者阅读愉悦和精神力量，而且也会带给写作者面对失意人生的勇气和排除万难的信心。因为写作，在一天只能吃两块钱六个馒头的艰难岁月里，我依旧对未来满怀希望；因为写作，面对生活中的狂风暴雨，我依旧笑容灿烂；因为写作，在漫漫长夜里，尽管辗转反侧，我依旧能看见黎明前的那一道曙光；因为写作，面对冬日漫天的飞雪，我依旧能看见春日暖阳里那一抹姹紫嫣红。

雁燕南飞

梧桐叶黄

寒蝉语秋深

菊花斗妍

一番潇雨

风卷黄花去

风送雪到

寒鸦瑟瑟

怨声冬太早

黄雀落雪

小蛇篱笆梦见春花红

作家葛水平说，用汉字写作，是一件很幸福的事情。生为中国人，理应爱国爱汉字。

雁过留声，人过留名。我们来世上走一遭，怎么能不留下自己的痕迹呢？权势往往如过眼烟云一般容易消散，万贯家财总有千金散尽时，唯有奇文生命永恒、流芳千古。我愿以我手书写我心，用文字记录我曾经的过往。我深信，但凡经历，无不精彩。

目 录

第一辑 遥望故乡月

第二辑　能饮一杯无

第三辑　　红樱桃绿芭蕉

遥望故乡月

我问苍天，心安何处？让我不再茫然。唐朝杜甫言："露从今夜白，月是故乡明。"遥望故乡的明月，父母的音容笑貌历历在目，如今却阴阳两隔，我不禁两行热泪长流不止。

怀念父亲

父亲患病去世至今已经有十几个年头。自从给父亲举办了去世三周年的祭奠活动以后，除了逢年过节回老家给父亲上坟，我对父亲的思念愈来愈淡。父亲在我心中的印象也慢慢地模糊了，很少在我的梦里出现。这是我有意识地要去淡忘父亲，毕竟生老病死乃自然规律，日子总是要往下过，活着的人还要继续快乐地生活。

父亲是个文盲，除了自己的名字，可以说是目不识丁，就是上厕所也分不清楚"男女"两个字。父亲是一个勤劳的农民，一生都在勤勤恳恳地耕地种田，努力地过好日子。

父母一生操劳，生了一大堆儿女，养活一大家子，也实在不容易。

父母生的第一个孩子是个男孩，也就是我的大哥。他生得俊俏又聪明可爱。父母非常疼爱他。但不幸的是，大哥三岁时患病夭折了，父母伤心欲绝。后来，母亲又接连生下了四个女儿，这让一心想有个儿子的父亲非常失落消沉。

那个时候在我老家的村子里，重男轻女的思想很严重，认为女儿长大后要嫁人，是赔钱的，只有儿子才能真正继承香火、传宗接代。谁家要是没有儿子，那在村里人面前会低人一等，说不起话，就连吵架时也会成为别人咒骂的借口。女儿再多，也会被人耻笑。加之农村的实际情况，种庄稼都是重体力活儿，家里没有男丁，干农活儿实在是力不从心。第四个女儿出生后，父亲愁得白天唉声叹气，整夜睡不着觉。刚过满月，父亲就把她送走了。她的养父母是我们本村的亲戚。那对夫妻是城里人，有工作，结婚多年一直没有生孩子，早就想抱养一个女孩子。把孩子送给他们抚养，长大后就吃商品粮，不用当农民，生活过得肯定比我们农家好，所以父母也放心。

之后，母亲又生了一个女儿，再后来才生了我——这个家里唯一的儿子。

因为我是家里唯一的儿子，所以父母几乎把所有的爱都给了我。我小时候，父亲常让我骑在他的脖子上，行走在田间地头、村口巷尾。父亲简直不知道该怎么样来疼爱我，口口声声称呼我是他的心脏。我上小学时，同学们给我起了个外号叫"心脏"。在我读高中之前，家里的日子一直都过得紧紧巴巴。我的童年虽说没有过忍饥挨饿的经历，但缺吃少穿还是日常的状态。家里粮食紧张，平日里总是吃玉米面做的窝头、搅团和鱼鱼饭。过年也没钱买新衣服，我们还是要穿打着补丁的旧衣服。就是在那样艰难的岁月里，父亲总是要把家里好吃的、好穿的优先满足我。父亲脾气暴躁，教育孩子的唯一方式就是用大鞋底子揍屁股。四个姐姐没少挨过他的打骂，只有我例外。父亲很少打骂我。

父亲是个非常本分的庄稼人，除了热爱劳动，没有别的喜好。他视土地为宝贝，种庄稼不怕苦、不怕累，肯出力气不偷懒。无论三九寒冬，还是三伏酷暑，他都把力气和汗水挥洒在自家的那几亩责任田里，养猪养鸡也不遗余力。他不会打麻将，也不会下棋，更不会做生意赚钱，整日只知道去田地里拔草锄地，勤施肥勤浇水，精心侍弄庄稼，如同对待孩子。有的人家的田地里，荒草高过禾苗，我家的庄稼地里几乎看不到一棵杂草，庄稼也都是全村长势最好、产量最高的。在父亲的辛勤劳作下，我上高中后，家里的日子一天天好过起来。父亲用他的汗水，把孩子们一个个养大成人。他也得到了乡亲们的尊重。

虽然父亲没有上过一天学，没有学过加减乘除，但在生活中他领悟了一套只有他自己才能理解的计算方法，算起账来分毫不差。为了供养儿女们上学，父亲办起了家庭养鸡场。他嫌客商批发收购鸡蛋的价钱低，时常自己挑着两大筐鸡蛋去集市上零售，他总能快速准确地计算出鸡蛋的价钱，比我用笔计算得还要快、还要准确。这令我和母亲都感到很神奇。

父亲是个大老粗，没有文化，但他明白读书对一个人的重要性。他常对我说："爹这辈子吃够了没念书的亏，不识字被人骗，没文化不会说话被人瞧不起。你可要好好读书呀，不能像我这样，一辈子都活得糊里糊涂。有知识的人明白事理，受人尊敬。"我牢记父亲的教诲，虽然从小就不喜欢农业劳动，怕苦怕累，但始终把读书作为人生的不懈追求。

父母竭尽全力供养我们姐弟上学读书，可惜四个姐姐没有一个考上大学，只得回家务农。每当看到别人家的孩子考上大学，成为公家人后风风光光地回村看望爹妈，给爹妈买这买那的，父亲总是很羡慕，又难免生出许多羞愧。他常伤感地对我说："你四个姐姐念书，没有一个成才的。你可要'不蒸馒头争口气'，不要让村里人看咱家的笑话。"

后来我考上了重点大学，这让父母感到很光荣。父亲说："这下我也能在村里人面前挺直腰杆了。咱祖祖辈辈的农民家庭，终于培养出来了大学生。"我大学毕业后，被分配到电视台当了记者，这更让父亲感觉到无比荣耀。每当我采编的电视专题片播出时，父亲都会提前招呼来周围邻居，打开电视收看我的节目。当节目中出现我采访的画面时，父亲都会激动地大喊："看，这是我儿！"看了我的节目，他好几天都会在村子里见人就问："那天的电视节目你看了吗？看到咱林林了吗？"如果乡亲们说几句好听的话，就会让他非常开心，多日里连走路、睡觉都在笑。

一次，母亲给我打电话，抱怨道："你爹现在'披着被子上天——张狂得没领子了'，说他儿子在电视台当记者，本事多大。你不如打个电话，说你工作出事了，吓唬吓唬他。"我也明白自己只是个普通记者，没有多大能力，只是努力完成平凡的工作而已，父亲在乡亲们跟前张狂不太合适，后来就给父亲打电话，谎称自己在工作中顶撞领导，被单位开除了。母亲知道我是在吓唬父亲，并不担心，倒是把父亲吓得不轻，慌忙要连夜赶往西安来看我。看到父亲急得坐卧不宁，母亲才实言相告。此后，父亲果然低调了许多，再看我制作的电视节目时，就不再邀请乡亲们了，也不在别人面前提说我工作上的事情了。

后来，我回家时，父亲高兴地告诉我，现在村里人对他更加尊敬了，和他说话时都是客客气气的，也没有人再喊他的外号了。

父亲生活简朴，就是喜欢抽烟味浓的旱烟叶子，简直是烟不离口，一锅接着一锅地抽旱烟。我也劝过他少抽烟，但父亲说不抽烟，干活儿没劲儿。母亲说，父亲只有抽烟这一点爱好，让他把烟戒了，那生活还有啥乐趣，随他去吧。我参加工作后，每次回家都会给父亲带几条好烟，劝他不要再抽旱烟了，那对身体伤害太大。后来回家时，发现父亲抽的还是便宜的香烟，我问其缘由。母亲说，父亲舍不得抽好烟，每次都把我送给他的好烟拿到村子里的小卖部，换成便宜的香烟抽。我很恼火，劝父亲不必这样省钱。父亲说："我就爱抽便宜烟，你那好烟没劲儿。"

我工作后，家里的经济状况大为好转。我劝父亲别再种田了，别把人累出个好歹来；要他把责任田都托给别人去耕种。他当了一辈子农民，把力气都用尽了，现在年纪大了，也该好好休息了，但父亲坚持要种庄稼，说农民不种地，那还算个啥农民，那不就成了二流子嘛！直到后来卧病在床，父亲才没有再下地干活儿。在弥留之际，父亲对我说："等我病好了，还要种庄稼，一年还能给你攒几个钱。"闻听此言，我的心在痛，默默地泪流不止。

为了儿女们，父母一生吃了不少苦。我工作后，他们本该好好享福了，可是父亲竟永远离我而去了。每当想到这些，我总是忍不住心中生出很多愧疚和遗憾。我想还是对母亲多尽些孝吧，以此来弥补对父亲的亏欠。

算　命

母亲生在旧社会，小时候还缠过足，后来获得了解放。母亲年幼时因为无法忍受缠脚骨断筋折的剧烈疼痛而整日哀号。她的爹，也就是我的姥爷心疼地说："嫌疼就不要再缠了，长成啥样算啥样。"此后，她的一双脚只有五个脚趾头扭曲变形，整个脚掌发育基本正常。

母亲没有上过一天学，连识字班都没有进过一天，是个彻彻底底的文盲。她甚至连自己的名字都不会写，但偏偏相信算命。

父母女儿成群，儿子独有我一个。因而，他们对我寄予厚望，殷切地盼望着我能读书成才，光宗耀祖，也好改变一下这世代务农、一贫如洗的家境。"望子成龙"一直是父母没有被饥寒交迫的贫困生活打倒的精神动力。

在我读小学的时候，母亲一次带我去碎姑家走亲戚。碎姑是她们村卫生院的赤脚医生，人脉广，说邻村有位算命先生，很有些本事。母亲便有了心思，想让人家看看我长大能不能有出息。碎姑便一大清早带着母亲和我去拜访那位先生。

到那位先生家里时，他正在吃早饭。他五十多岁的样子，干瘦精明，目光如炬，吃的是苞谷糁就着搅团饭，玉米面窝窝头就着咸菜丝，和普通庄户人家并无两样。那时候，农民家家日子都过得恓惶。这算命先生竟也算不出来怎样提高自己的伙食标准。

我们一行三人耐心地等待先生用完早餐。放下碗筷后，先生问了我的生辰八字，又端详了一番我的长相和手相，许久后才点着头说："你这娃不是土里刨食吃的，长大了能坐小卧车。"先生一席话，说得母亲和碎姑喜笑颜开。母哆哆嗦嗦地从怀里掏出一块折叠得整整齐齐的蓝手帕，打开手帕，里面是一张五元钱的钞票。母亲连眼睛都没眨一下，就毫不犹豫地把钱递给先生。先生倒也不推辞，毫不客气地接过钱，装进了衣兜。事后母亲常念叨，那五块钱着实让她心疼了一阵子，那可得卖一只正下蛋的老母鸡呀！父亲安慰母亲道："只要人家算得准，这钱就花得值！"

我读高三那年，母亲担心我考不上大学，就想找人算一卦。三姐家在谷米寺村，农历二月，春暖花开时，村里举行庙会。母亲去三姐家逛庙会时，特意留心那些看相算命的先生。在一个神鸟占卦的摊位前，母亲看得出神，怎么都迈不动步子，问人家："算一卦多少钱？"那先生年过花甲，雪白的山羊胡子格外引人注目，似乎透着一股道骨仙风。他并不言语，只是神秘地伸出右手的五指。母亲问："五块？倒也不贵。"那先生笑了，摇摇头说："五十块。""你这神鸟灵吗？""不灵不要钱，先算卦，后付钱。"母亲点着头说："这能行，这能行。"

得知母亲为我升学占卜，先生拿出一张小纸片，写下我的名字，打开鸟笼，嘴里吹声口哨，那只小黄鸟便跳出笼门。先生将纸片递到鸟嘴前，小鸟一口衔住纸片，径直走向旁边几只倒扣在地上的碗，将小纸片放至其中一只碗的碗底上。先生揭开碗，拿起里面一块方方正正的竹板，一边端详，一边用手指掐算着，片刻后笑着向母亲道喜："你儿今年能成事。"

母亲欢欢喜喜地掏出五十元钱给了那先生。

那一年，我高考落榜。

母亲失望地说："咋会这样呢？神鸟都说了，能成的！"

我说那些算命的都是信口雌黄，专拣好听的话说，不过是为了骗钱，让母亲不要再上当受骗。

第二年，我上了补习班，学习成绩一直很优秀。母亲依旧放心不下，说今年如果再考不上大学，就让我认命，死了吃商品粮的心，回家跟着父亲好好种地，踏实当个农民吧。

那时候，母亲托人给我说了几门亲事都没成。她很沮丧，又打听到附近村子有一个神汉能掐会算，便提着一篮子鸡蛋去登门拜访，求人家给我算一卦，预测一下我的婚事和前程。

听了母亲对我的描述后，那神汉掐着手指头，抽着香烟，一脸凝重地说道："你娃这名字起得不好。这金克木，你看那锯子能锯断木头，姓金岂能名林？有如此不吉之名，莫说今年的婚事难成，就是你娃娃想要考学成名，恐怕也是难上加难。"母亲急切地问道:"那我娃今年考学是没指望了?"那神汉沉思片刻说:"你娃想要转运,非更名不可。"母亲更加着急了:"改名得去派出所改户口本,这不是一时三刻就能办利索的事情。这马上高考了,现在改名字,怕是来不及了吧?"那神汉摇摇头说:"那这事情就麻烦了,回天乏术,只能认命了。"母亲付了一百元,惴惴不安地回家了,很长一段时间,情绪都很低落,不言不语的。

高考估分后,我信心十足,最终以优异的成绩考上了重点大学。

当我把西北大学新闻系的录取通知书从学校拿回家时,母亲爱怜地摩挲着通知书,眼里闪着激动的泪花,喃喃道:"算命的净胡说,我再不信了!"

咥　面

一说起陕西，你肯定会想到那几句民谣："八百里秦川尘土飞扬，三千万儿女齐吼秦腔，咥一碗黏面喜气洋洋，没放辣子嘟嘟囔囔。"

陕西人爱吃面，天下闻名。我是陕西人，自然嗜面如命。

判断一个人是不是陕西人，你请他吃饭，一试便知。你问他："伙，我请你吃饭，你说吃啥？"如果他毫不犹豫，脱口而出："咥面！"那十有八九就是个陕西楞娃。你就是请他去海鲜城吃大餐，酒足饭饱之后，他还喊服务员过来问："女子，你这儿有面吗？"那毫无疑问是个老陕。

你去陕西关中农村游玩，常会看到一老者或者少年端一个比脑袋还大的海碗，蹲在门前一大石凳子上，挑起宽如裤带、长有几米的油泼扯面，双眼瞪得溜圆，额头青筋暴起，狼吞虎咽，吃得热汗如雨。你问之："乡党，早上吃啥饭？"对方必定会回你一句："咥面！""午饭呢？""还咥面！""晚饭呢？""还咥面！"

陕西人对面的热爱已经达到了登峰造极的地步。陕西关中平原盛产小麦和玉米。现在人们生活条件好了，不缺粮食。玉米多用于工业生产，不再是人们餐桌上的主食。小麦粉做成的面食就成了一日三餐的主食，越吃越爱，咋吃都不腻。

我自幼喜爱面食，但那时候家里穷，粮食少，白面粉非常昂贵。大多时候，家人一日三餐吃用玉米面做成的窝头和搅团、鱼鱼饭，吃得人胃发酸，常吐酸水，又不耐饱，刚吃饱饭一会儿又饥肠辘辘，浑身乏力。只有在招待客人时，家里人才能吃上一顿雪白的面条。把那长长的面条放进嘴巴里咀嚼，再咽到肚子里，那种醉人的麦香味始终在身体里荡漾，真的是回味无穷。我做梦都在想，啥时候能顿顿把雪白的面条吃个饱，那肯定就是天底下最幸福的生活。

直到我读初中，家里一直缺粮。每年春节前，庄户人家都要准备好过年用的面粉。父亲把金黄色的玉米和土灰色的小麦拌在一起，磨成浅黄色的混合面粉，把它叫作"幸福粉"。母亲用这种面粉蒸出来的馒头是浅黄色的，擀出来的面条也是浅黄色的，吃进嘴里，粗糙松散没有嚼劲儿，麦香味淡了很多，不好下咽。吃着"幸福粉"，我享受着新年的幸福。

在困难年月，但凡农家婚丧嫁娶，不论贫穷富裕，主家摆宴招待客人，千篇一律都是汤汤面。老家人也叫它哈水面，类似于岐山县的臊子面。厨师摊好鸡蛋薄饼，切成菱形，把韭菜或者大葱切成碎末，胡萝卜切成细丝，拌上泡好的黄花菜和黑木耳，再熬制一大锅汤，倒入菜油，将切好的各样菜倒入汤内，放进红烧肉片，调上辣椒、盐、醋。这一大锅臊子汤就做好了，汤讲究"煎稀汪"。面条可以是机器压制的，也可以是手擀细长面条，讲究"薄筋光"。面条煮熟，捞一筷子进碗，多浇臊子汤，面少汤多，味道讲究"酸辣香"。食者只吃面，不喝汤。成年人一顿吃个二三十碗，还意犹未尽。外地客人不知晓此种吃法，端起瓷碗，吃面喝汤，两碗就撑得腹胀难受。

记得我读高中时，家里过日子已开始"芝麻开花节节高"，一年比一年好过了，常年都是粮仓满谷，再也不缺粮食吃了。白馒头、白面条，可以放开肚皮吃了。母亲会做各种各样的面条，有宽面、细面、柳叶面，有扯面、棍棍面，有苞谷糁面、南瓜面、扁豆面。我就算每天吃一样面，连吃两三个月，都不带重样的，天天吃面，依然乐此不疲。

我的高中学校距离家里不算太远。我每天早上骑自行车去上学，需要骑行三四十分钟，才能到学校。我中午在学校吃饭，下午放学后再骑自行车回家，行至村口，老远就看见母亲站在家门口，望着村口我回家的方向，翘首期盼。

看见我回来了，母亲慌忙去煮早已擀好的面条，几乎每天都是同样的面条。我总要美美地吃两大碗黏面才能饱，天天如此，数年不变，我竟从未感到过厌烦。

我考大学那个年代，大学生的身份有两种。一种是国家统招统分生，也就是公费生，另一种是自费生。两种不同身份的大学生，学费和待遇有天壤之别。公费生学费很少，军校、公安和师范院校学费都是全免的，每月还可以享受国家补贴，毕业后一般都包分配。自费生学费昂贵，没有公费生那样的待遇，心理上也会觉得比公费生矮一大截子。记得那一年我参加高考，距离公费生的分数线仅差一分。在那个三伏天里，我去学校查看高考成绩后，垂头丧气地回家。当时，身材瘦弱的母亲正背着巨大的喷雾器，给鸡舍喷药消毒。母亲热得满头大汗，上衣几乎被汗水浸透，努力挺起被沉重的喷雾器压弯的腰，问我考上了没有。我摇摇头说："公费大学差了一分，我不想读自费。"母亲一脸沮丧。我看出了她的失望。母亲沉默了片刻，放下喷雾器说："明年再来，咱坚决不能当农民，你吃不了那苦。妈给你擀面。"我至今想起母亲当时那失落的眼神，就忍不住心里一阵酸楚，觉得很对不起她。

第二年，我发奋读书，终于以优异的成绩，考上了西北大学新闻系，成为统招统分的公费生。那时候，公费大学生录取率很低，考上很难。十里八乡，一年也出不了几个大学生。考大学是我这样的农家孩子跳出农门的唯一出路。母亲不想让我跟她一样，一辈子在土里刨食。得知我考上了大学的那一刻，母亲脸上露出了灿烂的笑容，难以掩饰心中的自豪与骄傲，对我说："我儿终于把事情弄成了。妈给你擀面。"

上四年大学期间，每年寒暑假，我都回农村老家。我始终不喜欢吃炒菜，更讨厌吃米饭。母亲每日都换着花样，给我做面条吃。那时候，我常对母亲说："等我大学毕业，工作挣钱了，再也不吃面了，顿顿要吃鸡鸭鱼肉。"母亲说："你要好好读书，以后工作了，想吃啥都行。"

大学毕业后，我幸运地被分配到陕西电视台当记者，有了一点经济能力，可以吃好一些的饭菜，不用顿顿吃面。我吃过山珍海味，也吃过饕餮盛宴，但最终还是厌烦了，总觉不如端起大海碗，咥一碗面条舒坦。每次回老家看望父母，我都得吃一碗母亲做的手擀面。

我爱吃面的饮食习惯就这样一直延续下来，经久不变。有时候去外地出差，我两三天不吃面，便觉食而无味、人生无趣。妻子总说我不会享受生活，进城二十余年，仍旧是个农民，一辈子就知道吃面。我自嘲道："我对面条情有独钟、痴心不改。这体现了一种真诚执着的精神。这是做人做事的优秀品质。"

十多年前，父亲因病去世。我把母亲接到西安一起生活，但母亲一直不习惯城里的生活，说单元房就是牢笼，城里人没有人情味，邻里间互不相识、互不来往，抱怨生活就像蹲监狱。每次来西安住一段时间，母亲就嚷嚷着回农村老家，说那才是人过的日子，自由自在的。担心母亲回农村生活，一个人不方便，我就坚持不让她回老家。母亲思念故土心切，身体总会生出各种不适，有时候几日水米不进、彻夜不眠。我带母亲去医院检查，除了血压高和心脏有点小毛病之外，再无大恙，只得送母亲回老家。说来也奇怪，一回到老家宅子，母亲饭量也大了，晚上躺在自己家的土炕上，睡眠异常香甜。

　　我已过不惑之年，虽然饭量明显不如从前，最怕晚饭吃多了，撑得难受，夜不能寐，但始终没有改变的，仍是对面食的喜爱，甚至是越发强烈，几日不吃面，便浑身难受。每当嘴馋想吃面时，我还是觉得天下美食，最香不过家乡的面食，不过母亲手擀的那一碗黏面。

十里蒜香

父亲是个老蒜农，种了一辈子大蒜。他种的大蒜是村子里最好的。

种大蒜比种粮劳累很多，大多年份却不如种粮收入高，遇到大蒜贵贱都卖不出去时，这一年的辛苦往往会打了水漂儿。尽管如此，父亲还是年复一年地坚持种大蒜。他说，种粮食有吃的没花的，家里纳粮缴税、日常花费、娃娃们穿衣上学，哪一样不得拿钱说话？咱农民就没有这个来钱的门道。种蒜再苦、蒜再不值钱，多少能见个活钱，不种大蒜，这日子咋过得动呀？

大蒜种植周期长。当年七八月份，父亲要把蒜种子种到地里，来年六月初挖大蒜，种一季大蒜要劳累近一年。到头来，能否换来全家人一年的花费，就听天由命了。

父亲种庄稼舍得出力气，浇水、施肥、拔草，总是尽心竭力。农闲时节，父亲整日扛着锄头在田地里锄草。那大蒜地里连一根荒草都没有，比我家院子还要干净。他蹲在地头，吧嗒吧嗒地抽着旱烟，望着一行行绿油油的粗壮蒜苗，咧开嘴笑道："明年没准能多卖两个钱呢！"

种大蒜是极苦极累的农活儿，从种到收，全靠人力辛苦劳作。种大蒜时，父亲把大蒜骨朵儿掰成一粒粒蒜瓣，精挑细选个头儿大的作为蒜种子。种大蒜一般都在三伏天，早了或者晚了都不利于大蒜发芽生长。全家老少每人挎着一篮子蒜瓣，钻进一人高的玉米洞子里，或跪或爬地把一瓣瓣蒜种在地里。

那时节，玉米洞子密不通风，闷热难耐。农人在地里劳作时，身上的热汗顺着沟子渠渠儿往下流，脊背一个劲儿地往外蹦痱子，间或不小心碰着玉米秆，那穗顶上的玉米花粉便唰唰唰地落在农人的脖子上，钻进后背里，刺痒得如同千万只蚊虫在叮咬。

冬日的清晨，父亲用扁担担着两桶尿，一行行地浇灌蒜苗，拉着架子车，将攒了大半年的鸡粪和猪粪一车车拉到地里，给蒜苗施肥。

有一年冬季干旱，蒜苗都拧成了绳。正月里，乡亲们排队给蒜地浇水。那天，轮到我家浇水时，夜幕初垂，家里没有手电筒，父亲扛着铁锨出门了。那夜特别黑，特别冷。令全家人意想不到的是，半夜三更，父亲突然浑身水淋淋地回了家，上下牙床冻得咯咯响，浑身抖得如同筛糠。母亲吓了一跳，问，咋了？父亲说，天黑看不见水渠岸，一步没踩稳，掉进臭水渠里，幸亏水不深，否则可能就没命了。母亲让父亲上炕暖一暖。父亲摇着头说，地还没浇完水。说完便匆忙换上干衣服，又出门了。

好不容易熬到可以打蒜薹卖钱时，那又得顶着炎炎烈日，小心翼翼地把一根根蒜薹抽出来，拉到市场去，还未必有人要。

挖蒜头也是一项累人的农活儿。父母用长长的铲子小心谨慎地费力挖出一颗颗埋在土里的蒜头。工夫不大，手掌心就被铲子柄磨出了水泡。新挖的大蒜怕沤，堆在一起，三两天就沤烂了。农活儿逼迫着勤劳的父母不分昼夜地劳作。

大蒜丰收的季节，整个村落里飘荡着浓浓的大蒜的辛辣味道。父亲常说，这真是十里蒜香呀！那时候，我对生活的体验很肤浅，闻不到蒜香味，只感觉有浓郁的臭味长久不散。我疑惑地问父亲蒜香何在？他说蒜香呀，全在这一年的好收成里。

父亲把对美好生活的希望都寄托在这一颗颗大蒜上，然而总是失望大于希望。在收获的季节里，父亲难得一见的是喜悦，总是要面对蒜价低廉、没有销路却又无计可施的愁肠百结。有一年，打下的蒜薹没人收，在家里堆放了两三天就发黄发干，再放就只能当垃圾倒了。无奈之下，父亲只得给客商赔着笑脸，苦苦哀求人家以每斤一毛钱的低价收购了。一亩地的蒜薹卖不到一百元，连种子钱都不够。

等到大蒜销售时，价格更加惨淡，一斤只卖不到五分钱。我和父亲拉了一架子车十几袋子大蒜去卖，客商只给不到五十元。父亲心疼得卖不下去，又把那车大蒜拉回家。一路上，父亲情绪低落，几欲落泪。那年，父亲种下的八亩大蒜没有卖一分钱，全拌在玉米里给鸡打了饲料。

除了精神困顿、心情沮丧之外，对于父亲来说，一成不变的唯有身体总是要承受超负荷劳动带来的疲惫不堪。农忙时节，父母都在用生命劳作。白天，父亲用架子车把大蒜一车又一车拉回家，堆积如山包；晚上，父母几乎彻夜不眠，要赶着时间把大蒜编成长长的辫子，挂在门前搭好的木架子上。

那几天是农人最繁忙、最劳累的艰难时刻。家家院门口皆搭好了木架。一堆堆大蒜营造着丰收的气氛。高高挂在大门口的电灯整夜不灭。蛾子围着灯泡不知疲倦地飞舞着，把灯泡撞得砰砰砰直响。夜深了，街坊四邻仍在忙碌着，一边干活儿，一边高一声低一声地唠家常，盼望着大蒜能卖个好价钱，谋划着各自的日月。这种劳作和闲谈的有趣场景异常生动热烈，平日里极为罕见。于是，整个小村庄就有了灵动的气息。

顺着街道放眼远眺，家家户户门前错落有致的木架子上满是密密麻麻的蒜头，一条条如柳枝般垂下的蒜辫子承载着农人对美好生活的向往。

那段时间，房前屋后随处可见大蒜。每日吃饭时，邻居们端着大海碗吃着各种面条，互相串门子，不论走到谁家，随手在地上捡起几瓣蒜，剥了皮，就着面条吃得热汗淋漓，肆意挥洒着农夫的豪放之气。

那时候，乡亲们都是盲目跟风种蒜：今年大蒜值钱了，明年家家都种；来年蒜贱伤农，后年便无人种蒜。由于家乡大蒜种植都是以家庭为单位的分散经营方式，在生产和销售过程中，信息传递不畅，生产缺乏协调和统一，因而农户种蒜常常赔钱。

父亲种大蒜过好日子的愿望总是难以实现，但他依旧坚持年年种蒜。我参加工作后，家里经济状况好转了，我劝他不要再费力劳神种蒜，但他还是执拗地要种大蒜，说自己只有这点能耐，不种大蒜，还能干点啥挣钱的活计？

父亲去世后，家里的庄稼地都交由三姐耕种，我家才彻底断了种大蒜这门苦营生。

时至今日，我每次去菜市场，看到有人卖大蒜时，总会情不自禁地想起父亲当年种蒜的辛苦，心里往往一片酸楚。

织布机

近来，母亲住在乡下的大姐家。

前不久，我去大姐家看望母亲，正巧碰见大姐在家里织布。大姐坐在织布机上，双脚轮流踏下踏板，两个缯便分出高下，均匀穿过缯眼的经线便被分成两层。大姐左手将线梭子从两层经线中扔过，雪白的纬线便从左至右交错穿过五颜六色的经线。随后，大姐右手哐当一声，用力拉动机杼，将经线和纬线压紧。这样的动作来回反复，一匹五彩的带着各种图案的粗布就逐渐呈现在眼前。但见大姐双脚上下踩踏踏板，双手轮换操作梭子和机杼，动作轻盈美妙，如同弹琴。

母亲年纪大了，再也无力操作这台织布机了。她坐在一旁，痴迷地看着大姐织布。

"这是咱家的那台织布机吗？"我问母亲。

母亲点点头，笑着说："就是的，它比你年龄还要大，用了六十多年了！"

我很惊讶地问大姐："用了这么多年，这台织布机还能用吗？"

大姐满意地说："可以的，很好用。"

当年，我爷爷奶奶、大伯家和我家还在一起生活。一大家子十几口人，穿衣服费布料。因为伯父母两人都是教师，伯母无暇做手工，所以一家人穿衣全靠我奶奶和我母亲婆媳俩纺线织布，手工缝制。每次织布，母亲都得向村里乡亲借织布机。那时候，庄户人家少有织布机，想顺利及时地借到织布机也不容易，往往需要提前一两个月预约。为了解决织布机的难题，我爷爷想到让当木工的小姑父给家里做一台织布机。于是，我爷爷砍倒了门前那棵一人都搂不过来的洋槐树。那棵大槐树长了多少年，我爷爷也说不清楚。他只记得小时候常爬上树摘槐花，做槐花麦饭吃。

就这样，小姑父用那棵大槐树做成了这台织布机。这是一台全手动、纯木料制作的织布机器。织布机形似木床，高约一米七，总长一米八，宽度有九十厘米，主要由主体、梭子、挡板、踏板、绳索、滚筒等组成，木料厚实耐用，笨拙中显现古朴。人坐在织布机一头儿，脚踩踏板，手穿梭子，手脚配合巧妙，将经纬线紧密挤压在一起，一丝一缕地织出各色布匹。

后来分家时，在母亲的要求下，我爷爷将这台织布机分给了我家。

小时候，我很喜欢看母亲纺线织布，感觉那很神奇，总想看个明白，经过压花、弹花、纺线、染线、经线、刷线、做缯穿线、吊机，再经过拴布、织布等十几道工序后，那一大包袱洁白如雪团的棉花，就变成了一匹匹或白或灰或黑的各色布料。

在那个年代，冬天农闲时，母亲便会纺线织布。晚饭后，母亲点起煤油灯，把纺线车放在炕头上，将弹好的棉花用手搓成如麻花一般粗细的长条，整齐地摆放在一个小小的箩筐里。母亲右手摇动纺线车把手，纺线车便会飞快地旋转起来，左手拿起棉花条，轻轻地捻出一丝线头，在转动的轴头伸出的杆上一绕，然后慢慢往后拉线头，一条细细的棉线便缠绕在滚筒上。在昏暗的煤油灯光下，纺线车发出嘤嘤嗡嗡的声响，如同催眠曲一般。听着这声音，我和姐姐们躺在热乎乎的火炕上，一会儿便昏昏欲睡了。有时候，我半夜爬起来，看到母亲仍在不知疲倦地纺线。

经过好几个月的辛苦劳作，母亲终于织出了花花绿绿的布匹。那时候，家里没有缝纫机。母亲手很巧，将织好的粗布手工缝制成全家人的衣物。母亲织的布匹，家人穿衣是用不完的。父亲便把这些布匹拿到集市上出售，买回来油盐酱醋等生活用品。

有一年夏天，全家人在地里收割麦子。母亲的上衣不知道穿了多少年，已经有几处裂开了口子，裤子的屁股和膝盖处也有补丁，颜色不一。我看着非常别扭，便问道："妈呀！这些衣裤有那么多的补丁，真难看。咱家有那么多你织好的白布、黑布、蓝布，你咋不做身新衣服穿呢？"

母亲笑着说："夏天热，旧衣服穿着凉快。"

我不悦地说："衣服补丁太多，羞死人了。纺线织布不穿新衣服，留着新布干啥，能生崽子吗？"

母亲又笑了，说："布不能生崽子，却能生钱。你和四个姐姐下学期的学费、家里的花销都指望它呢。"

我愤愤不平地说："你啥时候能穿上好点的衣服呢？"母亲寒酸的穿着让我感到很难堪。

母亲满怀希望地说："你要好好读书，以后学成了，当个公家人，把头钻进洋面袋子，能挣钱了，妈就再不穿这破烂衣服了。"

努力读书才能过上体面的生活。从此，这个观念便在我幼小的心灵里扎下了根。这或许是我日后将读书作为一生追求的最原始动力。

织布就必须得纺线，纺线就得有棉花。在很长一段时间里，父亲每年都要种几亩棉花。种棉花是很费气力的农活儿。棉花害虫很多，且这些害虫生命力都极其顽强。棉花从小苗到开花，一直都有地老虎、金龟子、棉铃虫等在祸害，需要隔几天就要喷洒一次农药。那些年雨季多，棉株耐旱不耐涝，都长得又粗又高，但开花很少，棉花产量很低。

父亲听说棉秆皮能卖钱，就等棉秆老后拔下来，用架子车一车一车拉回家。在棉秆未干之前，全家人要将棉秆皮剥下来。剥棉秆皮也不是一件轻松的事，要先从根部折断，再小心翼翼地一点点将皮扯下来。三四亩棉秆，全家人齐上阵，废寝忘食地剥四五天，才能剥完皮。

棉秆皮装了满满一架子车，如小山包一般。卖棉秆皮当天，为了能够在一天里赶回家，父母和姐姐们一大清早就拉车出门了。父亲拉车，大姐在架子车前绑一条长绳，用肩头拉着绳子的另一头儿。母亲和二姐、三姐在后面推着车。他们五个人一起去县城的造纸厂卖棉秆皮，一路上舍不得花钱买饭吃，就带着干硬如石块的冷窝头，走将近十千米路程，才能到达县城。

等卖了棉秆皮回到家里，天也就快黑了。一车棉秆皮能卖两三百块钱。这对于当时我那个整日为钱发愁的家庭来说，可以说是一笔巨款，在很大程度上能暂时缓解一下家里的饥荒。

后来，家里的经济状况一天天好转。我们不再穿母亲手工缝制的粗布衣服，都买漂亮的的确良、涤卡成衣穿了，但母亲还是坚持纺线织布，尽管这时候，家里已经不再需要靠卖布补贴家用了。

等到我在城里工作后，依然喜欢在床上铺母亲织的粗布床单，它透气吸汗，睡在上面很舒服。

见我喜欢，母亲有时候也会纺线织布做床单，让我带到城里，说："你用不完，可以送给同事或者朋友，别看城里人啥都不缺，但稀罕咱农村这东西。"

纺线织布工序烦琐，全靠手工，特别累人。母亲年事已高、身体虚弱，不适合再从事这项繁重的体力劳动，况且在城里集市上很容易能买到粗布床单，也不贵。我不忍心母亲受那份劳累、遭那份罪，就劝她别再纺线织布了。

母亲一直在坚持纺线织布，说："现在棉花贵了，卖的粗布床单很少有纯棉的，还是自己纺线织布做成的好。"

后来，母亲老得再无力纺线织布了，就让大姐把织布机搬到十里外她的家里去。这样，大姐就继承了母亲的手艺，在空闲时纺线织布。

这次，我看到大姐织布技术娴熟，再看看白发稀疏、满脸皱纹如沟壑般、连走路都颤颤巍巍的母亲，百感交集。我抚摸着这台经历了一个甲子沧桑、边边角角都被磨得又光又亮、为家中做出很大贡献的织布机，思绪万千。母亲一生为儿女们辛苦操劳的场景，一幕幕浮现在眼前。母亲纺线织布时，纺线车发出的嘤嘤嗡嗡声和织布机发出的哐里哐当声犹响彻耳畔。

看到大姐织布，我想起了外甥女静静，问大姐道："静静会纺线织布吗？等你老了，何不把这台织布机留给静静？"

大姐笑着说："她不会纺线织布，也懒得学。现在年轻人谁还学这古董玩意儿。我织好的粗布床单，人家都嫌难看，不要。"

我心中不免生出些许苦涩的失落感。是呀！农村现在会纺线织布的妇女越来越少。也许有一天，等大姐老了，不能再纺线织布时，我家的这台织布机就真的该退休了。这件见证了母亲一生辛劳的家什总有一天会被冷落，甚至会被遗忘，但是母亲对家庭的无私付出，儿女们会永远牢记在心中。

槌布石

踏进我家入户门，在鞋柜对面有一块巨大的槌布石，方方正正的。我把它当成换鞋凳。

这块槌布石长宽一致，大约六十厘米，有二十厘米厚，下面有高约十厘米又粗又短的四条腿儿，有百十来斤重。当年搬家时，三个壮小伙儿使出吃奶的劲儿才抬起槌布石上下楼，累得满头大汗，直嚷嚷要多加一百元的搬运费。

这块槌布石白中透着青亮，表面及四周若隐若现着红的、蓝的、紫的颜色，五彩斑斓，甚为喜庆好看。这块笨重的槌布石原本静静地躺在老家院子里的墙角下，被冷落了几十年之后，才被我搬到了西安。

在我儿时，父亲赶着马车，拉了一车自家地里产的玉米，去姑父的老家蓝田县山里面，换回来一车柿子、黄豆、土豆，还把一沓子皱皱巴巴的钞票拿回家。父亲说，回家途中，在蓝田县路边一家石匠铺子里，看到这块槌布石，甚是喜欢。石匠是个爽快人。一番讨价还价之后，父亲便以极低的价钱买下了这块槌布石，还带有四个长约一尺的枣木大棒槌。大棒槌为枣树粗木经过削、旋、磨制成，木质坚硬，沉实厚重，不怕虫蛀，不怕水泡，任凭你敲击千万次，也不会出现细小的裂纹。

见到这块槌布石，母亲也很喜欢，就把它放在大门外的石门墩旁边。槌布石的表面不是很平整，甚至有一些粗糙。在那个艰难岁月里，为了让衣服或者被子耐脏、耐拽，庄户人家都讲究浆洗捶打衣物。母亲在用自己织的粗布缝制棉袄、棉裤或者拆洗被子时，要先对粗布料进行浆洗。母亲先是用白面粉兑入开水，和成很稀很稀的面汤水，然后将粗布泡进去揉搓，之后将湿漉漉的粗布叠成四四方方的豆腐块，放在槌布石上。母亲和邻居四姨对着坐在槌布石两侧，每人各拿一根大棒槌，高高抡起，有次序、有节奏地捶打布料，发出梆当梆当的声响，整条街道便有了悠扬的乐曲。

经过一番捶打之后，皱巴巴的粗布变得平展了。为了让面水更加充分均匀地渗入布料，母亲还要进行第二次捶打。她将捶打过的布料挂在阴凉通风处，慢慢阴干，然后口中含水噗噗地均匀喷洒在晾干的布料上。母亲和四姨两人先是各拽住布料的一头儿，仰身向后拽扯，一松一紧，直至拉平布料的皱褶，然后把平整的布料叠上几折，再放在槌布石上，用棒槌梆当梆当地捶打。等到粗布的皱褶都舒展了，再把布料晾晒干后，缝制成棉衣裤或者被子。这样经过浆洗捶打的布料缝制成的棉衣裤，一穿就是一个冬天，都不用拆洗，等到来年天气回暖，人们不用再穿棉衣裤时，才换下来拆洗。那时候，村里人家的被子是没有被套的，浆洗捶打的被子久盖不破，要铺盖一年半载之后才拆洗。拆洗时仍旧要再次浆洗捶打。

经过浆洗捶打的棉衣裤和被子虽然结实耐用耐脏，但不透气、坚硬似铁皮，冬天穿棉衣裤时冰凉刺骨，夏天盖这样的被子闷热难当。

母亲说："那时候人穷家底儿薄，家家都兴这样浆洗捶打布料，为的是衣物能多穿用几年。"

经过多年的捶打，槌布石的表面日趋光滑透亮。由于捶打过各色布料，粗布中的染料和浆水慢慢地渗入槌布石，因此日积月累之后，原本青白色的槌布石竟有了各种颜色，如雨后天际边的彩虹。

后来，农村人的日子都富裕了，不再浆洗捶布，槌布石就没有了用处。父亲嫌它放在门口碍事，便移至院墙下，任凭风吹雨打。四根枣木棒槌也被随意扔在墙角。

不知道过了多少年，家里人几乎都遗忘了这块槌布石。有一天，村里来了一个收古董的外地人。不知道他怎么打听到的，他来到我家，对这块槌布石左看右看，产生了浓厚的兴趣，后来提出要购买槌布石。问及那几根枣木大棒槌，家人早已不知其踪迹，也许是过年煮肉，填入灶膛烧火了。那古董商给价太低，最终也没有买走。事后，听邻居们说，那古董商说我家的槌布石是一块上好的蓝田玉。家人庆幸没有卖。

等到我在西安购房安家后，我费尽周折，将老家的这块槌布石搬至西安。后来我多次搬家，这块槌布石也始终随我辗转迁移。

虽放在老家院墙根下多年，任凭风吹雨淋，但这块槌布石里面五彩的颜色始终没有褪去，依旧是那样斑斓。更为奇特的是，每逢将要有雨雪天气，槌布石表面便会渗出一层薄薄的细小水珠，湿漉漉一片，如同喷洒了水雾一般，第二天果然全是雨雪天气，竟比气象台的天气预报还要准确。

每当夜已深沉，万籁俱寂，妻儿皆进入梦乡之后，在小夜灯的微弱灯光下，我坐在槌布石前，静静地观赏它。须臾，眼前仿佛看到母亲为了儿女们的生活，高高抡起棒槌，千万次地捶打浆洗好的布料。侧耳细听，那熟悉的大棒槌敲击槌布石发出来的有节奏的声响，梆当梆当萦绕在静谧的客厅。

电　话

　　我参加工作后，家里的经济状况就一天天好起来，父母不再为用钱发愁了。为了方便和我联系，父亲就给家里安装了一部固定电话。

　　自从家里有了电话，我一有空闲时间，就会给父母打个电话，问问他们的身体状况，聊聊自己的工作和生活情况，的确是方便了很多，同时也节省了不少回农村老家的体力，再也不用为了芝麻绿豆大的小事，动辄往返一百五十千米回趟老家。

　　彼时，我还未成家，给老家打电话就成了我排遣寂寞、问候父母的必修课。当时，我是电视台的记者，平日里工作繁忙，不是去外地出差采访，就是在单位写稿子、剪片子，总是忙得脚打后脑勺儿，废寝忘食是常有的事情。父母怕影响我工作，除非是很重要的事情，他们一般不会主动给我打电话，所以总是要等我空闲了，才会给家里打个电话。习惯成自然，几日不给父母打个电话，我就会觉得心里空落落的。

　　那时候，农村人家里很少有安装固定电话的。街坊四邻谁家子女在外地工作，想给家人打电话，就会打到我家，让我父母帮忙去喊他的家里人。一次，我回老家后，没多大工夫，就接听了好几个邻居孩子打的电话，说有事找他家人。我急忙跑出门去喊三叔四姨。

　　母亲向我抱怨道："咱家自打安装了这电话后，我就成了跑腿的信差，一天不知道要接多少个别人家的电话。有时候这电话多得让人烦！"

　　父亲说："人家能给咱家里打电话，那肯定有要紧事，谁像咱儿子这样，一天没事给家里打电话闲聊天，再说咱接听电话又不要钱，叫个人也跑不断腿。"

　　听了这话，母亲就笑了。

　　有段时间，我给老家打电话，一直是嘀嘀嘀的声音，接连几天都打不通。我一天比一天着急，很担心父母的身体状况，不知道是怎么一回事。过了好几天，我终于打通电话了。母亲告诉我，前两天刮大风，把电话线刮断了，他们一直没注意，电话安静了好几天，觉得不对劲才发现的，后来请电信局的维修人员来才接好了线。我虚惊了一场。

那一年，父亲病重卧床在家。我几乎天天都要给家里打电话，询问父亲病情。母亲怕我担心，总是安慰我说好点了。那段日子，我最怕家里来电话，因为没啥事，父母是不会打扰我的，但凡打电话，那肯定是家里出了天大的事情。每当手机铃声一响，只有看到不是家里的电话，我那悬着的一颗心才能放下来。在父亲病危时，我请了长假，在家里陪伴父亲。

父亲从来都是个高门大嗓的人，在弥留之际，他气若游丝，身体虚弱得连说话的力气都没有了，还轻声地对我说："儿呀……爹已经这样了，好是好不了了……等我走了，你要好好对你妈……你早点回单位吧，别耽误了工作……"

我在家里待了一个多月，父亲的身体一天不如一天，我实在不忍心离开。后来，母亲也劝我回单位，说我在家里于事无补，徒生忧愁，父亲由她一人照顾就行了。无奈之下，我只得惴惴不安地返回西安。

谁料想，第二天晚上将近十二点，当时我已经入睡，突然被手机铃声吵醒，拿起手机一看，是家里的电话，我不禁心里一阵战栗，有一种不祥之感。母亲哭着告诉我，父亲刚过世，走得很平静，没有留下任何一句话，让我请假尽快回家。我一下子瘫在床上，用被子蒙头痛哭。我知道这一天迟早会来到，不料它竟来得这么快，想起父亲为了养活五个儿女，一生用尽了力气，临走时，我竟然没有陪伴在他身边，怎不令人肝肠寸断？

父亲去世后，母亲一人住在农村老家，形单影只，很是伤感。每次打电话，母亲总是很伤心，说现在这日子过得很漫长，家里太安静了，静得让人害怕，一天唯一的念想就是等我的电话。为了不让母亲在老家里触景生情，第二年春暖花开时，我就把母亲接来西安，与我一起生活。

母亲一直不习惯城里的生活，觉得待在鸟笼子似的单元房里闷得发慌，在城里住一段时间后就闹着要回农村老家。三姐家在邻村，距离我老家最近，照顾母亲方便些。父亲去世后，家里的几亩责任田便都交由三姐耕种。每年到了农忙时节，母亲便嚷着要回老家，说多少能帮三姐家里干点活儿。就这样，母亲在城里和老家交替着居住。又过了几年，母亲的身体越来越差，干农活儿愈来愈力不从心，就在我现在西安的家里住得长久了，有时候春节也不回老家。家里那部固定电话就基本上不用了。

那一年，三姐说，电话线总是隔三岔五被大风刮断，老找人维修挺麻烦的。那时候，三姐家人人都用手机了，固定电话几乎成了摆设。我就说，固定电话没用就别用了吧。不久后，三姐就把家里的固定电话拆机了。

旱烟锅

父亲一生务农，无甚爱好，只喜欢抽烟，而且还是劲大味浓的旱烟。

父亲口袋里总是装着一根旱烟锅，这是他不离身的宝贝，陪伴了他二十多年。烟锅和烟嘴都是黄铜的，一根空心细竹筒将烟锅和烟嘴连接起来，细竹筒上系着一个黑色的布烟袋，里面装着揉碎了的旱烟叶子。这根铜烟锅有二十厘米长，长年在父亲的手中摩挲，铜烟锅和烟嘴色泽暗淡，上面遍布一道道划痕和一个个小砂眼。细竹筒换了一根又一根，这铜烟锅和铜烟嘴竟用了二十多年。

母亲说，在那万分艰难的年月里，她养了几只母鸡，下的蛋舍不得吃，一枚枚攒起来，拿到村子附近的一家工厂里，偷偷地卖给那里吃商品粮的工人，换些零钱，给家里买点油盐酱醋。给父亲买了那根铜烟锅，母亲心疼了好一阵子，因为它当时能换二十四枚鸡蛋。

父亲干活儿时从来不抽烟。每次下地干活儿，我和姐姐们一停下来，父亲总会说："不怕慢，就怕站，干庄稼活儿可不能偷懒。人哄地一时，地哄人一年。"

父亲只有在劳累时，才会蹲在地头田间，解开旱烟袋，把铜烟锅放进去，装满旱烟，吧嗒吧嗒地接连抽上几锅旱烟。经过短暂休息，他又恢复了体力。抽罢烟，父亲把烟锅在鞋帮上啪啪啪地敲干净，站起身来，继续弯腰干活儿。晚饭后，父亲躺在炕上，将装满旱烟的铜烟锅凑近油灯点着，惬意而又舒坦地抽着旱烟。在昏暗的灯光下，烟锅里的烟忽明忽暗地闪灭。随着父亲嘴巴的一张一翕，那呛人的浓烟便在屋里袅袅升起。

母亲总是反对父亲抽烟，埋怨道："那旱烟呛死人了，那究竟是个啥好东西，真比肉还香吗，你要不住嘴地抽烟？"

父亲笑道："你不知道，这比啥都香，抽烟解乏提神，一时不抽烟，干啥都没劲。"说完这话，父亲又美美地大吸了几口烟，脸上洋溢着轻松和愉快。

那一年，二姐夫在部队当兵，还未复员。二姐既要带孩子，还要一个人种地，收成总是不好，因此每到春天青黄不接时，二姐家的粮食往往不够吃，得靠我家接济。一次，父亲磨了两袋白面粉，把一袋面粉放在架子车上，要给二姐送去。我那时候还是个少年，非得跟着父亲一起去。父亲拉着架子车，载着我和那袋面粉。一路上，父亲一锅接一锅地抽着旱烟，烟锅里的烟就没有熄灭过。

见父亲又来送面粉，二姐哽咽道："不知道这苦日子啥时候是个头儿！"父亲一边吸着旱烟，一边安慰道："庄稼地就是咱农民的聚宝盆。只要人勤谨，舍得出力气，好好种庄稼，地里打粮食多了，这日子慢慢就会好起来的。"

那时候，我家里很穷，也就是勉强能填饱肚子，想顿顿饱吃白面条和白馒头，简直是奢望，家里哪里还有什么闲钱给父亲买旱烟叶子呢？为了省钱，父亲专门在地里种了几株旱烟苗。那旱烟苗长势旺盛，茎秆粗壮，高过一米，每一株烟苗都长有二三十片宽宽长长的烟叶子。等到秋天，烟叶子从根部往上逐渐发黄。父亲便把黄叶子掰下来，放在柴火垛上晾晒干，那烟叶便有了浓浓的呛鼻苦味，取几片干透了的旱烟叶子，装进烟袋里，慢慢地揉碎，连那硬邦邦的烟叶筋脉都要掰碎揉烂。这时候，父亲总会抽上几锅旱烟，美美地过个瘾。

后来家里的日子慢慢好起来，父亲就懒得再种旱烟了，每逢逛集市，必定要买上一大捆旱烟叶子，抽个痛快。

等到姐姐们和我终于长大，父亲就一天天老了，头发全白了，腰也累弯了，一干农活儿，便背痛气喘。我参加工作后，家里经济状况好多了。我劝父亲不要再种地了，劳累了一辈子，也该好好休息了。父亲坚决不同意，说他只要有口气，不倒下，就不能不种地，还总是忘不了要抽那旱烟，一抽烟便止不住地咳嗽。我劝他少抽旱烟，那对身体伤害极大。

父亲笑着说："爹这辈子就放不下两件事：一是种地，农民的本分就是种地；二是抽烟，不抽烟，没劲儿种地。这两样东西，一样都不能少。"

见劝不动父亲，我只好随他了。为了让父亲不再抽旱烟，我每次回家，都要给他买几条香烟，但总不见他抽香烟，仍要用他的烟锅抽旱烟，说抽香烟没劲儿。我后来给父亲买香烟，他还是不抽，说用烟锅抽旱烟才过瘾。

后来，父亲不幸患了绝症，医生说这病与他抽了一辈子旱烟有很大关系。父亲这才彻底放弃了抽烟，躺在炕上，没事就拿出那根旱烟锅，爱怜地不住摩挲着。

几个月后，父亲还是没有挺过去，永远离我们而去了。在给父亲入殓盖棺时，我和姐姐们跪在父亲的棺材前，号啕大哭。我流着泪，把那根旱烟锅放在他的枕边，让它继续陪伴父亲。

少年如我

小学毕业后，我在薛固中学读书。薛固中学位于陕西省咸阳市武功县东南部，小村镇道观烧香台旧址。

传说在二千五百年前，太上老君将此处作为行宫，在此焚香讲经，后人称之为烧香台。它与周至县的楼观台遥遥相望，也称望仙宫。

薛固中学始建于一九五八年，撤并于二〇一四年。学校占地六十八亩，分为初中部和高中部，有二十余个教学班，上千名学生。学生都是附近十里八乡的农家子弟。学校坐南朝北开大门，向北依次临近西宝高速和西宝中线，周边紧邻各个村子，向北二里路就是我的老家金铁寨村。

我是土生土长的农民的儿子。父母都是老实巴交的陕西关中农民，斗大的字不识一升。每当家里卖猪卖鸡，父母连个磅秤都不认识，时常被人哄骗。父母便把一切希望都寄托在我这个家里唯一的儿子身上，希望我能读书成才，不当睁眼瞎，不受人欺负。

记得在我幼时，父亲常吓唬我要努力学习的一句话便是："你长大考不上大学，我一镢头挖死你！"

小时候无知的我，也贪玩，在学业上走了一些弯路，后来渐渐长大了，慢慢明白了"知识可以改变命运"的人生哲理，也为了"跳出农门"，便发奋读书。

记得我在读中学时，农村经常停电，晚上十二点来电，早上八点就停电了。学生晚上在教室上晚自习，一个个都点着煤油灯或者蜡烛夜读。为了学习又不伤害眼睛，我常常天黑吃罢晚饭就睡觉，半夜三更等电来了再爬起来看书。那时候我便发誓要努力读书，一定要去一个永远不停电的城市里读书生活。

我从小的理想便是在那个时候形成的，只不过随着读书越多，理想在发生着变化。上小学时，我的理想是做一名威武的警察或军人；上初中时，我对文学已经产生了浓厚的兴趣，我的理想是长大后做一位知名作家；读高中时，我经常会看一些社会新闻，认为采写新闻稿件的记者很了不起，理想就变成了做一名为民请命的"无冕之王"——记者。

不负众望，一九九六年，我考入梦寐以求的西北大学新闻系。当时我每学年学费仅一千五百元，每月生活费一百多元就够了，国家每月给我发二十四元三角作为伙食补助费。

后来，我在省城西安成家立业，工作环境舒适，衣食无忧，还真得感谢公平的高考制度，感谢曾经年少努力的自己。在应该奋斗的年龄，我庆幸自己没有虚度光阴，没有辜负自己的青春韶华，现在记录中学时代的生活点滴，聊以自慰。

喜背课文

刚上初一，我就表现出超常的记忆力，特别喜欢学语文，一篇文章，读过几遍，便会背诵。无论是现代文，还是古文，我都会在很短的时间里背得滚瓜烂熟。每天早晨上课前，有一节四十分钟的早读课。我基本上都会在早读课上完成课文背诵。

给我们代课的大部分老师是本地人，都操着一口淳朴的很接地气的武功县方言，极少有老师用普通话讲课。受老师的影响，我用普通话背诵课文时，发音很不标准，其间夹杂着浓郁的方言。

一次，在课堂上检查课文背诵时，语文老师发现了我的这项本领。老师问："哪位同学能背诵《春》这篇文章？会的同学请举手。"老师环顾一周，教室里鸦雀无声，静得掉根针都能听得见。一两分钟过去了，班里没有一个人举手，老师遗憾地问道："咱们班没有一位同学会背诵吗？"

老师的话音刚落，我连手都没有举就站起来，大声说："老师，我会背!"

老师很高兴地看着我，点着头说道："好吧，你来背。"

我大声地用蹩脚古怪的普通话流利地背诵起来："盼望着，盼望着，东风来了，春天的脚步近了。一切都像刚睡醒的样子，欣欣然张开了眼。山朗润起来了，水涨起来了，太阳的脸红起来了……"

由于我的普通话中间夹杂着武功方言，我的背诵听起来很滑稽，因此在我背诵的过程中，同学们不时发出低低的笑声。老师几次用严厉的目光制止同学们的无礼，但窃窃的笑声还是伴随着我背完了整篇文章。

我的这次表演，给老师留下了美好而又深刻的印象。他当场就任命我为语文课代表，主要负责收发同学们的语文作业本。

此后，每次上语文课，背诵文章的一定是我。

我记性好，但仅限于语文，对于地理就不灵了。学地理，对于我来说，如同患上了失忆症，过目就忘，尤其是怕看地图，直看得眼冒金星，也找不到一个地名。我的语文和数学成绩都非常好，唯独地理课实在是差得一塌糊涂。上初一时，地理代课老师是我的班主任。期中考试时，我数学考了满分一百，地理课只考了四分。在很长一段时间里，班主任常在课堂上批评我偏科。也许这给我少年的心灵留下了阴影，直到读高中时，我的地理课一直都学不好。

我参加高考那年，幸亏文科不考地理，否则我没准儿还考不上大学。那样的话，我的命运真不知道会怎样，或许我会在某个大城市的建筑工地干苦力，或许会在哪里修建马路、扫着大街，或许整日和工友四处找包工头讨要工钱。

好记性伴随着我从中学一直到大学毕业。这些年来，随着年龄渐长，我的记忆力日渐衰退。这是个很不好的信号。

吃在食堂

我上中学时，家里虽说不缺粮食吃，但是想顿顿吃白面条和白面馒头还是不可能的，一日三餐，还得靠玉米面做的黄色窝头和搅团、鱼鱼儿饭才能填饱肚子。

那时候，中学生要上晚自习，晚上九点半才放学回家。路上黑灯瞎火的，有一段路两边是坟地，在夜间偶尔会有星星点点的鬼火一闪一闪的，走路挺瘆人，等回到家里再吃点晚上的剩饭，也就十点多，该睡觉了。

那个年代的雨水可真多呀！一到春秋两季，那天就像被捅破了个大窟窿似的，整天阴雨绵绵，经常一下雨就是四五十天。下雨天上学，对于我来说，那可真是一场对意志与体力的挑战。从村子去学校的土路上遍布水坑，泥泞难行。我打着伞，穿着橡胶雨鞋，深一脚、浅一脚地在雨水和烂泥中艰难行走，还要时刻提防着一个个绊马坑。雨天的晚上放学回家那可真要命，乌漆麻黑，伸手不见五指，没有手电筒，我在泥水里摸索着前进，一不小心脚下一滑，就会摔成个"泥母猪"。哪天晚上能平平安安、顺顺当当地回家，不在泥水里摔几个跟头，那可真是走了好运。

父亲见我上学真够受苦的，就说："要不，你就在学校吃住吧，别再起早贪黑地在路上受洋罪了。"

在一个周日下午，我用架子车拉着铺盖卷、碗筷，还有一蛇皮袋子苞谷糁和一袋子白面粉去住校了。

那时候，家在远处的学生才会住校，像我这样家距离学校很近的学生一般没人住校。学生宿舍是土木结构的两间大瓦房，比一间教室还要大，是上下通铺的木板床。每间宿舍以班级为单位，可以住四五十个人，空余床铺很多，免费住宿。

我把苞谷糁和白面粉拉到学生食堂。虽然那时候学生们因为营养不良，个个瘦得跟小猴子似的，但是食堂的厨师们却一个个吃得肥头大耳，很少有瘦子。一位值班的胖厨师把我拉来的粮食过秤后，给我兑换成同样斤两的粮票。苞谷糁换来的是粗粮票，白面粉换来的是细粮票。我又用几元现金买了菜票。

每天放学吃饭的时候是学校最热闹的时刻。有时候放学下课铃声响了，老师还在拖堂，教室里便会有那调皮的男生，用筷子把碗敲得一阵响，惹得同学们哄堂大笑。老师只好喊下课了。在食堂吃饭的同学们一般都把碗筷放在课桌抽屉里，听到下课命令，他们便会像脱缰的野马一般，快速地跑出教室，玩命地奔向食堂，在各个打饭菜的窗口前有秩序地排起长龙。那时候，同学们打饭都很文明，很少有人胡乱拥挤插队。

学校食堂不收玉米面粉，因而不卖窝头，早晚饭一般都是苞谷糁稀饭和雪白的大馒头，那馒头有现在市场上卖的四个大。那时候，庄户人家还天天吃窝头呢。学校食堂早晚也卖炒菜，一般都是炒白萝卜、白菜，偶尔也会有炒豆芽儿、炒豆腐，那就算是很高档的菜了。肉菜基本上是没有的。买菜、买馒头的学生很少，除非那些家境好的。

和大部分学生一样，我每周日下午返校时，都会从家里带上一罐头瓶咸菜，还有够吃一周的锅盔或者馒头，有时候也带窝头，这样能给家里节省点钱和粮食。我早晚饭只在食堂买一碗苞谷糁稀饭，把从家里带来的冷馒头泡进热稀饭里，再就着带来的咸菜，囫囵填饱肚子。中午饭一般都是汤面条或者汤面片，里面飘着几片水煮菜叶子，偶尔也会有少许炒土豆片或者炒豆腐之类的菜，面汤上飘着一层淡淡的红辣椒油。这样的汤面在当时就已经是很难得的好吃食了。这学校的伙食自然是比家里好多了。

想想当年农村中学食堂的饭菜，我至今都会满口生津、回味无穷。现在不知何故，人们的生活条件好了，可就是吃肉不香、吃糖不甜，再难吃出中学食堂饭菜那种令人神往的香味了。

学校食堂只有操作间，没有餐厅。女生打饭后，都会把饭菜端回宿舍吃。食堂门前有一片小树林，各种树木高大茂密。男生打饭后就走进树林，三五成群地将饭菜随意放在地上，蹲着吃饭。同学们最怕雨天就餐，那就惨了。大家只能躲在食堂门外的房檐下吃饭，有站着的，有蹲着的。房檐下密密麻麻挤满了端着碗吃饭的男同学。屋檐下实在没有地方站了，同学们就只好打了饭，在雨中奔跑着，把饭碗端回到教室或者宿舍里吃饭。家庭条件好点的同学，还能打伞；家里穷的同学，买不起雨伞，就只能戴着草帽避雨，任凭雨水落进饭碗；有的同学连草帽都没有，往往会淋成落汤鸡。

在食堂旁边，有一个水泥砌的水池子，两面相对各有七八个水龙头。除此之外，学校别的地方再没有水龙头。每次饭后洗碗的时候，水池子四周黑压压的一片，被端着碗筷的同学围得水泄不通。那时候，我们洗碗没有洗洁精，好在饭菜里从来都没有什么油水，饭碗用自来水一冲，就干净了。

学校有开水房，每天早晚向师生们免费提供开水。同学们可以用保温瓶接开水，但从未见过谁用水杯子喝水，都是用很大的陶瓷饭碗喝水。那些在家里吃住的同学自然没有碗，也没有水杯。谁口渴了，甭管春夏秋冬，课间休息时都会趴在水池子上，拧开水龙头，嘴对嘴地把生水喝个饱，奇怪的是竟然不会腹泻。

在宿舍里，同学们没有柜子放置物品，都是把自己的衣物，还有从家里带的咸菜、锅盔和蒸馍装在布袋子里，就随意放在自己的床铺上。虽说大宿舍有窗户，但每扇窗户边都有学生的床铺，风吹雨淋多有不便，加之冬天西北风一吹，冻得人上下牙直打架。因此平日里那些窗户是从来不开的，只有开着门，才能通风换气。宿舍里日夜弥漫着令人窒息的汗臭味，夹杂着咸菜和馒头的气味，熏得人脑袋总是晕晕乎乎的，好像就没有过清醒的时候。

青春萌动

上了初中，我就对女孩子产生了浓厚的兴趣。尽管在那个年代，农村孩子普遍比较保守，男生和女生一般不太说话，更很少交往，但是我还是很喜欢看女孩子，尤其是漂亮的女生，渴望与之交往，哪怕只是说说话也好。

我青春萌动，还得感谢学校小商店的老板娘。

走进学校大门，东侧有两间平房，那是学校的小商店。店主是一对年轻的夫妇。那妇人五官端正，身材高大健壮，臀部肥硕，胸部挺拔。老板娘叫什么名字，我们并不知晓，只听得传达室马大爷常喊老板"小许"，我们私下里就把老板娘叫"许夫人"。

"许夫人"有一个六七岁的女儿，常蹲在小商店门口看蚂蚁搬家。我们男生有事没事的，都愿意去小商店转转，也没钱买啥东西，只为看看"许夫人"。她待人和气，并不会因为我们只看不买就赶我们走，总是笑眯眯地看着我们。

后来，"许夫人"的肚子一天比一天大，我们知道她怀孕了。后来有段时间，我们没有看到"许夫人"和她的女儿，只有小许一个人在小商店里忙活。

差不多半年后，"许夫人"再次出现在我们面前，怀里抱着一个可爱的胖娃娃，说这是她的儿子。那时候，已经是春暖花开的好时节，同学们都脱下了厚厚的冬装，换上了轻便的薄衣单衫。校园里的牡丹、芍药万紫千红、争奇斗艳，悠悠的花香溢满了整个校园，激发出了我们这些小男生很多的荷尔蒙。

"许夫人"生性豪放，在给儿子哺乳时，从不避讳他人，尤其喜欢提把高凳子，得意地坐在小商店门前的大马路中央，给孩子喂奶。

烧香台遗址在学校操场的旁边，有一个不大的院落，此处地形北高南低，修建有七星殿、三清殿、玉皇阁、文昌宫、雷神殿、老子说经台，山门朝南，景致错落别致，一目了然。进去后道路笔直而起伏，从下而望，犹如一条巨龙。后因兵荒马乱和特殊年代的破坏，仅剩两层楼阁式玉皇阁、三清殿和七星殿。殿内八卦悬顶，四面飞檐，雕梁画栋，墙壁绘画，依稀可见。

我上中学那个年代，家乡农民发展农业生产热情高涨，少有闲人来道观焚香游览。烧香台长年关门闭户，几近衰败。只是后来，农村经济发展迅猛，农民既有闲心，又有闲钱，烧香台才日渐兴旺。院内有古柏几棵及关中稀有花木紫藤树一棵。每年五月份，紫藤花盛开，游者络绎不绝，前来进香跪拜，观赏紫藤花树以及古建筑群。

那会儿，在烧香台一侧的操场边，有两间闲置的大瓦房。学校的一位厨师将此房租赁后，经过一番修缮，面貌焕然一新，作为小餐馆经营，饭菜的价格和学生大食堂差不多，但口味自然是好很多了。那厨师的女儿帮忙干活儿卖饭，她二十岁左右，生得模样俊俏，身材婀娜，惹得很多男生喜欢在这里买饭吃。

这家餐馆最拿手的美食就是"狮子大张口"，也就是肉夹馍，但与现在西安市场上的肉夹馍不同，它不是烧饼夹腊汁肉，而是刚出锅的热气腾腾的大馒头，从中间切开，夹上几大块喷香的红烧肉。那热蒸馍的口捏不住，大张着嘴巴，犹如狮子怒吼一般。那时一个肉夹馍不过五毛钱，咬上一口，满嘴流油，那才真的是幸福的味道。我吃一个肉夹馍根本吃不饱，可是父母给的那三五元钱，都是在庄稼地里汗流浃背，省吃俭用，辛辛苦苦地一分一毛攒下来的，我又怎么能舍得吃饱？不过是偶尔咬咬牙、下狠心买上一个来地解解馋罢了，也是为了看一眼那厨师的漂亮女儿。那也是"秀色可餐"呀！

我们的教室一排放着四张桌子，中间两张桌子紧挨着，两边靠墙各放一张桌子。我在中间那排桌子坐着，旁边的桌子坐着两个女生。与我相邻的女生雷彩霞是下雷村的，人长得漂亮，眉清目秀，瓜子脸，翘鼻梁，大大的眼睛，樱桃小口一点点，高高的个头儿，长长的麻花辫很是惹人怜爱。有时候读书写字时，我的右臂会不经意地触碰她的左臂，我的心便会如触电般一哆嗦。瞬间，我俩都会迅速地向两边躲开，保持适当的距离，但没过一会儿，我还是会情不自禁地把胳膊向她那边一点点靠拢。

雷彩霞学习很好，初中毕业考上了中专。我读了高中。此后，我俩三十余年再没有相见过，也不知道她现在生活得可好。

看电视

我读中学的时候，家里很穷，勉强能解决温饱问题，哪里还有钱买电视机，整个村子也没有几家有电视机。那可是豪华家电，不是普通农户能置办得起的，甚至连想都不敢想。

那时候，学校有一台彩色电视机，一直都在影视室放着，仅供教师观看，不允许学生看电视。

因为没有见过那稀罕玩意儿，所以我特别渴望能看到电视。平日里，我是无论如何都进不去影视室的，只有到了周末，才能趁没人注意时溜进去，躲在墙角偷看电视。管理影视室的老师一旦发现我，就会把我轰出去。那时候，电视仅仅能收看到中央台和陕西台两个频道的节目，没有那么多挑选余地。即便如此，每次看电视，我都会心情激动、热血澎湃。我常想，啥时候能在自己家里看电视，该是多么美妙的事情呀！

有一年寒假，新婚不久的语文老师胡慧回老家了，让我们班的女生王翠翠给她看宿舍。那段时间，胡慧老师把学校唯一的那台电视机搬到了她宿舍里。金大峰获悉此事后，就每天晚上约我一起去胡慧老师宿舍看电视。那屋子总是挤满了同学，看电视的时候，叽叽喳喳地吵翻天，根本听不清楚电视节目的声音。我们什么节目都看得兴致勃勃，甚至连广告都觉得有趣。

影视室没有了电视机，这引起了一些老师的不满。胡慧老师后来就把电视机还了回去。可是没多久，又有别的老师把电视机搬到自己宿舍。就这样，学校的这台电视机被轮流搬到各位老师宿舍里。影视室基本上就再也没有电视机了。

后来，在西安工作的二姑花了三百元钱，从同事那里买了一台十四英寸的二手黑白电视机送给我家。我兴奋地买了室外天线，在房顶上用一根长长的椽木架起天线，开心地收看着满是雪花的电视画面，连广告也看得津津有味。

那时候，村里人家很少有电视机。每天晚上，我家里就会聚集着一大群乡亲看电视，家里人就要热情地给他们端茶倒水。他们一边观看，一边询问着、评论着，很是热闹。母亲嫌我每天回家都要看电视影响学习，就让三姐把电视机拿回她家。读高中那几年，功课压力大，我就很少再看电视了。除夕之夜，我只能到邻居家里看春节联欢晚会。

那年高考结束后，我中午回到家，就向父母提出来要买台彩电。那时候，父母办了家庭养鸡场，每年都养四五百只鸡，家里的经济状况大为好转，也不缺买台电视机的钱。

父亲问我："今年能考上大学吗？"

我信心满满地说："肯定没问题，就看在哪里上大学了。"

母亲听后很高兴，非常爽快地把钱给了我。当天下午，我就去县城买回来一台十八英寸的彩电。

那一年，我考上了西北大学新闻系，大学毕业后，被分配到陕西电视台当了记者，每天的工作就是采编、监看电视节目。

这电视一看就是一辈子。

偷来的相片

在读高中之前，我从未照过相，也从未奢望过照相。那时候，农村孩子普遍很少照相，因为那是要花钱的很奢侈的事情。照相机是个啥样子，我们见一次都很不容易，何谈照相？当时，庄户人家刚刚勉强解决了温饱问题，谁家里会有照相机那样的稀罕物件呢？想照相只能去二十里之外的县城，那里的照相馆也寥寥无几。偶尔会有摄影师骑着自行车，肩头背着个鼓鼓囊囊的摄影包，车后座绑着三脚架，走街串巷给人照相，照一张四寸彩色照片，收费五元。那可是一笔不小的费用，一般庄户人家谁会舍得花那个钱照相呢？摄影师有时也会来学校给师生们照相，那时候都是胶片相机，照相时不收费，一周后送来照片和底片才收钱。学生们基本上没有什么零花钱，仅有的仨瓜俩枣也都要在食堂吃饭用，因而摄影师每次来学校，围观者颇多，照相的没几个。

那年，我的同桌是个漂亮女生，名叫张秋惠。她个子比我高，雪白的皮肤照得人睁不开眼，鹰钩鼻子小嘴巴，大眼睛水汪汪的，看一眼都会让人心动。她的穿着得体，和我们这些普通农家子弟截然不同，应该不是寻常百姓家的女孩。听别人说，她爸是乡长。

那时候，男女生一般不说话，否则便会被人认为是不正经。我虽然心里很渴望和她说几句话，可总是害羞得不敢张嘴。她每次走进教室时，我就忍不住窃喜；每当她走出教室时，我的心里又会有莫名地空虚。坐在她身旁，我时常会心猿意马，恍恍惚惚，难以安心学习。我坐桌子外面，她坐桌子里面。前后两排桌子空间小，每次她要进去坐下时，不用说话，只要一走近我，我就会立刻起身给她让座，趁机偷瞄她一眼，心儿止不住地乱跳，如同怀揣一窝小兔子。

临近中学毕业时，摄影师来学校就勤了。那时候，学校不组织毕业班的学生集体合影，老师知道农村孩子家里穷，承担照相费用有困难。学生照相采取自愿原则，家境好一点的学生有照单人的，也有人拉着好友合影留念。我不善交往，没人找我合影，其中一个很重要的原因是，我拿不出来那个钱。

张秋惠长得漂亮，自然很喜欢照相，似乎她家里也有那个经济条件，只要是见摄影师来了，她便会在休息时间跑出去照相，有时候也会拉着班里的女同学去合影。每当这时候，我都会对那个与她合影的女生非常嫉妒，心里想着如果换成我和她的合影，那该多好呀！尽管在那个年代，男女生压根儿不可能公然在校园里合影。

那段时间，她的书里、桌子上常会有几张她的彩色照片。我总是经不起诱惑，忍不住地要偷偷瞅上一眼。每一张照片，她都笑得很灿烂，像一朵盛开的花那样好看。

一次课间休息，她去教室外面了，课桌上散落着几张没有收起的照片。我正偷看这些照片时，胳膊肘不慎将一张照片碰落在地上。我忙弯腰捡起来，看到这是她的单人照：她站在一株月季花前，笑脸格外娇艳。枝头盛开的月季花红胜火、粉如霞，在她面前竟都黯然失色了。"闭月羞花"一词用在她身上，那是再合适不过的。

这时，我的眼睛瞥到了抽屉里的书包。忽然，一个念头在我的脑海里一闪而过。我环顾四周，大部分同学都去教室外面了，没有谁注意我。于是，我顺手把那张照片塞进了书包。过了一会儿，张秋惠回到座位上，整理起她的照片。我的心在狂跳，生怕她发现少了照片。那一刻，我体会到了做贼心虚的紧张、恐惧。我心里慌乱得不得了，简直无所适从，眼睛盯着课本。那一行行的字竟模糊成一大片，如大雾弥漫的冬日清晨，朦朦胧胧的，什么都看不清楚。也许是因为照片太多了，张秋惠并没有发现少了张照片。我心里暗自庆幸。在接下来的课堂上，我实在没有心思听讲，只盼望着早点放学回家。

那一年，张秋惠去县城读高中。此后，她杳无音信，我再也没有见过她。

我把那张偷回家的照片视若珍宝，一直细心地保管着，后来还给照片塑封上了。三十多年过去了，我至今还保存着那张照片，只是它现在已经褪色了，有点模糊不清。

一次，妻子翻看家里相册时，看见了那张照片，问我是谁家的小姑娘，长得很好看。我说那是我的初恋。妻子不信，摇摇头说我又在编故事骗她。

相 亲

我是家里唯一的儿子，父母盼我早日娶妻生子，继承香火。在我高三复读时，父母便着急忙慌地张罗着给我说媳妇。

父亲说："如果你明年再考不上大学，那就给你娶个媳妇，家里劳力多了，好好种地过日子吧。"

母亲说："你现在上学，找媳妇容易些。人家女子还有点盼头，万一你考上大学了，人家还想跟着你进城享福。等你考不上大学，当了农民，年龄也大了，到哪里去找好女子呢？"

我不愿意接受农村的包办婚姻，想以后考上大学，自由恋爱。父母坚持说先娶个媳妇，心里踏实。我哪里拗得过父母哟，就随他们去吧。

七叔是村里的媒人。父母求七叔帮忙。七叔欣然接受，对这事很上心。不久后，七叔跟父母说，邻村有位庄户人家的女子，初中毕业后就一直在家里务农。我们两家的家庭情况相仿，就约定了相亲的日子。

那是一个星期天的上午，那女子和她父亲先到了七叔家。之后，我和母亲一起去见人家。七叔陪着双方家长在前屋聊天。那女子在七叔家的另一间屋子里等着我。我走进屋，一看那女子，觉得面熟，似乎是我初中的同学。那女子很羞涩，一直低着头，不敢看我一眼。我问道："你不是雷莉莉吗？"那女子方抬起头，看了我几眼说："你是金林林？"几年不见，彼此变化都很大，差点没有认出来。记得上学时，那女子个子就很高，现在越发高了，皮肤也更黑了，像老舍先生小说《骆驼祥子》里面的"黑铁塔"——虎妞，又黑又高的。既然是同学，我俩都不再拘束，聊起上学时的事情，相互打听同学们的近况，相谈甚欢。

后来，媒人征求母亲意见，说女方家要先让我表态，他们后表态。母亲对那女子很满意，说我个子矮，干庄稼活儿没力气，就得找个子高、身体健壮的媳妇，那样才有力气拉架子车，能干农活儿，庄稼人就要找这样的媳妇。我当时的理想是考上大学，不再当农民，并不太乐意找媳妇，就是找媳妇也不愿意找个"黑铁塔"，便说再考虑考虑吧。见我这边犹犹豫豫的，女方那边也不表态。这件事情就这样过了一段时间，悄无声息地结束了。

因为这件婚事没有成，母亲很难过，在炕上躺了好几天，不吃不喝，怨我把一门好亲事耽搁了。

过了一段时间，母亲又托别的媒人，给我说媳妇。后来，媒人介绍了另外一个村子的女子，说那家人经济条件不错，那女子虽然没念过几天书，但是人很机灵能干，在镇上经营着一家小卖部，会挣钱，也会过日子。

还是约好在媒人家相亲。那女子长得白白净净、个子高高的。可能是她开店见的世面多，人很大方，问我家庭情况，又问我在哪里上学，成绩如何，理想是啥，等等，一大堆问题。女子的落落大方，倒让我拘束起来，我紧张得额头冒汗。那女子问我："你的理想是离开农村，那万一你明年考上大学了，咱俩的事情怎么办？到那时候，咱俩可就不是一路人了：你吃商品粮，我还是个农民。那时候，咱俩的事情还能成吗，你不会变了心，一脚踹了我？"

"这……"我一时不知道如何回答，想了想，结结巴巴地说道："我……我还真没有想过这个问题……再说我明年也不一定能考上大学……到那时候再说吧。以后的事情，谁说得清楚……"

那女子看了看我，摇摇头说："你不诚心。"

我急得脸红了，不知道该怎么说，只是低着头不说话。

母亲对这女子依然是很满意。这次，母亲没有征求我的意见，就向媒人说我们很满意，只要女方愿意，随时可以订婚。然而，人家女方倒不答应了，告诉媒人说，我没有诚意，以后准靠不住。

这件婚事还是没成。母亲又着实难过了很长一段时间，骂我不会说话。

接连几次相亲失败后，我已经对这件事情没有太大热情了，但是父母依旧四处托人给我说媳妇。他们对我能否考上大学心里没底，说一定要在我高考落榜当农民之前，把我的婚事定下来。

五一劳动节，距离高考只有两个月的时间，我学习很紧张。就在这时候，舅舅给我说了一个媳妇，是他村里的一个女子。舅舅说那女娃长得很漂亮，在县城一家酒店里当服务员。

在去舅舅家相亲的途中，母亲再三叮嘱我一定要好好和人家女娃说话，争取把这事情说成。

我和母亲到了舅舅家之后，舅妈就去那女子家叫人。很快，那女子和她妈妈一起来了。看到那女子时，我吃了一惊，天下竟然有如此美貌的女子，的确是个神仙姐姐。她似乎是喝蜂蜜水长大的，长相异常甜美。穷乡僻壤竟然飞出了这么美丽的一只金凤凰，实在是令人感到惊奇。我想起了《诗经·卫风·硕人》里的话："手如柔荑，肤如凝脂。领如蝤蛴，齿如瓠犀。螓首蛾眉，巧笑倩兮，美目盼兮。"

这次，我真的是有一点动心。那女子美得令人窒息。我简直不敢看她一眼，说话也结结巴巴、语无伦次了。

对于和我相亲的每一名女子，母亲都很满意，从来没有说过一个"不"字。见我很喜欢的样子，母亲高兴地让舅舅打听女方的意见。舅舅说，那女子的妈妈说了，这事情不着急，等我高考成绩出来后，再定夺这件事情。母亲听后很失落，感觉这件事情不妙。

那一年，我考上了大学。相亲这种事情就暂时搁置起来。父母也不再给我说媳妇了。

盖房子

父亲一生最大的愿望是盖一栋二层楼房，但始终未能如愿。

父亲说，自古以来，农民一辈子辛苦就为两件事：置地、盖房子，这就是咱庄稼人的产业，现在国家给咱分了责任田，地有了，那咱在地里流血流汗，把庄稼当爷伺候，过日子图啥？还不就是图盖房子给娃娶媳妇嘛。

二十世纪七十年代，我出生在破旧的祖屋，那是我爷爷的爷爷留下来的。祖屋的前院是两间大瓦房，我家和大伯家各居住一间，后院是三间厦子房，因为年代久远，家贫无钱修缮，因而房屋早已百孔千疮。白天，一缕缕阳光穿过屋顶瓦片间的破洞，洒下一道道金黄的光柱，我喜欢看那在光柱里欢快跳跃的粉尘。到了夜晚，我躺在火炕上，数着天上的星星入眠。

包产到户后，农民的生产积极性异常高涨，粮食产量迅猛增加，农村发生了天翻地覆的变化。那时候，村子重新规划街道，给我家分了一院两间宽的新宅基地。为了从破旧的祖屋里搬出去，父母用勤劳的双手，在土里既刨食又刨钱，甚至于砸锅卖铁、东家借、西家凑，拉下了多少年都还不清的饥荒，硬是拼了命才盖起了两间土木结构的大瓦房。

大瓦房很少用砖，只是在几个承重柱和门窗框四周用了少量蓝砖，其余的墙体都是用土夯起三米多高的土墙，上面用胡基垒起来盖房子。土墙和胡基不用花钱，只需要人出力气。

那个年代，农民一年到头守着自家那几亩责任田，几乎没有人进城打工。在农闲时，如果谁家盖房子，像夯土墙、打胡基这样的重体力活儿，淳朴厚道的邻里乡亲们便会义务帮忙干活儿，不收取一分工钱，主家只需管一日三餐就行。

盖房子的土墙下面最宽处约一米，顶部最窄处也有五六十厘米。夯土墙时，父亲和邻居叔伯们先打好地基，然后在其四个角各深埋一根高约三四米的木椽作为柱子，将其顶部收口固定，呈上窄下宽的梯形，从底部向上用一根根木椽紧挨着固定在四根柱子上，形成长三米、宽一米、高一米多的空间，给里面填进二三十厘米半潮湿的黄土。黄土不能太干，也不能太湿：太干没有黏性，土墙不结实，土墙太湿又容易倒塌。

夯土墙用的是半圆球形的大铁锤子，有十来斤重，平面处有一小孔，嵌入约一米长的木棍，其顶部安装长约二十厘米的木手柄。用这大铁锤夯土，不需要什么技术，全凭一身好力气。父亲双手高高提起大铁锤，用力捶打坑土，待黄土被锤打得坚如磐石后，再填入一层新土，继续锤打。父亲一边夯土墙，一边向上添加木椽，直到土墙高约三米方止，土墙太高容易倒塌。等土墙晾晒干透后，匠人在上面高高垒起胡基，架椽铺瓦盖房子。

胡基是父亲亲手打的。他找一处土质黏性大的田地间，挖取黄土和水成半潮湿状，将一处土地平整好，用一个平底大石碓夯瓷实，上面放一个长方形的木板模具，长五十厘米、宽四十厘米、高十厘米，在模具里撒一些草木灰，打好的胡基就不会和地面粘连。父亲将湿黄土用铁锨铲进木板模具里，用一块长条木板沿着模具四周来回刮动，使泥土整齐地平铺满模具，然后用平底大石碓用力砸泥土。大石碓有二十多斤重，提起来很沉。打好一个胡基，一般只需要提起大石碓，在泥土上砸五下：四周各砸一下，最后在中间砸一下就好了。之后，拆掉模具，取出土坯，垒起来自然风干，就可盖房。父亲从早忙到晚，身上的衣服被汗水浸湿，又用体温烘干，一天不过打五六百个胡基。

虽然我家的宅基地面积不小，两间宽的大瓦房盖好后，院子里还有很大的空地方，但是家里实在是拿不出一分钱来再盖房子了。没有厨房，就在大瓦房的一角盘起了锅灶，旁边支了一张大案板。又在大瓦房另一边盘了个大火炕，炕边支了一张木板床。那时候，大姐已经出嫁，一家六口人就拥挤在这间大瓦房里，过起了实实在在的生活。

随着我和几个姐姐一天天长大，那两间既当卧室，又当厨房的大瓦房就显得越来越局促了。

后来，家里有了余粮，粗细粮搭配着，勉强还能解决一家人的吃饭问题，只是家里始终没个活钱，全家人只得省吃俭用，从嘴巴里节省下粮食，卖钱还账。

刚把外债还得差不多了，父母又商量着在院子里盖几间厦子房。母亲愁得一个劲儿叹气："几个孩子的学费都凑不齐，咱拿啥钱盖房子？"

父亲抽了一口旱烟说："娃大了，娃子、女子挤在一个炕上，不是个事，家里留下够吃的粮食，余粮都卖了吧，那两头猪眼看着膘肥毛顺了，都卖了，再凑不够就向亲戚四邻借吧。"

农民的辛苦劳累，这苦命有一半都系在了房子上。等到后院那三间厦子房盖起来后，父母真的是被累得脱了几层皮。旧债刚还清，还没有过上一天宽松舒坦的日子，家里又添了新债。尽管光景过得举步维艰，已经到了捉襟见肘的地步，父母望着新房，还是很喜悦地说："从前屋到后院这房子都起来了，咱这日子要往好处奔呢！"

家乡农户家里的厦子房都是半边盖的。那个时候，盖房子已经不再打土墙了。匠人在地基上垒起近一米高的砖墙，上面用胡基垒起三面土墙，朝院子一面留门窗，与邻居相挨背靠背，共用一面伙墙。伙墙高七八米，装门窗的这面墙高约四五米，这一高一矮之间，就形成了三角形的房屋结构。雨水流向自己的院子，避免了邻里纠纷。

我家的厦子房共三间，紧挨着大瓦房的那一间作为厨房，另外两间做了卧室。为了排烟方便，厨房紧挨着大瓦房的那面墙并没有用胡基砌到顶，而是与房檐齐平。这样，厨房的侧墙顶部便露出了很大的空间。那时候，母亲最怕雨天做饭，不但雨水会飘进厨房，地面总是湿漉漉的，而且胡基土墙被雨水浸泡久了，时不时会有土块落下，刚好落在灶台上，很烦人。

有一年雨季，一天中午，母亲正在煮面条，厨房墙顶被雨水浸泡成软泥，半块胡基突然脱落，正好砸在锅盖上。

母亲手忙脚乱地收拾锅灶，又擦又洗地忙活了半天，庆幸道："多亏木锅盖结实，没有被砸烂，要不，这一大锅汤面条就成了稀泥汤了。"

父亲是个老实本分的农民，除了在庄稼地里舍得出一身大力气之外，再也没有别的来钱的门道。为了还债，父母拼命累死累活地干苦活儿。父亲种棉花、辣椒、大蒜卖钱。母亲养鸡养猪，将家里的粮食草料最后都换成了整钱。

在我读初中时，家里的日子一天天好起来，余粮多了，父母一分一毛地也攒了点钱。这时候，父亲那颗热衷于盖房子的心又活泛了，就在厦子房后面盖了两间楼板平房，楼板顶用水泥抹得光滑平整。这下，终于可以在自家房顶晒粮食了。这让父亲很开心。

几年后，父母办了家庭养鸡场，每年喂养三五百只鸡。虽然养鸡又脏又累，但手里有活钱，父母脸上的笑容就多起来了。

在农村老家，成年男子娶妻，盖新房是必备条件，假如家中没有新房，那么找媳妇就会相当困难。为了给我说一门好亲事，加之早年间盖的那三间厦子房破败不堪，看到家里好不容易攒下来的一点积蓄，父亲盖新房的心又痒了。最终拆掉了厦子房，盖起了三间楼板平房。就这样，家里又拉下了饥荒，好几年都翻不过身。

父亲盖平房的初衷，是为了给我做婚房，后来我考上了大学，这板房就失去了原本的作用。

我家后院的房子盖了拆，拆了盖，几经翻修，变化很大，但是前院那两间大瓦房一直矗立了近四十年，除了外墙用砖包起来加固，再无任何变化。

等到我参加工作后，父亲说，真不敢想，咱这农民家庭还能培养出你这样一个大学生，你现在是省电视台的记者，可要努力工作，把事业干好。都是现在这政策好，要不，谁敢想咱一个庄户人家，咋能把房子从前院盖到后院呢？啥时候有钱了就拆掉前院的大瓦房，盖它两层楼房，那就气派了。

我一直对在农村老家盖新房热情不高，一心想在城里买房，这件事父亲也就是说说罢了。未料想父亲后来不幸患病去世，二层楼房终究没有盖起来。

我在西安买房后，就把母亲接来一起生活，除了逢年过节，一般很少回老家，逐渐断了翻修老屋的念头。

这些年来，家乡经济发展迅速，乡亲们都勤劳致富了，整个村子一条条街道望过去，几乎家家户户从前到后都盖起了两层小洋楼，亮堂气派，我家老屋那两间低矮破败的大瓦房夹在鳞次栉比的洋楼中间，显得那么孤单和寒酸。母亲知道我进城二十余年，已经不大习惯农村的生活环境，也从不在我面前提起翻修老家旧屋的事情。

　　每次回老家，看到破旧的老屋，想起父亲一生辛苦，从未停下盖房的脚步，竟没有过上一天舒坦的日子，我就会唏嘘不已。父亲想盖二层楼房的心愿，不知道我何时能替他了却。

养　鸡

　　我读四年大学的全部费用，都是父母辛苦养鸡卖鸡蛋换来的。

　　自打我记事起，母亲便一直在养鸡，少则八九只，多则二三十只。在那穷困的日子里，鸡蛋可是家里弥足珍贵的高档食品，除非偶尔招待贵客，平日里母亲绝对不舍得让家人享用，那要换成家里的零花钱，购买日常生活必需品，像柴米油盐、针头线脑这些，甚至于我们的学费和学习用品，都得指望它。

　　那些年，父亲陆陆续续盖了几次新房，家里拉下了不少饥荒，日子过得紧紧巴巴的，一直缓不过劲儿。当时，街坊四邻不少人家办起了家庭养鸡场，日子一天天红火起来。父母看着心热，就商量着多养些鸡。

　　虽然母亲养鸡颇有些经验，但她不识字，没有科学饲养的知识，以往养鸡也都是随意散养，鸡仔成活率很低，饲养百十只鸡雏，能有一二十只养到产蛋已属不易。父母明白，办养鸡场就得学科学知识，凭经验胡乱散养，这事准办不成。这真是太难为父母这一对老农民了，年近花甲，已到了城里人退休、颐养天年的岁数，他俩还得拼命硬干，既要参加饲料厂组织的科学养鸡专家知识讲座，又要去养鸡的乡亲家里参观学习。父母第一年饲养了三百多只鸡，以后逐年增加，最多饲养了五百多只鸡。

　　春节刚过，父亲从孵化厂买回来刚出壳的鸡雏。那时候，天气还很寒冷，鸡雏不容易成活。北方农村哪里都冷，只有大火炕是热乎的。父母效仿别人家，在大土炕上支起塑料保温棚，烧热火炕，在土炕上饲养鸡雏，像照顾儿女一样，细心侍弄着这些能给家庭带来希望的小生命。每次给小鸡喂水喂饲料，或者是清理鸡粪，母亲便要钻进低矮的保温棚，人不能直起腰，只能猫着腰蹲在火炕上一步一挪地干活儿。母亲还得时刻留心大棚里的温度：温度低了，就得烧火炕；温度高了，必须掀开塑料棚降温。母亲不知道一天要在火炕上钻进钻出多少趟，在那初春乍暖还寒的时节，她常会累得满头大汗，衣服、头发上总是沾满白花花的一层饲料粉尘，甚至是星星点点的鸡粪。我那时候难得见母亲穿过一身干净衣服。

养鸡最怕传染病，一只生病，可能会殃及整个鸡群，导致全军覆没，这就得勤打疫苗，一针都不能少。从鸡雏出壳到产蛋，要连续注射十多针疫苗，几乎是一周打一次疫苗。每次给四五百只鸡打疫苗，都是个累人的大工程，全家人一起动手，也得四五个小时。鸡越大，越难捉，那场面真是鸡飞狗跳、乌烟瘴气。

我家子女多，吃饭穿衣上学，都得花钱。那时候，父亲耕种着几亩责任田，靠庄稼地那不值几个钱的收成养活着一大家子人，自然是入不敷出。

为了生活，父母出门下地干农活儿，如老黄牛一般拼命劳作。家乡那一望无垠、平平整整的黄土地，既是养人的聚宝盆，又是猛兽，让人爱恨交加。父亲种大蒜卖钱，那可真是"锄禾日当午，汗滴禾下土"。那一棵棵蒜苗、一头头大蒜都是用汗水浇灌长成的。每年酷暑天在地里种大蒜，父母钻进一人多高的玉米洞子里，没有一丝风，闷热难当，浑身上下一个劲儿地向外冒痱子，长长的玉米叶子如锯齿一般划在脖子上、胳膊上，又疼又痒。父母直起腰没法干活儿，只得蜷缩着身子在地上连爬带跪，干一晌活儿回家，裤腿膝盖上、手掌上都是刮不掉的泥巴。回到家里，疲惫不堪的父母仍旧得不到片刻休息，还得辛苦饲养鸡，里里外外忙得分不清白天黑夜。等到母鸡上笼下蛋了，才能见到父母脸上露出困倦的笑容。

到了三伏天，鸡舍高温闷热，两台吊扇开到最大风速，日夜不停地旋转，温度也降不下来。眼看着每天都有产蛋鸡被热死，母亲又心疼又着急，每隔一两个小时，就背着巨大的喷雾器，给鸡舍又是喷洒凉水降温，又是喷洒消毒水杀菌。身材瘦弱的母亲好似背着一座大山，努力挺起被压弯的腰，不时揭起衣襟擦拭着额头和脸上的汗水。至今想起母亲当年劳作的情景，我心里总会一阵阵发酸。

养鸡比干庄稼活儿更脏更累。尽管父亲很勤快，隔三岔五地弯腰拉着架子车，一车一车地清理鸡粪，但是家里养着那么多只鸡，一年四季都散发着难闻的气味，一到夏天，鸡舍的臭味更是令人窒息，尤其是苍蝇漫天飞舞，简直是奈何不得。

幸好那时候卖鸡蛋方便，天天都有客商上门收购鸡蛋，只是给的价钱略低一些。为了能多卖点钱，父亲每天挑着扁担，担着两大筐子鸡蛋去镇子的集市上零售。我当时在镇子上的一家工厂子弟学校读书，早晚上下学途经工厂大门口时，常会看见父亲蹲在地上，吆喝着叫卖鸡蛋。父亲是个大胖子，蹲下去很吃力。他的一条腿弯曲着，胳膊肘撑在膝盖上，另一条腿努力地向前伸直，样子颇为不雅。

每次骑车经过工厂大门口时，我都会低下头，装作没看见父亲，迅速地离开。父亲蹲在地摊前叫卖鸡蛋的窘迫样子让我感到很不光彩。我在母亲面前提说过几回，不想让父亲再去工厂门口摆摊。

父亲知道后，一脸难为情地对我说："爹没本事，给我儿丢脸了。"

后来，他再去工厂门口卖鸡蛋时，就特意避开我上下学的时间。每每回想起当初自己身上那股轻视劳动人民的酸腐气，我就会羞愧得无地自容，后悔年少时太不懂事。

那时候，家里每天都有很多蛋壳破了或者有裂缝的鸡蛋卖不出去。母亲只得或煎或蒸，全家人几乎顿顿都要吃很多鸡蛋，以至于现在，我一见鸡蛋就有点反胃，那都是当年鸡蛋吃腻了。

父母种地养鸡，吃尽了苦，受够了累，日子也能过到人前去了。母亲常说，咱农民生下来就是这土里刨食的命，再辛苦都离不开这黄土地。我不愿意像父母那样一辈子守着土地生活，一心要走出穷乡僻壤，便发奋读书，终于考上了大学。这下，父母养鸡的热情更加高涨了。

我读的是公费大学，学费和生活费都不多，依靠父母辛苦养鸡卖钱供养，我这四年大学读下来，生活方面基本上没受什么委屈。

等到我参加工作后，父母就不再为用钱发愁了，加之年老体弱，种地养鸡实在是力不从心。我就劝父母别再受那份累了。

第二年，父母就再也不养鸡了。

如今，我每次回老家，总会去后院的鸡舍看看，这里已经成为柴房，横七竖八的蜘蛛网遍布屋里，玉米芯、大蒜秆杂乱地堆满了一地，几只锈迹斑斑的大铁笼子散落在墙角，依稀显露出当年养鸡的痕迹。母亲钻进火炕的保温棚，猫着腰给鸡打疫苗、喂饲料，父亲挑担子卖鸡蛋、拉架子车清理鸡粪辛苦劳作的场景就会浮现在我的眼前。一想起父母养鸡遭的罪，我就会情不自禁地湿润了眼眶。

能吃是福

父亲能吃，在村子里是出了名的。

父亲胃口好，饭量大，有一身好力气，人又勤快，不怕吃苦，格外热爱劳动，像老黄牛一样，是干庄稼活儿的好手。母亲常唠叨："咱一家七口人，每顿饭有一半都让你爹吃了。"

自打我出生后，家里就一直很穷。父母年复一年、日复一日地把日头从东背到西，不要命地在庄稼地里挥汗如雨，只是勉强能糊住一家人的嘴巴。早年间，家里缺粮，一日三餐以粗粮为主食，顿顿吃那黄玉米面粉做成的、堵嗓子眼的窝头、苞谷糁、鱼鱼和搅团饭。那馋得人想一想都能流出口水的白面馒头和长面条可是金贵细粮，难得一吃。到后来日子好过点了，一家人才扯开肚皮吃起了可口白面，但是一成不变的是，饭菜总是清汤寡水，不耐饥。父亲种庄稼干的都是重体力活儿，饿得快，饭量就格外大，一顿吃两三大碗扯面都稀松平常。父亲说："咱庄稼人干活儿费力气，就靠这好饭量呢。能吃才有劲儿，能吃是福。"

在大集体年代，生产队长安排活计时，社员们都愿意和父亲分在一个小组，因为父亲是个优秀的农民，人老实，干活儿肯出力气，从不偷懒，干任何农活儿都是又快又好。像两个人才能拉动的架子车，父亲一个人拉车，也是疾走如飞，比两个人干活儿还要利索。那时候，我家里孩子多，为了给儿女们多省一口饭，父亲常常忍饥挨饿，亏待自己的肠胃。父亲说，刚吃集体食堂那会儿，他真是享了口福，总算是顿顿有饱饭吃了。集体食堂最初粮多，吃饭不限量，人人管够。有一年夏收时，父亲在食堂吃了两碗捞干面，已经很饱了，就想着再端碗饭回家，给我们姐弟几个吃。于是，他又捞了一大碗干面条，放进辣椒、盐、醋，调好味道，便要回家。谁知道他还没走出食堂门口，就被生产队长堵住了，问他把饭往哪儿端。父亲不敢说给我们吃，只好说自己吃。那队长不是好人，平日里就爱欺负老实人，知道父亲要把饭端回家，偏偏要父亲当着他的面，把那一大碗面条吃完，否则就要给父亲开批判大会。无奈之下，父亲硬撑着死命地一口一口吃完了那碗面。他满头满脸的汗珠子吧嗒吧嗒地落在面碗里。整个下午，父亲都如同喝醉酒一般，干活儿摇摇晃晃，浑身打着摆子。父亲说，亏得他身体结实，否则那碗面真的会要了他的命。

那一年，宝鸡峡引渭灌溉工程施工，父亲和村里几个乡亲在乾县支渠工地干活儿。民夫们都没有一分工钱，各自的生产队按天记工分。那时候没有公交车或者自行车，赶路全靠马车或者牛车。父亲没黑没白地干活儿，累死累活的。工地唯一的好处是免费就餐，顿顿白面馒头、白面条管饱吃，伙食比家里好多了。就在那异常劳累的工作环境中，终日一身疲惫的父亲依然惦记着家里的儿女们，担心我们饿肚子。每当工地食堂吃馒头时，父亲便要偷藏一个半个，放在隐蔽处晾晒干。有的馒头未等干透就发霉长出绿毛。等攒到二三十个馒头时，父亲便抽空步行五六个小时回家，为我们这群饿得面黄肌瘦的孩子带回来美味的干粮。

包产到户后，农民的日子慢慢都有了起色。农闲时节，村里便有人家垒墙盖房。主家常会请父亲帮忙干活儿。那时候，乡亲们都很淳朴，帮工都是义务劳动，工钱分文不取，但必定要在主家吃饭。这是主家待客的基本礼节。父亲热心肠，人又实诚，总是把别人家的活计当成自己家的一样对待。父亲乐于给人帮工，还有一个很重要的原因，那就是可以给家里省下口粮。家里的粮食不够吃，父亲少吃一口，儿女们就可以多吃一口。

父亲能吃，因而很胖，就是到了年老时，胃口还是那么好。父亲把这能吃的基因遗传给了我。也许是从小食不果腹，我始终对吃怀有强烈的渴望和不满足。待长至青年，我也是非常能吃，尤其喜欢吃面食，见了白馒头、面条我总感觉吃不饱、饿得快。我上大学时，虽然瘦小，但胃口却是宿舍里最大的，比我高一头、宽一膀的同学，饭量根本比不过我。每次回老家吃母亲做的手擀面，我一个大小伙子的饭量却不及父亲的一半，尽管那时候，父亲已是年近古稀的老人。

后来，父亲病重了，不思饮食，那么一个大胖子，一天天地水米不沾牙，看着让人心疼。母亲说："每个人一辈子的食量是有数的。你爹一生好饭量，他把这辈子的饭提前吃完了，现在就不能再吃了。"

父亲是个粗人，一生都天不怕地不怕的，仿佛吃了熊心豹胆，待至生命尽头，却怕死了。他说："现在的日子多好呀！天天都有吃不完的白馍、白面条，我却一口也吃不下了。"听得人心里一阵阵发酸。

父亲去世安葬时，按照武功当地风俗，亲戚们献上了一屉屉油炸的花馍。母亲说："给你爹坟上多献些馍吧。你爹活着的时候饭量大，早些年间总没吃饱肚子，现在让他在那边有个饱饭吃吧。"

在父亲的新坟前，我和姐姐们点燃堆积如小山包的花圈和烧纸，火光冲天，烟雾缭绕。我们把那一屉屉花馍投进熊熊燃烧的大火中。片片纸灰如一只只黑色的蝴蝶在空中翩翩起舞，越飞越高。冥冥之中，我仿佛看见父亲腆着大肚皮，咧着嘴，笑了。

酿 醋

年少时，我家贫如洗，穷到买不起油盐酱醋茶这些基本的生活日用品。看着家里一大群饿得面黄肌瘦的儿女，父母愁得没着没落的。父亲说，酱油、茶叶这些高级吃喝，咱庄稼人不用也能过活；油呀、盐呀不吃不行，非买不可，能省就省点吧；唯有这醋可以不用买，咱自己酿吧。少盐没醋的，这饭怎么吃得下去呀？

就这样，母亲开始在家里酿醋。

尽管那时候乡亲们家里都缺少白面粉，但无人不喜面食。为了方便擀面，不论穷家富户，厨房都有一张大木案板，长约两米、宽约一米五，形似床板。我家也不例外，厨房里也同样安置着这么一张木案板。案板靠墙那边，摆放着大大小小的坛坛罐罐，有的装大块粗盐，有的装醋，有的装咸菜疙瘩。在案板对面，紧挨着土墙，两边用砖支着一块木板，长约两米，宽约四十厘米、厚约十厘米，上面同样摆放着各种盆盆罐罐，里面装着白面粉、玉米面粉、苞谷糁，偶尔也会装一些黄豆、花生之类的稀罕吃食。在那个年代，这些坛坛罐罐是农户家里最宝贵的财产。谁家的坛坛罐罐多，里面装的食物满，就表明这家人的光景过得红红火火。我家那些坛坛罐罐里面的食材，总是浅得见底。

那年的冬天真是冷啊！大雪一下就是十天半个月，砖瓦都被冻裂了，房檐上的冰溜子有一米多长，整个冬天都难以消融。我家厨房里有一个大火炕，与锅灶相连。做饭时，烟火蹿进炕洞，把火炕烧得暖暖和和的。

母亲找来一个开口直径约六十厘米的大瓦盆，请村里的木匠在瓦盆侧面靠近底部的位置钻了个小孔。木匠用的是手拉的十字形钻孔器。两根钻杆呈十字形，以绳子缠绕相连。木匠来回拉动横杆，绳子便带动竖杆上的钻头快速旋转，在瓦盆上开个小孔。

钻孔是个细活儿，颇不容易，用力要匀称，既要能钻开孔，又不能用力过猛，以防瓦盆开裂。

母亲酿醋的手艺是向邻里乡亲们取经得来的。

酿醋就得先制醋曲。每年农历六月酷暑天，母亲将大麦粉、豌豆粉，还有麸皮兑水搅拌均匀蒸熟，用模子压制成块，塞进麦糠里，任其发酵，半个月后取出晒干存放备用。

母亲酿醋的主要原料是玉米，但她自然舍不得用好粮食。那时候，全家人的主食是玉米面，每顿饭不是吃苞谷糁，就是吃玉米面鱼鱼饭和搅团饭，吃得人胃里时常泛酸水。母亲将大瓦盆洗干净，放在锅灶旁边的热炕头上，用木塞子堵住下面的小孔，每天倒一点剩饭，盖上木锅盖，每隔四五天，就加进去少许醋曲，上下搅拌均匀，在上面撒一层煮熟的麦麸。这样重复操作，直到大瓦盆里的剩饭高得冒起了尖儿。此后每隔一周，母亲便要将这一大瓦盆原料上下翻搅一次。

自打酿醋工程开始后，大瓦盆里便源源不断地散发出食物腐败的酸臭味，混合着淡淡的酒香味。这香臭两种气味糅合在一起，直熏得人头昏脑涨。母亲似乎对这种怪气味毫不介意，满怀期盼地说："等着出醋吧。"

四五十天后，母亲揭开锅盖，倒入清水，说这是淋醋。只需半天工夫，那瓦盆上面便浮着一层发酵液，表面出现了薄薄的白色醋膜，散发出刺鼻的醋酸气味，上层是清亮的黄色液体，下层呈黑黄色，略有点浑。母亲高兴地说："这下醋酿成功了！"

母亲拔掉大瓦盆底部的木塞子，下面用一个小盆接着，清亮的黄色醋液就缓缓地流下来，等醋淋完后再加清水，继续淋醋，直至基本没有醋味为止。醋静置澄清后再倒入醋坛，每次都要酿一大坛醋，供全家人吃上一两年。母亲酿的醋闻着酸，喝着却不酸，还有一股淡淡的酒香。我一次能喝小半碗醋，那是我儿时唯一的饮料。

剩下的醋渣也不能浪费。母亲每次喂猪时，都会给猪饲料里抓上几把，说是给猪开开胃。

母亲酿的醋没有任何添加剂和防腐剂，因而到了夏天，就容易起白花，还会生出一层醋蛆，在醋坛子里扭来扭去的，看着很恶心。母亲说，这蛆是粮食所生，不脏。每次食醋时，母亲取一块白纱布蒙在碗上，从醋坛里舀出几勺醋倒在纱布上过滤，纱布上便留下一层蛆虫。

那时候，家里难得吃上一顿面条，更没有什么炒菜。母亲从地里拔回来一把蒲公英小苗，掐下嫩尖，洗干净投进面锅里煮熟，便是下锅菜了。蒲公英叶边带刺，在嘴里嚼着扎舌头，下咽时扎嗓子眼儿。尽管这种野菜难以下咽，但这碗面只要倒进少许母亲酿的醋，就立刻变成了美味可口的饭食。

有时候，家里的醋吃完了，新酿的醋接不上，母亲便让我端个碗，去邻居家借醋，等到自家的新醋酿好后，再还人家一碗醋。

后来，家里的生活条件日渐改善，母亲就不再酿醋了，买醋吃。母亲常说，不知道人家醋坊是咋酿醋的，怎么放几年都不白花，也不生蛆，酸倒是挺酸，就是缺少了自家酿的那种香香的味道。

至今，我吃面时还是喜欢多醋少盐，每每想起幼时端着碗喝母亲酿的醋，总忍不住满口生津，回味无穷。

过　年

　　过年的快乐和渴望总是存留在儿时，存留在我们的脑海里。待至成年，过年的意义在于给家人兑现承诺，于自己而言，过了年又老了一岁，距离实现梦想的期限又缩短了一年，不得不逼迫着自己更加用心去努力。

　　小时候，对于过年，我是很期盼的。过年不仅可以穿新衣、吃长面，而且可以放鞭炮、耍社火、荡秋千，那都是很诱人的快乐玩意儿。凡是自己能想到的关于幸福生活的所有美好愿望，都将会在过年那几天得到实现。

　　那时候过年，父母都是愁眉不展的，因为过年就得花钱，可家里实在是太穷了。母亲辛辛苦苦养了一年的大肥猪，到了年底就图卖个好价钱，却不够还欠别人家的外债，还得留下点钱，勉勉强强地过个年吧。

　　父亲说，过啥年呢？那是过钱呢。财东家盼过年，图个喜庆热闹，咱穷人家就怕过年，家里的旧窟窿还没补上，过个年又得添个新窟窿。这过年呀，是咱穷人难迈的一道门槛。

　　不管你盼望或者害怕，到了时候，这年总会准时来到，从不会迟到，更不会失约。

　　腊月来了，把年带来了。从吃腊八粥开始，年味就愈来愈浓。

　　不管家里多穷，腊八粥一定要吃，这是迎新年的第一个仪式。为了做好这顿腊八粥，父母亲可得提前好一阵子忙活。父亲从集市上买来大葱、白萝卜、红萝卜、大白菜、香菜等各种新鲜蔬菜。那时候家穷，腊八粥没有任何豆子。大清早，母亲熬一大锅大苞谷粒煮熟，擀一案板薄面片，切成旗花状，倒入苞谷粥中煮熟，再将各样蔬菜混在一起炒熟，倒进大锅熬煮，调上辣椒、盐、醋，这一大锅腊八粥可就成了农家的美味佳肴。普通农户家平日里吃面，哪见过这么多的菜？闻着这腊八粥的味道，故乡新年的大幕就被拉开了。

　　腊月二十三，是农户大扫除和祭灶的日子。父母亲将房前屋后的蜘蛛网、陈年老灰打扫得干干净净。然后是刷墙，父亲在一个大铁盆子里倒满清水，铲几铁锨干净的黄土，用一根棍子使劲儿搅拌，不大会儿工夫，一盆黄泥汤便成了。父亲找来一根长长的木棍，一头绑上笤帚，伸进黄泥汤里搅拌一下，来回涂抹在掉了泥皮或被烟熏火燎成黑褐色的土墙上，这便是刷墙了。等屋子打扫干净后，接下来就要祭灶神。

祭灶的仪式很简单。灶台墙上的灶王爷把这个贫困不堪的农家守护了一年，已经被烟熏得又黑又黄，画像的四角也破破烂烂。母亲将灶王爷画像揭下来，连同两边张贴的"上天言好事，回宫降吉祥"的旧对联一同投进灶火中焚烧掉。母亲口中念念有词，恳求灶君在玉帝面前多多美言，在来年给家庭赐福保平安，然后重新贴上崭新的灶王爷画像和对联。

过年荡秋千是故乡农村最欢乐的一项体育运动。冬季里，地闲人也闲，有那爱耍热闹的人就会嚷嚷着绑个秋千，在街道中间立两根高五六米的粗木，中间架上横梁，绑上两根胳膊粗的麻绳做成秋千。秋千一荡，肚肠不饿。孩子们坐在秋千上，荡出了多少童年的快乐。若是围观者甚众，你再看那些小伙子便疯得没了样子，或一人站立在秋千之上，或两人相对而立，一下比一下荡得高，几乎与横梁齐平，惊得众人啊呀呀地大叫。这更壮了荡秋千者的胆量，他们荡得更加酣畅淋漓。也有那胆大的大姑娘、小媳妇，经不起诱惑，坐上秋千，悠悠地荡起来，把往日的矜持和羞涩荡得无影无踪。秋千下有些汉子便阴阳怪气地起哄道："二嫂子，两手抓紧脚踩稳，红裤带掉了也不能松手啊，命可金贵着呢！"秋千下的农人得到了最彻底的放松，用肆意纵情的笑声，尽情宣泄着积攒了一年的情绪。

至今在故乡，一些体现着农耕文明的良好习俗被可贵地保留并传承下来，比如尊老敬老，孙子辈在新年头一天要给爷爷奶奶们磕头拜年。

天还没亮，孩子们便被一声紧似一声的爆竹声吵醒，换上新衣服，吃了妈妈做的长面条，和一众堂哥堂姐跟着去给同族的老人们磕头拜年。爷爷奶奶们早已穿戴整齐，吃完饭，端坐在炕头上，准备好糖果和压岁钱，静等孙子们来拜年。地上放着一块玉米皮编制的坐垫。孙子孙女们鱼贯而入，一个挨一个在坐垫上跪倒磕头如捣蒜，高声报着自己的名字："孙子大牛给我爷、我婆拜年了。"起身后，便走到老人跟前，等着赏压岁钱和糖果，然后与大家兴高采烈地出门，成群结队走向下一家。

"耕读传家久，诗书继世长。"虽然故乡村庄小，农人大多文化程度不高，但是在以农耕文明为基础的自然经济条件下，这里耕读传家的文化思想源远流长，并且得到了发扬光大。乡亲们无不崇尚家庭文化教育传统，人人都非常重视下一代的教育和未来。谁家孩子考上了大学，在城市里谋取了稳定的职业，那么这将会是宗族最大的荣耀。谁家里出了个大学生，乡亲们都会说那是祖上积德的结果。这家人无疑会得到更多的尊重。这往往是那些家境殷实富足的人所无法比拟的。谁家有钱，日子过得滋润，乡亲们也仅仅是羡慕，并不会尊崇，他们只敬重谁家孩子考上大学，光耀了门庭，因为在他们淳朴的乡土观念里，再多的钱财总有吃干花净的那一天，"富不过三代"，唯有肚子里喝饱墨水，用知识武装起大脑，才能创造出永不枯竭的财富。

大年初一早上，村子里的锣鼓队就惊天动地敲响了。队员们穿着统一的红衣红裤，抡起胳膊甩起腿，精神抖擞地打起鼓来敲起锣，逐家逐户去那些孩子考上大学、在外吃公家粮的农户家门口，吹吹打打，热闹异常。锣鼓声声给这家人送去喜气和祝福。主家一定要给锣鼓队发个大红包，五十、一百不嫌多，五块、十块不嫌少，只图个喜庆。

未考上大学时，大年初一早上，当锣鼓队在左邻右舍家门口响起时，我总会羞愧地躲进屋子，不敢出门见人。母亲羡慕地看着锣鼓队的表演，看他们在手舞足蹈中张扬着别人家的光彩，无一次不会喃喃自语道："啥时候这锣鼓队能在咱家门口敲打一回，也算我把娃养成人了。"

后来，我考上大学，终于给母亲争回了脸面。母亲给锣鼓队发红包时，总是喜笑颜开、心甘情愿的。

现如今，我衣食无忧，家里大人小孩天天穿新衣，吃肉还要挑肥拣瘦，把平常日月过成了新年，这过年就与平常日月无甚两样，过年就显得毫无吸引力了。

女儿已放寒假，每日作业多如山，唯有她对过年依旧满怀期待。

我问其故。她说："过年不用写作业。"

冬日甑糕香

甑糕，甑糕，热甑糕来了。

冬日清晨，天麻麻亮，年少的我只要一听到乡村街道传来这样的吆喝声，就闻到了那令人心痒痒的香甜味，便一骨碌从热炕上爬起来，央求母亲给我买碗热甑糕吃。

老家武功方言把甑字念作"jing"（镜）。热甑糕按斤称，一斤一块钱能买一大碗。我家孩子多，日子艰难。父母过日子节俭，哪里舍得花钱多买几碗？我是家里唯一的儿子，这碗甑糕就只能任我狼吞虎咽。四个姐姐站在旁边，只有看的份儿，没有吃的份儿。她们眼巴巴地瞅着我吃，不住地舔着嘴巴、咽着口水。我也不是每天都能吃到热乎乎、香喷喷的热甑糕。那也得间隔很久才能过个嘴瘾。

甑糕是陕西历史悠久的传统小吃。《周礼》："羞笾之实，糗饵粉滋。"早在三千多年前，西周王室食用的"粉滋"是在糯米粉中加入豆沙馅蒸成饼糕。这是甑糕的雏形，当时的"粉滋"并不放枣。到了隋唐，才在糯米中放入大枣蒸熟。这就与现在的甑糕在用料上很接近。

后来，家里的日子慢慢好过了。母亲每逢春节必蒸甑糕，供儿女们尽情享用。大年初一，天还未亮，街上此起彼伏的鞭炮声就把全家人惊醒了。我和姐姐们穿上新衣新裤，哪怕是旧衣服，也得洗得干干净净，在门外放了鞭炮，等着吃母亲做的旗花面。

这大年的第一顿旗花面，寄托着农人们热切的盼望，总有种难以忘怀的鲜香。面条是母亲手擀的，用刀切成又细又长。母亲把油煎的鸡蛋薄饼切成菱形，好似旗花，烧一锅开水，将鸡蛋饼、葱花、红萝卜丝、黄花菜、黑木耳倒入，放几勺冻成冰疙瘩的红烧肉片，放适量油泼辣椒、味精、盐、醋煮开。这一锅香味浓郁的臊子汤就做好了。满屋满院香气扑鼻，令人垂涎三尺。面条煮熟，捞一筷子进碗，舀几勺臊子汤。这碗充斥着红黄白绿五颜六色的面条，诱人生津。旗花状的鸡蛋饼在碗里摇曳，因而叫作旗花面。面少汤多，武功人也称此面为汤汤面。只吃面不喝汤，小孩子也能吃个十碗八碗。

早饭过后，母亲便要蒸甑糕，取一大瓷盆，先铺一层红枣，再铺一层糯米，撒一层白糖，如此依次相间叠放泡好的糯米和红枣，铺四层红枣三层糯米后加适量水，放入加水的大铁锅中，大火烧开，小火慢蒸四五个小时就熟了。揭开锅，甑糕红白相间，又黏又甜。一家人敞开肚皮尽饱吃吧。

一顿自然是吃不完这一大盆甑糕，那就慢慢吃。春节时的北方农村，除了热炕头，别的地方都冻手冻脚的，厨房和室外一样天寒地冻。那盆甑糕放在厨房，多少天都不会坏。第二天吃之前，将整盆甑糕放进大铁锅里蒸热，越蒸越黏越甜。有了这盆甑糕，整个大年都弥漫着甜蜜和幸福的味道。

天气越冷时，吃热甑糕越香甜。一碗热甑糕下肚，浑身上下都暖和舒坦。若是天热时，这甑糕不论冷热，都尽失香甜味道，总不得劲。

父亲去世后，我把母亲接来西安一起生活。小区早市有一家摊位卖甑糕。寒冬腊月天，我总会不时给母亲买一小份甑糕品尝。西安的甑糕用料比老家多了蚕豆，吃起来也是黏糯香甜。

母亲吃过几次，总是摇头，这甑糕甜是甜，却没有当年老家的好吃，少了老家的味道。

我问，少了什么味道？

母亲说，少了饥饿的味道。现如今人都不缺吃喝，总不觉得饿，才吃肉不香、吃糖不甜。

是呀，我们现在吃什么都没有味道，恐怕是因为当下的日子太富足，生活太幸福。我们的味蕾长久地缺少了苦涩的对比，才日渐麻木了。

蒸年馍

少时，我家中孩子多，白面细粮不够吃。到了漫长的冬季，一日三餐多以玉米粗粮为主，不是苞谷糁稀饭，就是玉米面粉做的搅团和鱼鱼饭。这种饭极易消化，不耐饥，吃着撑饿得快，顿顿离不开玉米面蒸的大窝头，否则饿得慌。

玉米面粉松散没有韧性，不能揉成馒头形状。母亲抓一把和好的玉米面疙瘩，放进大瓷碗里，使劲转圈摇晃，三五下就成了一个圆锥体的大窝头，一个挨着一个在铛子上放几圈，上锅蒸熟，每锅要蒸两三铛。刚蒸熟的窝头虽酥酥软软，却粗糙得直扎嗓子眼，下咽是一种受罪。冷窝头放几日，变得坚硬如石块，咬一口准能硌掉大牙。在那个苦难年代，这绝对是农户家充饥的好食品。

在寒冷的冬日，我爱吃烤热的窝头。庄户人家做饭用的是土灶大铁锅，柴火树叶是常用的燃料。烧饭时，母亲给灶塘里扔几个冷窝头，放在火堆两侧，来回翻转，待饭熟火熄后，从柴火堆里刨出窝头，上面沾满了厚厚一层黑乎乎的灰烬。我拿起窝头，在门扇上使劲磕打，黑灰落尽，揭开黄干的外皮，里面冒出丝丝热气，咬一口，软软的、甜甜的。烤窝头给我饥肠辘辘的童年带来了许多快乐时光。

除非过节或者待客，平日里白面条和白馒头是很难吃到的，那存货不多的白面要留着过大年吃。为了让孩子们过个美年，农户家不论贫富，过了腊月二十三，都要准备年货。俗话说："二十八把面发，二十九蒸馒头。"每年腊月二十九这天，母亲就要蒸很多很多白面馒头和大肉包子。孩子们吃了一年的窝头，现在好不容易熬到过年，也该让我们好好品尝一下白馍的味道。母亲说，蒸馍就是争口气，来年咱家的日子一定会蒸蒸日上，红红火火。

先一天，母亲和了两大瓷盆白面，差不多有四五十斤，用老酵面发面。经过一夜的发酵，面团像充满了气的大气球，高高鼓起。早饭后，母亲就开始揉面蒸馍和包子。这一天从早到晚，灶塘里熊熊燃烧的劈柴就没有灭过。不知道蒸了多少锅白馍和包子，只见长条木盆和大水缸里都堆得冒了尖。白馍花样繁多，有过年走亲戚的大礼馍，有自家吃的小馍。包子有萝卜大肉馅，也有豆腐粉条馅的。

左邻右舍差不多都是在这一天蒸年馍。天空中飘起雪花，白茫茫的一片，整个村子若隐若现，人家厨房烟囱里冒出的青烟就没有断过，袅袅升起与雪花融为一体，摇曳在朦朦胧胧的高空中，辨不出哪是烟，哪是雪。整个村庄竟有了水墨画般的美。刚蒸熟的白馍散发出浓郁的麦香味，与包子飘荡出来的肉香味缠绕在一起，拧成了麻花，在小村庄上空翻腾着。一街两巷的土狗被空气中的美妙味道馋得狂奔乱吠。

我问母亲，干吗要蒸这么多的白馍和包子？

母亲笑着说，这年馍要从今天吃到明年正月十五，咱家的白馍能吃两年，你说这是个啥样的滋润日子？

窝头是乡民们救命的粮食，白馍就是慰劳他们清汤寡水肠胃的点心。蒸了年馍，辛劳了一年的庄户人家终于能痛痛快快地解解馋虫。这是他们一年中难得的奢侈生活。日月的愁苦和困顿就淹没在吃年馍的欢腾中。

我爷年过八旬，拄着拐棍，走起路来摇摇晃晃。他捋着雪白的胡子，张着没牙的瘪嘴说，咱庄稼汉天天把日头从东山背到西山，连张嘴都糊不住，人皮真是难背呀！能吃上一口白馍，这才是过大年呀！

后来，家里日子好过了，顿顿不愁吃白馍白面条。我爷却老了，临死前，他咋都不肯闭上眼睛，干枯的眼窝中硬是挤出几滴浑浊的泪水，谁能想到现如今有吃不完的白面馍，我还没把这福享够，实在是丢不下这好世道呀！

我参加工作没几年，未来得及尽孝，父亲就去世了。母亲跟随我来西安城里生活，家里生活条件好了，肉菜都吃腻了，谁还会想着吃馒头、包子？女儿说莫说是白馍，就连面包，那都是世上顶难吃的食品。听了这话，母亲就再也不蒸年馍和包子了。

我爷是半个秀才

我爷是个什么样的人？用我爹的话说，他就是个不务正业的二流子。对于这种说法，我爷不认可，说自己曾经是个读书人，也算是半个秀才。

我爷生于一九〇九年，正是大清王朝即将灭亡的最后时刻。

我的老家在陕西省咸阳市武功县金铁寨村。我爷说，他的爷是村子里的大财主，家有良田上百亩，长工仆人一大群，他的爹娘穿金戴银，那绝对是个大户人家。我爷打小被他的爹送去读私塾，十四岁那年，家里给他娶了个十八岁的媳妇，也就是我婆。我婆比我爷大四岁。

我爷家里是财东户，很注重耕读传家的文化传统，希望后人不但要学会种田，以谋生计，还要多读圣贤书，明白"礼义廉耻"的做人道理。我爷在青年时代，被家里送到西安的洋学堂读书，一大早从家里出发，坐着马车，需要七八个小时，到傍晚才能走到西安城。我爷是个富家少年，玩心重，对读书兴趣不大，被家里人强迫着读了那么多年书，银圆花了一河滩，也没有读出啥名堂，未及学成谋取一官半职，却赶上西安城被围，差点丢了性命。

那时候，军阀混战，乱得不可开交。一九二六年四月，北洋军阀吴佩孚新收编的土匪头子刘镇华围攻西安，在西安周边烧杀抢掠，无恶不作。十一月底，刘镇华部队被冯玉祥打败撤退，西安城才解了围。在西安城被围困断粮的八个月里，西安军民因为战死，接近当时西安人口的四分之一。

在这场浩劫中，我爷朝不保夕，侥幸死里逃生，哪里还有什么心思读书，等到局势稳定后，慌忙逃回老家。家里人也受到惊吓，坚决不再让他出门求学，说这年头到哪里都是兵荒马乱，人心惶惶的，出门求学太危险，还是待在家里，守着这份祖业，吃喝不愁，也是个滋润快活的日子。

我爷回到家乡，一时谋不到称心的公干，下田种地吧，家里雇着长工、短工，哪里轮得上他呀？再说呢，我爷自幼读书，不事稼穑，四体不勤、五谷不分，也吃不了那庄稼汉的苦，索性在家里游手好闲，遛个狗呀、逗个鸟呀、打牌掷色子、推十点半比大小，反正家里不差钱，变着花样玩呗。我爷好交朋友，偏又是些酒肉朋友，吃他喝他，哥长哥短的好不亲热，一旦有难，都躲得远远的，连个人影子都找不见。

俗话说"富不过三代"。我爷的爷是个大财东，他老人家怎么也想不到，自己千辛万苦置下的家业，活生生地被他的儿孙们三拳五脚踢腾得干干净净。我爷的爹有两个老婆，一大一小，就是这样的家还拴不住他的心，整天在外瞎混不着家，吃喝嫖赌抽样样精通，比我爷能折腾多了。父子俩今天你赌钱卖地，明天我输钱拿家里值钱的东西去当铺。反正这是祖业，不是自己拼了命挣下的，踢腾起来丝毫不觉得心疼。旧社会动荡不安，土匪横行，家里被土匪洗劫了几次。等到先人故去，我爷当了家里的掌柜时，家里已经穷得叮当响。

那时候，家家户户子女都多。我爷也不例外，娃娃一大群，五女两子。娃多嘴多，要吃要穿，粮食布料都用得费。我爷虽然没有养家糊口的能力，却有着读书人的清高，向来瞧不起种田务农之人，不愿意侍弄庄稼，嫌有失秀才的身份，哪管他一群儿女吃穿在哪里。这日子就越过越恓惶。

我大伯自幼喜好读书，聪颖过人，十五岁那年，家里实在是揭不开锅了，看着弟弟妹妹们缺吃少穿，一个个饿得面黄肌瘦，穿着破衣烂衫。大伯身为家中长子，深感有责任为家庭分忧解难。

此时，正值解放战争时期，国民党军队四处抓壮丁。我的老家金铁寨村分为南北两个村子。我家在南村。北村一户人家的儿子被国民党军队抓了壮丁，为了保命，想找人代替他去当兵，托中间人说事情，找到了我大伯。懂事的大伯二话不说，就同意把自己卖了壮丁，换钱买粮食，挽救一家人的性命。我婆舍不得儿子，知道这去战场是九死一生，恐怕今生再难见面，哭得死去活来。我爷在那一刻也流下了惭愧的眼泪。

我大伯能识文断字，去了部队，长官极为赏识，不让他扛枪上前线打仗，让他做了文书。我大伯去参军不到半年时间，还没有摸过枪。后来中华人民共和国成立，他回到家乡做了一名中学教师。

我爹排行老三，与大伯性格迥异，偏偏厌恶读书，喜好务农，最爱在庄稼地里出力流汗，十二岁时就成了家里的主要劳力，承担起养活一大家人的重担。

我二姑在青年时期，被招工进了西安的纺织厂，成为一名光荣的纺织女工。她是个很顾娘家的心善女人，一生竭尽全力照顾着娘家的每一个亲人。我妈生下我，由于吃不饱饭，因而一直没有奶水，要不是二姑买炼乳喂养我，恐怕我早都饿死好几回了。

我三姑嗜书如命，手不释卷。我爹常责骂她，说读书不能当吃、不能当喝，女娃读书能读出啥名堂？对此，三姑不予理睬，读书的热情日益高涨。最终他们兄妹二人的人生命运因为对于读书的不同态度而大相径庭：我爹目不识丁，做了一辈子农民，虽然勤劳一生，但终究是把日头从东山背到西山，吃尽了当农民的苦；三姑后来考上了大学，做了家族中她那辈人里面唯一的大学生，端了铁饭碗，把脑袋扎进洋面口袋，吃了一辈子轻省饭。每回谈及我爹，三姑还是充满了感激，说要不是她二哥自幼卖命务农，她也许早就被饿死了，哪有她后来考取功名、显亲扬名的荣耀呢？

我爷不愿意务农，便学做生意，怎奈他天生缺少生意人的细胞。贩羊，羊跑了；贩牛，牛丢了；给人弹棉花，着火了。我爷是啥都干过，干啥啥不成，最终迫于生计，做起了游街串乡的货郎，又在镇子街道上摆起小摊子，卖起鸡蛋醪糟和茶水，终究是赔多挣少，大半辈子穷困潦倒，作为财东家阔少爷的得意只有留在对岁月的无限怀念中。

二十世纪九十年代初，家乡人的日子普遍好过起来，我家也逐渐不缺吃穿。我爷刚过了几天好日子，还没有享受够生活的幸福呢，却老得活不下去了。在弥留之际，他流着泪，恋恋不舍地说，这才不缺白馍白面吃了，我却咽不下去，要能叫我多活几年，把这好世道再多看看，那该多好呀！最终，他的愿望还是落空了。我爷去世那一年是一九九一年，享年八十二岁。

两年后，我婆去世了，享年八十八岁。

一条会下跪的狗

我上高中时，有段时期无心读书，专喜欢招猫逗狗，后来就养了一条小狼狗，属于杂交狼狗。

那时候，堂哥家里养的大狼狗生下了一窝狗崽子，是那种品种不太纯正的德国黑背狼狗。当时在农村，这种小狗崽子很值钱，一条能卖五六十块钱，相当于我们中学教师半个月的工资。堂哥养狗就是为了卖钱。我成天去堂哥家纠缠着讨要小狗崽。堂哥虽然心有不舍，但最终还是送给了我一条小公狗。

我把小狗抱回家的时候，它刚过满月，还不太会吃硬食。我缠着母亲要了几块钱，买了一包奶粉，把雪白的大馒头掰成小疙瘩，泡在奶粉里喂它。母亲说，造孽呀！你把一条狗看得那么金贵，人都喝不上奶粉，却拿来喂狗，真是糟蹋粮食呀！

我自幼性格孤僻，不太合群，喜欢独处，宁愿一个人闷在家里读书，也不愿意呼朋唤友东奔西跑。家里有了这条小狗，带给我无尽的欢乐。小狗肚子和四条腿的毛色呈浅黄色，背部和嘴巴都是黑色的，因此我给它取名叫小黑。小黑长得很快，四五个月后，已经长成半大狗了，黑眼睛圆溜溜的很有神，大耳朵高高竖起，显得聪明又威风。每日上学，我心里都牵挂着小黑，上课总是心不在焉，急切地盼望着放学回家和小黑玩耍。我每天回家，它都会在屋后的那条街道等着我。我上学时，它也会跟着。我喊一声"回家去"，它才会恋恋不舍、一步一回头地向家里走去。我俩成了形影不离的好朋友。

堂哥家距离我家有两条街。为了避免养不熟，我从来没有带小黑回过堂哥家。它也从不偷着回去，想必是已经忘记了那条回家的路。

后来，不知道怎么的，小黑生病了，每天吃得很少，还不住地拉稀，眼看着它一天天地瘦下来，终日没精打采的样子。我很着急，却不知道该怎么办。村子里的兽医只会给生病的猪牛打针喂药，并不会给狗看病。家乡的父老乡亲有个头疼脑热的，能用身体扛着就尽量不去看病，何况是一条看家护院的狗，谁会想到给它看病呢？半个多月后，小黑已经病得瘦骨嶙峋了，没有力气和我玩耍，只能躺着冲我摇摇尾巴。

一天中午放学后，小黑突然不见了。我四处寻找都不见它的踪影。母亲说，看小黑那样子怕是活不成了。正吃午饭时，小黑夹着尾巴，晃晃悠悠地从堂哥家那个方向走回家，依旧是对着我摇摇尾巴，然后就躺着一动不动，像条死狗，与往日不同的是，我分明看到它的双眼里滚着泪花。

不大会儿工夫，堂嫂来到我家，惊奇地大呼小叫，说刚才小黑去她家看狗妈妈，一对狗母子相互嗅着鼻子、舔着嘴巴，都流出了眼泪，像人一样。堂嫂喊了声"小黑"，小黑竟然在狗妈妈面前四条腿跪下，一会儿就跑了。

"世上咋会有这样奇怪的事情？狗怎么会流泪，怎么会下跪呢？"堂嫂难以掩饰心中的诧异。

"就是怪，小黑到我家后，从来没有再回去过，怎么还记得去你家的路？"母亲也颇为惊讶。

下午放学回家，母亲忧伤地告诉我，小黑死了。父亲已经将它埋在了不远处的庄稼地里。

母亲感慨地说："多么有灵性的一条狗呀！它感觉自己要死了，在临死前竟忘不了去看一眼它的妈妈，还要跪谢。这份感恩的情义和孝心，有些人都做不到。"

小黑死后，我伤心了好一阵子，暗下决心今生不再养狗，因为我再也不想经历那种让人难以承受的生离死别之痛。

世间可有菩萨

天上可有菩萨？我没有见过。人世间的菩萨，我却见过。在哪里？就在故乡陕西省武功县金铁寨那个小乡村里。

村里有座菩萨庙，坐落在街道边，说是庙，从外观上看，并没有庙宇的宏伟建筑和宽敞庭院，不过是两间红砖蓝瓦的土木房，和关中普通庄户人家的住宅没有什么区别。菩萨庙两扇大木门朝南开，走进庙门，更不像庙宇的模样：里面没有供奉佛祖像，没有大雄宝殿，根本不是佛寺；也没有供奉文曲星、武曲星、财神赵公明等各路神仙，更没有供奉祖宗神位，显然不是道观，也不是祠庙，简直就是个四不像。

屋子虽宽敞明亮，陈设却简单，像极了寻常百姓人家，最里面窗户下盘个大土炕。炕上铺着被褥，另外有两床被子整齐叠放。屋子中央靠墙放着一张桌子，上面蹾放着一尊坐莲观世音菩萨像。菩萨左手持净瓶，右手持杨柳枝，慈眉善目、面带微笑。令人惊讶的是，彩色的菩萨像不是泥塑，也非铁铸，却是纸糊的。这是我平生见到的天底下最简陋的菩萨像。桌上放一黑瓷大碗，里面有细沙，焚香燃烛。脚地上放着一块玉米皮编织的大坐垫。

在菩萨庙的大门口，四个花白头发、满脸皱纹、年过七旬的老妪围坐成一圈，正在往一个大筛子里剥着黄灿灿的玉米粒。

"少小离家老大回，乡音无改鬓毛衰。"尽管我长期在外地求学工作，很少回故乡，但这些老人都是我的长辈，还是相识的，我忙"姨呀婆呀"地打招呼。老人们上下打量着我，脸上皆笑出了花，亲热地喊，林林回来看你妈了，好，好。多少年没见，碎娃都成老汉了。

同村的六妈吴玉花蹒跚地走到菩萨像跟前，虔诚地点燃三炷香，跪下磕了三个头，嘴里念叨着，感谢大慈大悲的观音菩萨给我吃，给我住，让我捡了条活命，阿弥陀佛。

我问六妈，世间果真有菩萨吗？

六妈反问我，怎么没有，乡亲们不就是我的活菩萨？

菩萨庙里有十多个信徒，都是些上了年纪的老妪，却没有主事人。每年庙会，前来菩萨庙祭拜的香客便多起来，若有落难之人投靠，可提供食宿。吴玉花老人就常住于此。

吴玉花是个苦命人，不到三十岁，就死了男人，怕后爹不待见四个孩子，就一直守寡，没有再嫁人。一个寡妇拉扯大两儿两女，其中的艰辛，如同她眼里的泪水一样怎么都扯不断。每一个漫长的日夜煎熬得人都麻木了。

等到孩子们陆续长大，该嫁人的出门了，该娶媳妇的成家了，吴玉花耗干了如花似玉的青春，健壮的身子骨终于熬成了枯树皮。

人说，养儿防老，但她养大的两个儿子都指望不上。原本健康的大儿子婚后一天天变得痴痴傻傻，又懒得出奇，不愿意干农活儿，也不愿意出门打工挣钱，整天游手好闲地满村子瞎逛，连妻儿的吃穿都不管不顾，哪里还会理会老娘的死活。大儿子不到三十岁，竟暴病而亡。媳妇还年轻，自然改嫁去了外村，狠心地撇下不足四岁的儿子。此后，吴玉花就承担起抚养孙子的责任。孙子成了没爹没妈的野孩子，是个不争气的主，啥都喜欢，就是不乐意读书，整日疯也似的玩耍。老迈的奶奶怎么能管得住他？任由他旷课逃学，长成个混世魔王，混到小学毕业，实在读不进去书，就撇下奶奶，跟随村里人去城里打工，只能这样混日子了。

吴玉花身体结实的时候，帮着小儿子媳妇种地带孩子，儿媳妇还能勉强容得下她。等到她老得不中用时，儿媳妇嫌恶她，连打带骂的，不给她吃住，夜里常把婆婆关在门外。农民娶媳妇不容易，小儿子怕媳妇，心里可怜老娘，却连个屁也不敢放，任由媳妇胡来。

人说，女儿是娘的贴心小棉袄，吴玉花却没这个好福气。依照武功农村的风俗，嫁出去的女儿如同泼出去的水，不继承祖业，也没有赡养父母的义务。吴玉花在土里挣扎了一辈子，把四个孩子拉扯大已经耗干了心血，除了两间破屋烂瓦房，哪里还有能力留下什么家产？既然没有祖业可以继承，那还谈什么赡养丈母娘？你妈又不是没有儿子，亲儿都不赡养亲娘，凭啥让我这个女婿赡养？两个女儿心疼亲妈，却做不了自己男人的主，只能偷偷地抹眼泪。

眼看着在家里待不下去，吴玉花饿得头晕眼花，走投无路，求生的欲望驱使她去村里的菩萨庙里求菩萨收留自己，人总不能活活饿死吧？善人婆们同情她，就让她住下来，夜里守庙，反正庙里有吃喝，有热炕头，饿不着，冻不着。吴玉花这一住，就是五六年。

五婆放下手中的玉米棒子说，现在这社会好，村里给你六妈办了低保，逢年过节的，给她送米面油，还给钱呢，日子倒也能过。儿女们有时候来庙里看他妈，这就好着呢。

我问五婆，庙里的善人婆信佛吗，每日里可念经文？

五婆笑着说道，怀善心、做善事、积德福，只要你有菩萨般的善心肠，其他的都是哄人呢。

故乡的善男信女们大多不识几个字，不懂得儒家的仁爱精神以及佛教的法门，只知道要像观世音菩萨那样，以大慈大悲的济世利生精神去平等地对待一切众生。是啊，善良是人之为人最光辉最可贵的品德。

在寒冬腊月的晴朗天气里，我站在庙门前，面朝南方，冬日暖阳洒下万丈光芒，笼罩了菩萨庙，还有吾乡吾民。在夺目的光影下，劳作的老妪们浑身上下都包裹了一层奇异的光晕，异常动人。

生命的奇迹

母亲八十三岁了，这些年来身体状况愈来愈差，好几次都差点熬不过去。

前段时间，我还在光头山九号台上班时，姐姐给我发信息说，母亲这次真的不行了，天天在家里念叨要见我最后一面才肯放心走，要我下山后赶紧回家，迟了恐怕就再难与母亲见面。

次日，我心急如焚地赶回家，母亲已经意识不清，且不进食水和米，右半侧动弹不得。我握着母亲的手大声呼唤，但她始终闭着眼睛，没有任何反应。我的眼泪忍不住流下来。

母亲一生辛劳，为了养活五个儿女，她那瘦弱的肩膀承受了太多的重担。在她生命的危急关头，我和四个姐姐日日夜夜守护在她的身边，尽着儿女们最后的孝道。

我们用勺子给母亲喂水，她都难以下咽，更别说吃东西了。母亲的身体一天比一天虚弱，气息也越来越微弱。她甚至出现了幻觉，时不时用手指着某个方向惊呼道："看，那是谁来叫我走了。"听得众人不寒而栗。

村里的先生听说母亲病重，前来探望。他掐指一算，叹息道："唉！你妈妈这回是难成个人了，看样子是迈不过这道坎儿了，也就是这几天吧。"

闻听此言，我和众姐姐不禁黯然神伤。

母亲断食后的第三天中午，突然意识有些清醒，好几次跟姐姐们说她要走了。姐姐们都很慌张，料到母亲将不久于人世，赶紧盛热水，给母亲擦洗身子，手忙脚乱地寻找寿衣。母亲拉着我的手，叮嘱我要照顾好女儿晴儿，她有气无力地说道："我要走了……不要打娃……不要骂娃……"我哽咽地答应着。

此时，母亲双眼紧闭，气若游丝，眼看着行将就木。

下午，二姐家的外甥女蒙回家，抱着灵床上的外婆号啕大哭，悲声令人心碎。大家劝她不下，纷纷抹着眼泪。蒙大哭了十多分钟方止住了悲声。令人意想不到的是，原本奄奄一息的母亲在外孙女的这一番哭声中，竟然睁开了眼睛，而且意识清醒了，能认识人了。

见母亲又醒过来了，姐姐们忙将母亲送至县医院抢救，并通过朋友联系了一位医术高明的专家大夫会诊。看了诊断结果后，这位大夫摇着头，对我说："从磁共振和心电图的检查结果来看，你妈病情很严重，心率和呼吸都很微弱，还不到正常人的一半，脑血管和心血管都有异常，左右心房增大，主动脉及冠脉钙化，心包增厚，右肺有陈旧性结核。咱们医院这边无能为力。"

"那转院去大医院呢，手术风险大吗？"我急切地问道。

医生摇摇头说："咱们都是熟人，我说句不好听的话，请别介意。老人病情复杂，不但要做心脏手术，还要做开颅手术，加之老人年龄偏大，手术风险不小。"

"那如果放弃治疗，我妈还能活多久？"我问道。

那医生一脸凝重，说道："一周左右吧。"

在医院留观室里，护士在给母亲打吊瓶输液时，由于母亲的血管壁很脆，很难扎针，扎出的血都是黑色的，护士费了老半天劲儿，好不容易才艰难地扎针成功，但母亲不配合治疗，一直在挥舞着手臂，四姐一双手都按不住。外甥建议把她的手臂绑在病床上，我实在是不忍心。后来怕针扎破血管，护士只得将针头拔掉，放弃输液。

我们姐弟商量后，决定把母亲接回家，不想让她再承受大手术的风险。

此后几天，母亲依旧是不能进食，大多时候都是意识不清。

三天后的下午，母亲突然哭着开口说话了。

我一惊，慌忙问道："妈，你想吃点东西不？"

母亲点点头。

我兴奋地取过来一块鸡蛋糕，一点点地喂给母亲。后来，母亲又喝了一口牛奶，喜极而泣地说："妈又活过来了，从鬼门关闯过来了。"

众姐妹皆惊喜万分。

就这样，母亲在断食一周之后，竟然神奇地康复了。母亲的饭量也比之前更好了。她以往不吃鸡蛋，不喝牛奶，现在来者不拒，不挑食，气色一天天好起来，意识也日渐清醒。

我在家里又待了几天，眼看着假期快满了。母亲天天催我回西安上班，说有几个姐姐轮流照顾她，让我不必挂念。

尽管几个姐姐把母亲照顾得很周到，我还是惴惴不安地回西安了。

我回到家后，那几盆养了四五年的君子兰第一次开出了红艳艳的花朵。

一株玉米

五一假期，我带着女儿回老家看望母亲。

女儿从小在城市里长大，对乡下的一切事物都感到很稀罕，兴奋地在房前屋后跑来跑去。

"不要上楼梯，上面很危险。"我警告女儿。

后院的三间平房是父亲在世时修建的，至今有近三十年的房龄，破败不堪。平房的铁楼梯早已锈迹斑斑，台阶上的铁皮踏板有不少翘起来，看着岌岌可危，如同生命垂危的老人。大人上楼梯都得提心吊胆，何况小孩子呢？我不允许女儿上楼梯。

女儿九岁，正是调皮捣蛋狗都嫌的年龄，很贪玩，越不让她做的事，她越感兴趣。一不留神，她还是偷偷爬上了房顶。

"爸爸，快来看，这是啥呀，草吗？咋长得这么高？"

听到女儿的喊声，我小心翼翼地踩着楼梯，登上了房顶。屋顶的水泥地面有多处裂缝，像久旱龟裂的黄土地。每到雨天可就要了命了，屋子里淅淅沥沥地漏雨。楼顶久未打扫，满是枯枝败叶，显得很凌乱。

我说："这是玉米苗。"

女儿很少回老家，自然分不清楚哪是禾苗哪是草。

那株玉米苗长在墙角排水沟的低洼处，高约一尺，略有些枯黄，很细弱的样子。根须下有些许的泥土，想必是雨水冲刷排水沟里的淤泥积聚下来的。几条根须钻进排水管，另几条根须扎进水泥地面的裂缝里。零落衰败的屋顶一片土灰色，只有这一株玉米苗是绿色的，孤零零地立着，显示出生命的活力。

"屋顶只长着这一株玉米苗，太孤单了。爸爸，您说它能结出苞谷棒子吗？"女儿望着我，眼神里满是期待。

"可以吧，只要有水，旱不死就行。"

之后的几天里，女儿常用小缸子舀水，上楼给那株玉米苗浇水。

那段时间，因为母亲的身体健康每况愈下，很令人担忧，所以我回老家就很频繁。每次回老家，女儿总忘不了上楼去看那株玉米苗。天气愈来愈热，女儿时不时地要给它浇水。

只几个月的工夫，那株玉米苗就长得有一人高，愈来愈粗壮。几条粗根须穿过排水管，深深地扎进屋墙的缝隙里面。玉米秆顶端已经长出花穗，每一枝花穗上都挂满了紫红色的小花朵，如一颗颗闪闪发光的小玛瑙，散发出淡淡的香甜味道。一只小蜜蜂落在花瓣上，急急忙忙地吸吮着花蜜。

到了八月份，母亲忍受了四个多月的病痛折磨，最终还是没有熬过去，在我和姐姐们的守护下，平静地走了，去另一个世界追随父亲。料理完母亲的后事，我便要回西安。出发前，女儿忽然想起平房屋顶的那株玉米，拉着我上楼掰苞谷棒子。

玉米已经成熟了，顶部的花穗和玉米须几近干枯。我掰下那两个苞谷棒子，颗粒虽然不是很饱满，但用指甲轻轻一掐，立刻喷出白色的浆水，一股淡淡的香味混合着腥味扑鼻而来。苞谷棒子正是嫩得好吃的时候。

女儿问我道："爸爸，屋顶只有这一株玉米，连个伴儿都没有，怎么竟长出了两个苞谷？"

我说："因为它耐得住寂寞。"

"啥意思？"女儿没有听懂我的话，脑袋摇得像拨浪鼓一样。

我带着很多新鲜的苞谷棒子回家。一路上，平房屋顶那株玉米的影子一直浮现在我的脑海里。我感叹着它生命力的顽强。那株玉米忍受了三个多月的风吹雨打、日头暴晒，在寂寞中完成了它的生命周期。做人何尝不是如此？人是群居动物，喜欢繁华热闹的生活环境，最难忍受的莫过于心灵的孤寂，可是天下成大事者，往往都是那些能耐得住寂寞的人。春秋时期的越王勾践卧薪尝胆，耐住寂寞，终于灭掉吴国。西汉太史公司马迁忍受宫刑之辱，耐住寂寞，写出中国历史上第一部纪传体通史《史记》。鲁迅先生称之为"史家之绝唱，无韵之离骚"。苏武牧羊十九载，耐住塞外苦寒寂寞，最终回到长安。如果没有一颗能耐住寂寞的心，那么古今多少贤达恐怕都会沦落成芸芸众生，归于凡尘，又怎么能成为超群绝伦的圣贤？耐不住寂寞往往成为成功的绊脚石。我们究竟该怎样提升自己的生命价值，从而走向成功呢？那就得耐住寂寞。

耐得住寂寞的人身体好，不生病，因为他会控制自己的情绪，不轻易动怒，不会常生无名之气而损伤心肝，不会出现神经失调、气血不通而导致生理机能紊乱，从而诱发多种疾病。

耐得住寂寞的人心态好，不抱怨生活，不因为身边人升官发财就心生嫉妒，更不会有害人之心。自己心理平衡了，才会有良好的人际关系。

耐得住寂寞的人心无杂念，能抵挡住金钱和美色的诱惑。面对别人家的美貌女子，他不会心猿意马，而她也不会为了钱财迷失自我。这样的婚姻家庭才能幸福稳定。

耐得住寂寞的人，不会心浮气躁，不会把时间浪费在无聊的饭局和闲谈上，反而能够冷静地思考人生的方向，有时间专注于自己的事业。

寂寞不可怕，怕的是沉不下心，怕的是急于求成。

我愿做一株孤独的玉米，静静绽放，默默成熟。

快活的二蛋

母亲享年八十三岁，这在家乡是少有的高寿，算是喜丧。面对丧母这人世间最不能承受的痛苦，我和姐姐们唯有以泪洗面、日夜哀号，哪里还会有心思把丧事当作喜事来大操大办？家族中的长辈们都说我在外工作，是吃公家饭的有头脸的人，母亲一生节俭，临了这葬礼务必要办得风光体面一些。上大学后，我一直离乡在外，对家乡的礼数已渐模糊，如何操办母亲的丧事，任由族中长辈做主，我只管出钱。

请先生看了日子，母亲要在家中停丧五日后方可入土。每日里，前来吊唁的亲友络绎不绝。我终日跪在母亲的灵堂前，陪同亲友们一起上香叩首号哭。这是家乡办丧事的礼仪，既是孝子缅怀亡人，也是对前来吊唁的亲友的一种答谢。

家族中前来帮忙料理后事的本家甚众，一日三餐自然是要备齐酒肉，热情款待的。不知何时，家中来了一个痴傻汉子，年过四十，蓬头垢面，破衣烂衫，形似流浪汉。他并不做什么事，只是抽烟喝茶，傻呆呆地看着他人忙忙碌碌。我虽与他不相识，但上门皆是客，他又不捣乱，就任由他去吧。每到吃饭时，我必邀请他上桌就餐。他面丑衣脏、臭不可闻，除了苍蝇乐意簇拥着他，别人都嫌弃他邋遢，不给他凳子，不愿与他同桌就餐。他倒有自知之明，也不上桌，抓起吃食，站在一旁，呵呵笑着，狼吞虎咽。

"你叫啥名，家在哪里？"我问他。

他嘿嘿笑着说："叔呀，我是徐王村的，我的官名叫啥，忘了，一堡子人都把我叫二蛋。"

我比他年龄大不了几岁。他管我叫叔，让我感到很别扭。

别看他痴傻，却知道我是家里的主人，他想要什么东西，从不去问别人，专来找我。那几日，他一直待在我家里，随意吃住。

二姐说，那傻汉子是她村子里的人，不是生来就傻的，小时候挺机灵，后来有一次生病发烧，烧坏了脑子，人就变傻了。他的父母去世得早，留下他这么个呆傻的孤儿。他长大后很自然就成了个光棍汉，不知道种庄稼，也不知道干活挣钱养活自己，平日里就在附近的村子里瞎逛，遇到谁家里有红白喜事，就去凑热闹讨饭吃。过事的主人家都想讨个吉利，没有撵他走的。别看他傻里傻气的，这一带的村子里谁家有喜事，他几乎都不会错过，也不知道他是咋知道的。

"他没有媳妇吗？"我问二姐。

"一个又穷又丑又傻的人，上哪里找媳妇？"二姐说，"他若是个女儿身，或许能找到婆家。"

我可怜起他来，不时地给他递烟倒茶，开饭时总忘不了招呼他。他吸着鼻涕，笑得很开心。

母亲入土安葬后的那天下午，二蛋向我告辞说："叔呀，你家这事今天办完了，我得走了。"

"你回家吗？"我问。

"不回家，家里面没吃没喝的。我得到别的村子去找找，看谁家过事，那里才有吃有喝。"

"你要去哪个村子？"

"还不知道，边走边打听吧。"

我送给他一袋子麻花，还有一包香烟。他欢天喜地地走了。

故乡人皆乡野村夫，大多没有什么文化，并不懂得"仁、义、礼、智、信、忠、孝、悌、节、恕、勇、让"这些儒家思想，也少有人信神信教，在他们朴素的人伦观念里，但凡生命，总是要给予尊重和照顾，何况是个大活人呢！故乡人虽然不富裕，但是很看重乡亲间的人情世故，用他们的善良和宽容对待二蛋。他去过的主人家，很少有将他拒之门外的，更少有人打他骂他，或许有人会对他这个傻汉投来异样的眼神，但是对于二蛋来说，这种目光带来的伤害，他是完全没有感知的，每天从睁眼到闭眼，他无时无刻不在快乐着。有了十里八乡故乡人的供养，二蛋才能够欢喜地活到现在，没有被饿死。

宋代词人张元干在《渔家傲·题玄真子图》里说："醉眼冷看城市闹。烟波老，谁能惹得闲烦恼。"智慧是烦恼的催化剂，人越聪明，心思越多，自然烦恼就越多。生活总是艰难，谁能事事顺心？活人就难免烦忧如影随形，谁不想开开心心地过好每一天？可是，面对工作或者生活中的困惑和压力，谁又能洒脱地两手一甩，笑看风轻云淡？恐怕只有神仙或者智力残障者才能做得到。对于二蛋而言，只要有身衣穿、有口饭吃，那就是最大的满足和快乐。我们正常人或许会羡慕二蛋的无忧无虑，可有谁知道他未尝不在羡慕我们的丰衣足食？

回不去的故乡

母亲去世了，带走了我的牵挂，也带走了我对故乡的眷恋。

我的故乡在陕西省咸阳市武功县金铁寨村。这里是无遮无拦的关中大平原，无山无水，亦无奇峰异景，唯一能拨动人心弦的，便是那一眼望不到头、春绿秋黄的庄稼地。由于村中没有荒坡闲地长草放牧，喂养牲口太过劳神，加之早些年人尚且食不果腹，谁家又有多余的饲料喂养牲口？因而村民们皆不养牲口，种庄稼都是要命的苦活儿累活儿，全靠农人血肉之躯那一身用之不竭的好力气。

母亲说："咱农民天生就是受难遭罪的命，只要你有一口气，就得忍受这苦和累。谁叫咱披着一张人皮？"

母亲命苦，一生历尽磨难，自幼丧母，成了个没妈疼的可怜孩子。母爱的温暖，对于她而言，是一种求之不得的感受。在她父亲和几个大妈、大娘的照顾下，我的母亲艰难地长大成人，成年之前自然是缺少快乐可言的。待母亲嫁给我父亲后，一辈子出力卖命，只是这个贫家穷户的日子始终过得毫无生气。更为不幸的是，我父亲脾气暴躁，动辄打打骂骂，母亲没少受气伤心。

母亲身单力薄，为了把一群儿女拉扯大，她一生都在拼了命地埋头苦干那些地里和家里的活计，几乎从未有过丝毫的清闲，哪怕是生病，只要不倒下，就要拼命地忙前忙后。

一个瘦弱的农村妇女，身上怎么会有那么大的能量？记得我年幼时，一次母亲在地里干活儿，竟累得吐了几口血，回家还得给一家人做饭，没有片刻的停歇。

有一年收大蒜，母亲爬上二层阁楼，将一辫辫大蒜架在木椽上，等待晾干出售。突然，母亲一脚踩空，不慎从两米多高的阁楼上摔下，掉在铺着青砖的脚地上。我惊呼着奔向母亲，因为身轻，母亲一骨碌爬起来，竟然毫发无损。那一刻，真是吓坏了全家人。

如普天下所有的母亲一样，我的母亲是一位极其平凡的农村妇女，一生勤劳，干起活儿来不顾身体，怎奈穷日子总是翻不过身，家里不曾有一件光耀门庭的事情，可以让她引以为豪。母亲觉得在人面前窝窝囊囊地抬不起头来。直到我考上大学，后来参加工作，当了省电视台的记者，母亲方才扬眉吐气，不再为用钱发愁，不再为生活忧虑，终于能够在乡亲们面前抬头挺胸了。村里人常夸母亲是秋后结了个大西瓜。母亲说："树活皮，人活脸。娃娃就是父母的脸皮。人这一辈子就是为娃活着呢！"

故乡并不美丽，甚至颇有一些丑陋，四季都没有如画的风景，单调的土黄色是小村庄常年的主色调。初夏鹅黄的小麦花和盛夏粉红的玉米花实在提不起人们多大的欣赏兴致。这里夏天酷暑难耐、蚊虫肆虐，冬天西北风呼啸、黄尘蔽日，生存环境异常艰难。那些年间，勤劳善良的父老乡亲除了种植小麦和玉米，再也没有别的什么经济作物可种。街坊四邻家家户户日子过得都一样恓惶，谁家孩子一日三餐能不饿肚子，那就是人人羡慕的好光景。

因为农活儿又脏又累，一年忙到头儿，还揭不下那一身穷皮，所以我在青年时代对故乡没有一丁点好感，一心只想永远逃离这个穷乡僻壤。对大城市繁华和舒适生活的向往，逼迫着我把时间和精力都用在学习上，"两耳不闻窗外事，一心只读圣贤书"。最终，还是知识改变了我祖祖辈辈当农民的命运，"鲤鱼跳龙门"，我成为一个有着体面职业的城里人。家乡人说我以后世世代代都吃上了商品粮。

人人都向往富足优越的生活，可是没有经历过异常贫穷的人，无法真正体会到人生的困顿和艰辛。贫穷是一把双刃剑，它虽不能给予你肉体充分的营养，却能磨炼人的意志，让你内心更加强大，面对困难时，有超乎他人的耐力和气概。这往往是家庭经济优越的人欠缺的一种精神力量。

人们常说，父母在哪里，家就在哪里。现在父母都离我而去了，我知道，故乡的那个家，已经不属于我了。也许，以后只有在给父母上坟的时候，我才会回到那个家。故乡也只是我心灵深处的一种精神寄托，是我寻根的一种念想，只会永存在于我的记忆中。我与故乡再难相守相伴，我的心已如断线的风筝，再也难已收回。

十多年前，父亲因病去世后，我担心母亲独自在农村过日子备受煎熬，就把她接来西安，与我一起生活。母亲虽然随我在西安生活了近二十年，但终究是不习惯城里的生活，总觉得农村场院敞亮，总是嚷嚷着要回农村过舒心日子，尤其是年龄愈大，思念故土心情愈迫切，不让她回老家，便哭闹得不行。

母亲在西安城里住久了，就思乡心慌，食无味、寝不安，生命岌岌可危，待回到老家，躺在自家的土炕上，吃着农家粗茶淡饭，身体竟会逐渐康复，每次均能化险为夷。

后来，母亲因病半身不遂。四姐辞职在家，专心侍候。在四姐的精心照料下，母亲身体日渐康复，病手病腿逐渐恢复了功能。谁料想，这次病重，母亲竟没有能熬过去。在她生命的最后旅途中，母亲备受病痛折磨。那时候，她已经瘦得皮包骨头，躺着呼吸困难，白日黑夜里只能靠着被子坐着，还常会东倒西歪，身边不能离人。母亲总是睡不着觉，实在困极了，就坐着打一会儿盹，又浑身疼痛难忍，坐着腿疼，躺着腰疼。

我问母亲哪里不舒服。她总是郁郁寡欢地说，活着真是受罪，从头到脚哪儿都不舒服，不如死了好。母亲忍受了四个多月的生命煎熬，在儿女们的守护下，最终悄无声息地永远走了，如熟睡了一般。

安葬那天，母亲的棺椁被慢慢送进墓穴。挖掘机一铲一铲将黄土填进去，逐渐堆积成一座崭新的坟茔。

我和姐姐们跪在母亲的长眠之地，燃烛焚香，哭声震天。

人一生真正的快乐，也许只会存留在童年。忆儿时，初春捋榆钱、摘槐花做麦饭，采桑叶养蚕，从大水缸里舀几瓢凉水，灌满一玻璃瓶，摘几枚又黑又紫的桑葚，塞进水瓶，盛夏在田间地头烤几穗玉米，下河滩摸鱼捞虾，那都是我年少时无尽的快乐和期盼。待至成年，逃离故乡，去远方追寻梦想，就成了我最大的心愿。我不知道自己年老后，会不会如母亲依恋故土那样，对家乡的一草一木念念不忘、恋恋不舍，但显而易见的是，父母故去后，故乡于我肯定是不会常回去的。我知道那个曾经生我养我的小村庄，会离我愈来愈远，我再也走不到它的心里面去了。随着时间的流逝，我对父母的思念也许会愈来愈淡，淡忘过去是为了迎接更美好的新生活。父母是我依恋故乡的根，现在这根都断了，我对故乡的留恋还会长久吗？

母亲去世了。从此往后，故乡只会在我梦中萦绕。我再也回不去了。

心安何处

自从考上大学进城，我至今已在西安生活了二三十个年头。虽然我的住房颇宽敞，家中妻女皆良善，但我心里时常感到不安，自觉与这座千年古城颇有距离，一颗浮躁纷乱的心总是找不到安放的港湾。

我的根原本就不在城市。我不过是个在城市里寄宿的过客，总有寄人篱下的卑微感觉。我本是个乡下人，虽然离乡久远，小村庄的人和物已然意识模糊，但心中对故乡的依恋却是与生俱来的，如同婴儿对父母的依恋。

我的父亲是个乡野粗人，从来都不会用言语表达对子女的疼爱，只知道下地卖力气种田，为的是一家人的吃饭穿衣。有一年，他去村北头的坟地割猪草。那里灌木丛生、衰草连天。父亲不慎惊动了草丛里的马蜂。刹那间，黑压压的一大片马蜂追着父亲狂蜇不已。等父亲逃回家，头上、背上被蜇出四五个核桃大小的毒包。父亲疼得哎哟哟龇牙咧嘴地痛苦呻吟。

母亲让父亲去诊所求医问药。

父亲心疼钱，坚决不去，只是让母亲用大蒜涂抹毒包，不以为然道："咱庄稼人皮糙肉厚，没有那么金贵。咱要钱没有，只有贱命一条，看啥大夫抹啥药？咱自家地里种的这大蒜能杀百毒，比啥药都管用。"

数日后，父亲命大，竟不治而愈。

遥想当年，出于对贫苦生活的恐惧，也是为了实现心中理想，少年时代的我是多么抗拒生我养我的小村庄，一门心思想要逃离故土。

人在生命的每个阶段，必定有着不同的人生规划和理想。小时候，每个人都会有小理想；待至成年，理想或许就崇高起来。一个没有理想的人，必定活得庸庸碌碌，也活不出人生的乐趣。理想是人延续生命的目标和动力。为了实现理想而终生努力拼搏的人生才能绽放出生命的光彩。

我读中学时，每逢假日的清晨和午后，必手持书卷，来到乡间田野中一处清净之地，用心读书。村头西宝高速上，南来北往的汽车川流不息。我掩卷长思，心里期盼着何日能有一辆汽车载我远走高飞。

后来我终于远离故土，来到大都市求学，也算是实现了心中的小理想。大学毕业后，我在电视台当了记者。工作的繁忙和生活的快节奏常让我疲于奔命，除非看望父母，否则懒得回乡，逐渐与故乡拉远了距离。

有一次，我去宝鸡采访完毕，返回西安前，给家里打了个电话，说大约一个半小时后途经村子，因为要着急回西安赶写新闻稿，无暇回家，所以让父亲在高速路边等我。从宝鸡出发时，天色已黑。汽车风驰电掣般行驶在高速路上。在昏暗的汽车灯光下，我远远地看见深夜里父亲那熟悉的身影，当时已是晚上十点多。那是个三九隆冬夜，格外寒冷，父亲在高速路护栏外足足等了一个多小时，冻得瑟瑟发抖。

我抱怨他出门太早。

父亲说，咱农村人冬天冻习惯了，不怕冷，只要别耽误了见我就行。

我递给他一条香烟，寥寥数语，便挥手作别。

父亲乐呵呵地嘱咐我要注意保暖。他不知道汽车里有暖气，热得人直冒汗。

后来，我回老家看望父母，问父亲那条香烟抽了多久，味道如何。

他呵呵笑而不答。

母亲在一旁说，你爹可舍不得抽你买的好烟，他拿去村子里的小商店，用一条好烟换了五条便宜的香烟。

我埋怨父亲不该如此节俭。

父亲说，咱这才过上了几天好日子，可不敢胡乱花钱，莫忘了咱家缺吃少穿的难过光景。

我与故乡渐行渐远，依稀模糊了故乡的模样，空留下记忆中的一缕暖阳。故乡的一草一木总是那样令我魂牵梦萦，难以忘怀。我只有投身于故乡的怀抱，双脚稳稳地踏在长满了青草的黄土地上，呼吸着那饱含泥土气息的空气，吃着母亲手擀的扯面，睡在坚硬如铁板的土炕上时，我的心才能得到久违的熨帖感觉。

那年，我出差返回西安途经老家时，已是夜半时分，那夜黑得伸手不见五指。

我摸索着从高速路上爬下来，走过一片庄稼地。黑夜里，一种不可名状的恐惧感陡然而生。一阵阵蛙鸣和偶尔几声凄厉的鸟啼，不禁让我毛骨悚然，思绪万千。

那是五月初，正是小麦花开飘香的时节。我嗅着那淡淡的草香，不知不觉地走到了自己家的责任田边，心里一下子就踏实了，恐惧感迅疾消散，顺着那条熟悉的田间小道，很快就回家了。

我想给父母一个惊喜，事先并没有告知他们。我轻叩门环，父母当时早已安睡，见我忽然回家，仿佛从天而降，直乐得呵呵笑个不停。

生死有命，富贵在天。父母一生辛苦，把五个儿女艰难地拉扯大。等到我们姐弟长大成人，父母如灯油一般耗尽了生命，却没有从儿女们身上得到多少回报。这是为人子女者最无奈的内心不安。

东晋陶渊明诗云："久在樊笼里，复得返自然。"初离故乡时，我只有今生不再为农的欣喜，没有丝毫的哀怨和乡愁，待至年事渐高、父母故去后，方知要想冲破都市的樊笼，远离喧嚣尘世，剔除心中浮躁，让心灵重获自由，有个安稳归处，唯有心心念念的故土和故人。

父母去世后，我身不由己地断绝了与故乡的情丝，如一棵千年古树被狂风连根拔起那样凄惨。于城市而言，我不过是个外乡人，故乡又以我为背井离乡者。于是乎，我成了个进退无门的漂流客。

现如今，我曾经的理想虽然被生活的琐碎磨灭了棱角，几近随波逐流，但是我始终不愿放弃，哪怕是看不到实现的希望。

我问苍天，心安何处？让我不再茫然。唐朝杜甫说："露从今夜白，月是故乡明。"遥望故乡的明月，父母的音容笑貌历历在目，如今却阴阳两隔，我不禁两行热泪长流不止。

槐花飘香

我读中学时，老家院子里的三间厦子房破败不堪，时常漏雨。"屋漏偏逢连阴雨"，那时候的雨季如同小孩子的眼泪，说来就来，来了却不走。一到下雨天，全家总动员，脚地、炕上四处摆放着盆盆罐罐接雨水。晚上，滴滴答答的水滴声陪伴着我们入眠。若是大雨，夜里要醒来好几次去倒水，否则"水漫金山"，一家人都要在土炕上游泳。

后来，父亲拆掉厦子房，东拼西凑，盖起三间楼板平房。屋墙外是村子的街道，有一片开阔的空地。来年春天，母亲砍下洋槐树的枝条，有八九枝，沿着屋墙插了一排。

每隔几日，母亲就会给它们浇水，盼望着它们能够成活。洋槐树的生命力果然顽强，不久后都发芽了。

小树苗生长得很快，只四五年工夫，便长得有胳膊粗，枝条努力伸向屋顶。

那时候，我正当少年，似乎从来都没有吃饱过，总是饥肠辘辘。

每年四五月份，正是青黄不接的时候，庄户人家的日子最难过。熬过漫长的冬天，农户家里的余粮所剩无几。小麦还要等一个来月才成熟。这时候，父亲就要为解决一家人的口粮问题发愁了。母亲说："老天爷饿不死瞎家雀儿，等洋槐花开，咱家就有粮吃了。"

我问母亲："啥时候洋槐树开花呢？"

母亲说："快了，再馋你几天，就能吃槐花麦饭了。"

于是，我眼巴巴地瞅着洋槐树，盼望着它能早点开花，但洋槐树总是像达芙妮一样害羞，别说开花，连个绿叶子都看不见。柳绿花红，洋槐树光秃秃一片；杏呀桃呀李呀花都谢了，洋槐树依旧不见泛绿。

我伤心地问母亲："洋槐树今年都死了吗？"

母亲笑着说："难得的东西才金贵，耐心等着吧。"

在焦躁不安中，初夏的暖风终于把洋槐树吹绿了，却迟迟不见开花。我看到满树的叶子由鹅黄变为墨绿，疑心这树还会不会开出花来。

当我几近失望时，忽一日，我欣喜地发现，在一夜之间，洋槐树枝条上生出了一朵朵小花蕾，还没有什么香味。那花蕾在嫩白中带着一丝浅黄，形如弯月，又似金钟，还如一把把小镰刀。花萼颜色多样，有浅绿色，有淡黄色，还有紫红色。微风拂过，枝条上的花蕾欢快地跳起舞蹈，如头戴彩色小帽、身穿白色长裙的小姑娘在翩翩起舞，甚是调皮可爱。

花苞既已萌出，便疯也似的快速生长起来。只几天工夫，那花蕾便盛开了。花瓣洁白如雪，形似飞舞的蝴蝶，你挤我，我挤你，密密麻麻挂满了枝头，一串串、一簇簇，重重叠叠，悬垂在枝条上，如一串一串的白葡萄。远远望去，洋槐树好像披上了白色的羽衣，片片稀疏的绿叶完全淹没在白色的花海中。

那时候，家乡人大多喜欢在家门口、街道边栽种洋槐树。槐花盛开时节，满街满巷都被这素雅的白槐花填满了，空气中弥漫着槐花醉人的香甜味道。也不知道从哪里来了那么多的蜜蜂，嘤嘤嗡嗡地爬满了槐花，欢快地飞舞，似乎在和一只只白蝴蝶斗舞，直乐得忘乎所以。这一刻，整个村庄沸腾了。

洋槐花期很短，不到半个月，枯黄的花瓣有气无力地挂在枝头。一阵风儿来，一片花儿落，天空中仿佛飘起了片片雪花。平日里色彩单调的小村庄竟被点缀得如梦如幻，有了诗样的风采。

洋槐花开放的半个月，是故乡一年中最美的风景。

母亲高兴地说，救命粮来了。

在接下来的日子里，家人的口福就是母亲用洋槐花做的各种美食。

采摘洋槐花也是很有乐趣的。我高高举起一根绑着铁丝弯钩的长竹竿，钩住槐花枝条，轻轻一旋转，只听咔嚓一声，那枝条便悠悠地落下。我毫不顾及枝条上的小刺儿，顺手一捋，迫不及待地将一把嫩嫩的、软软的槐花芽儿，塞进嘴巴里咀嚼。甜蜜的汁液散发出淡淡的香味，瞬间溢满了口腔。胃肠也经不起这种香味的诱惑，禁不住急促地蠕动起来，竟把我肚子里的馋虫勾了出来。

母亲说，生槐花不可多吃，容易吃坏肚子，还是做麦饭好吃。她把槐花洗干净，拌上面粉兑水，和得稍微干一些，放在蒸笼里，大火烧开水后，小火再蒸十五分钟就熟了。吃的时候，浇点蒜泥、醋水、辣椒油，那种鲜美的味道，直让人满口生津、回味无穷。要做出香甜美味的槐花麦饭，必须选用鲜嫩的槐花苞。倘若用那盛开的槐花做麦饭，那么入口粗糙松散，如同嚼蜡，香甜味道丧失殆尽，只可勉强果腹，享受口福之美就完全谈不上了。

槐花开放的季节，盛夏的蔬菜还未上市，家里实在是没有什么菜吃，我的口舌常会生疮。母亲就给我做槐花炒鸡蛋，暂时填补一下我那空虚的味蕾。

槐花满枝头，一家人是吃不完的。母亲便给街坊四邻送去新鲜的洋槐花，请他们品尝美食。乡邻间的淳朴友谊、平淡生活中的简单快乐便在这一篮篮槐花中传递开来。

我参加工作后，无暇回老家。每年，洋槐花飘香时，母亲总会托人给我捎几袋子，让我品尝家乡的味道。父亲去世后，母亲跟随我在西安生活。老家的洋槐树再也无人打理，任其花开花落。

前些年，村里修水泥路，老屋墙外的洋槐树占道，母亲找人把树都砍了，一棵也没留。母亲说，真是可惜了，那些树都有腰粗，却不值几个钱，现在谁还愿意栽种呀？

如今，我再回故乡，村子里的洋槐树几乎不见踪影。洋槐树没了，洋槐花没了，现在母亲也没了，不由得人悲从心生，可怜我今生再也吃不到母亲做的槐花麦饭，再也吃不出故乡的味道了。

生命中的那道彩虹

在生命的长河里，每一种遭遇都是我们无法逃避的，不论贫富，抑或悲喜，正如四季轮回，草木枯荣，一切皆自然，谁都无法改变。那年，我读大学放暑假回家，愕然看见后屋的土炕上并排躺着两口大棺材，黑漆漆的，那弥漫出来的恐怖气息立刻包裹了我，有一种窒息的压迫感。虽然父亲曾对我提过要为他和母亲定做棺材的事情，我却并没有这样的心理准备，着实被眼前这两个不祥之物吓到了，说你和妈现在身体好好的，为啥这么早定做，太不吉利了吧？

父亲叹口气，淡淡地说，谁都有那么一天，迟早的事。

按照家乡的习俗，老人康健在世时，就得早早地做好棺材。这是富裕人家才有的气派。那些年，父母辛苦养鸡，日子还算过得去。我当时读的是公费大学，学费和生活费都很少，家里负担并不重。父亲便有了这心思，但做寿材一般都是儿女的责任，很少有老人给自己操办这事情的。

我很惭愧，红了脸，难为情地说，这本该由我来置办。

父亲笑笑说，爹现在还有力气种地养鸡挣两个钱，趁早把这心事一了，不让你和几个姐操心。你上大学呢，你四个姐日子都过得恓惶。

父亲的苦心，我明白。只要不拖累儿女，所有生活的苦难，他都要一肩扛。

父亲说，这是花大价钱买的上好的柏木料，请仁康村大木匠来做的，光土漆就花了上千块，厚实得很，睡着倭也。咱农民下苦种地，遭了一辈子牛马罪，脱了多少层皮，活着没住上好房子，死了睡个好材就享福了。

父亲怕落灰，买回来厚塑料布，把两口棺材包裹得严严实实。

母亲买回来棉花和布料，给她和父亲缝制好寿衣，从里到外，每个人都有四五身。

那一年，父亲年近古稀，母亲刚过花甲。

五年后，父亲病重卧床，朝不保夕。父亲是个大老粗，并不怕死，只是叹惜着再也不能为我种地挣钱，尽管他知道自己的儿子在省电视台当记者，早就衣食无忧，根本不需要他下苦种地补贴家用。这就是命，父亲想不走都不行，带着深深的遗憾，最终躺进了他为自己做的棺材里。

在接下来的日子里，母亲一直情绪低落、郁郁寡欢。后院的土炕上，孤零零地躺着她的那口棺材。母亲时常在棺材前徘徊，用笤帚打扫上面的灰尘，念叨着何时才能睡到那里面。

母亲孤苦伶仃地在老家守着那一口棺材。这份凄凉让我揪心不已。我把母亲接到西安一起生活，可她始终过不惯钢筋水泥丛林的生活，说从单元房的防护网看窗外，山外青山楼外楼，连个庄稼地都没有，心里不踏实，日子过得就像蹲监狱。母亲在城里住不了多久，便吵着闹着要回农村老家。

母亲年事渐高，身体状况一日不如一日。我怎能安心让她在农村独自生活？常埋怨她，城里的生活总是方便，你不和亲生的儿孙住在一起享受天伦之乐，干吗老想着回老家那个破屋烂瓦房，那里究竟有啥值钱东西，让你丢舍不下？

母亲说，这里是你家，不是我家。金铁寨那屋再破烂，也是我自己的家。我离不开，家里有我的棺材，还有我的寿衣。不回家守着，贼偷去了咋办？

我笑了，没人偷你的棺材和寿衣，你给人家都不要。

母亲认真起来，那就不怕老鼠咬了，我死了穿啥睡啥？

我说，老鼠咬坏了，我给你做口新材。

母亲很坚决地说："我光要睡我的那口棺材，别的再好也不要，那是你爹给我做的材，多日子看不见那棺材，我心里就发慌。"

目不识丁的母亲把身后之事看得尤为重要。为了把五个子女拉扯大，她毕生都在土里刨食，流尽了血汗，遭受了太多的生活磨难。死亡对于她来说，不是恐惧，而是苦难命运的解脱。

我不让母亲回老家，她就会煎熬得寝食不安，身体往往生出诸多病症，日渐消瘦，待送她回到老家，睡在坚硬似铁的土炕上，吃着农家的粗茶淡饭，病体往往会不治而愈。等到母亲思乡的心愿了却后，我还是要坚持把她接到城里一起生活。就这样，在此后近二十年时间里，母亲辗转于老家和西安之间，交替着生活。

　　母亲到了杖朝之年，虽然吃穿不愁，儿孙绕膝，本该颐养天年，但因为久住在城里，备受思乡之苦，加之身体日渐衰弱，不是这疼，就是那痛，竟对生活失去了信心，厌世情绪与日俱增，几近抑郁，时常把生不如死的话挂在嘴上，终日愁眉不展，不见有个笑模样，每日清晨必坐在客厅沙发上，哭着喊着要回老家。

　　那年三伏天，母亲寿终正寝，享年八十三岁。母亲入殓时，我一遍遍地擦洗着那口已在家里停放了二十二年的棺材。

　　清晨，母亲入土为安。午后，亲友们抬着花圈、纸钱，还有一屉屉油炸的花馍等祭祀物品给母亲上坟。在熊熊大火中，各样祭祀物品化为灰烬，青烟袅袅。这时候，天忽降暴雨，众亲友无处躲避，雨水和泪水连成一片。

　　少顷，雨停。我和姐姐们跪在泥水中，在母亲的坟前焚香燃烛、叩首哀号。不经意间，远方的天边现出一道弯似拱桥的彩虹，霞光万丈，与地面相接。

　　姐姐说，那是妈，她在天上笑得很灿烂。

　　是啊，父母可不就是我们生命中的那道彩虹吗？《诗经·蓼莪》里说："哀哀父母，生我劬劳；哀哀父母，生我劳瘁。"普天下的父母莫不如此，或许从未对儿女说过一句爱的话语，却把深深的爱都写在了岁月里，流淌在生命中。

能饮一杯无

　　读书的功能除了获取知识、传承与教化，还能将浮躁纷乱的俗世隔绝于心门之外，平复读者的心境，使其获得心灵的宁静。倘若读到一篇可以触动心弦的好文章，那必定如食肉糜、如饮甘露，那种美妙的感觉真是无以言表。

情　书

我平生第一次写情书，是在读高三的时候。

她叫张凤英，坐在我前排，是一个高个子美女，大眼睛清澈明亮，如一潭绿水，秋波欲流。她不论穿什么样的素衣华服，都显得身材颀长，剔透玲珑，尤其是她穿着那件酒红色的长上衣，百褶的下摆，很令我着迷。上课时，我眼望着讲台上的老师，余光总会不由自主地停留在她那一头乌黑浓密的秀发上。每当她低头看书时，那两根粗粗的麻花辫时常在我的桌面上拂来拂去，让我心里掀起阵阵涟漪。

那时候，同学们学习紧张，很少有人在教室里交头接耳。对于我这样的农村孩子来说，高三无疑是人生的转折点，决定着我一生要走什么样的道路，过什么样的光景，是在苍茫的黄土地上当农民，一辈子打牛的后半截，还是做个令乡亲们羡慕的、有着体面职业的城里人以便光宗耀祖。这道理，我懂，也告诫自己要心无旁骛，专心求学，只是满脑子都是她的俏模样，一想起她就心跳得厉害，欲罢不能，魂不守舍。

尽管那时候农村中学闭塞，保守思想强烈，男女生很少说话，但我总是找借口和她搭讪，或探讨学业，或关心生活。对于我的殷勤，她倒是颇为大方，并不羞于与我交流，似乎不是很反感我。

在一个难眠之夜，我心血来潮，忍不住给她写了一封长信，以诉相思之苦。那是一封圣洁的情书，纯净得如同一杯恬淡的蒸馏水，情啊爱呀的词语一字也无，只是表达我心中对她难以割舍的异样感觉。第二天下午放学时，趁着她外出，教室里人稀灯暗之际，我匆忙将那封情书塞进她的书包，之后慌忙逃回家。

第二天早上见到她时，她一如既往的平静，好像什么事情都没有发生。我却惴惴不安，心很慌乱，如同台风下波涛汹涌的大海，久久不能平静。在很长一段时间里，罪恶感始终盈满我的心胸，沉重得让我难以呼吸，似乎我做了一件很对不起她的错事。我羞愧难当，竟胆怯地不敢看她一眼。

几天后，我在书包里看到了一封信，是她写的，不知道什么时候偷偷放进我的书包里的。那晚回家后，我关上房门，心里既有莫大的期盼，又有些许不安地打开信，一字一句认真地读了好几遍。

她在信里感激着我对她的爱慕，说理解我的情感，但我们稚嫩的肩膀还难以承受爱情之重，对我没有讽刺，没有嘲笑，更没有一丝伤害，只是劝告我要用功读书，不要在无谓的事情上浪费精力，徒生忧虑和烦恼，虚度了青春，辜负了父母的期望。她言辞诚恳，语重心长，那份赤诚和善良跃然纸上，令我感动。我虽然很失落，但决意不再胡思乱想，下决心一心求学。

这以后，我俩就不怎么说话了，彼此都觉得怪难为情的。

无论是单相思，还是两情相悦，青年男女的爱慕都是一种很美好的情感。把这种情感深藏在心中，不说出口，独自品味，有时候要比说出口好很多。爱在心里口难开，于自己或许是一种痛苦，但于别人就不会有丝毫的伤害。这不是怯懦，而是一种大胸怀、大修养，可惜当初青春年少的我还悟不透这个道理。

那年高考，张凤英考上了咸阳师范学院的公费生，我考上了西安交通大学的自费生。由于家里拿不出昂贵的学费，我被迫放弃读自费大学，选择复读。

我本少年自多情，见了漂亮女生就忍不住心猿意马。这一年，我认识了同桌女生王林，和她很聊得来，渐渐地对她心生好感，后来竟到了无话不说的地步，以至于老师和同学们都谣传我俩早恋。填报高考志愿时，我俩相约一起在西安上大学。那一刻，我有了恋爱的感觉。

那年高考天遂人愿，我考上了西北大学，王林考上了西安外国语学院。之后，我一再找她，却始终无缘相见。我俩虽然都在西安读大学，但那时候都没有手机，大学宿舍里也没有固定电话，联系很不方便，只能靠鸿雁传书。大学开学后，我写了平生的第二封情书，是写给王林的。不久后，我收到了她的回信，尽说些劝勉我努力读书的话，对我的示爱毫无回应，笔迹也不像她的。我不禁凄然伤怀，心中那团刚刚燃烧起来的爱火被一盆冷水当头浇灭了。

两次求爱失败后，我对风花雪月的事情心灰意冷，在四年大学中，只一心将旺盛的精力都放在了读书上。

人到了某个年龄，就应该去做与年龄相称的事情。比如学生就要以学业为重，学成就业后，到了谈婚论嫁的年龄，就得考虑个人问题。早恋或者晚恋都是不合时宜的。但凡适当的人生体验，都有它的快乐和历练。一个人如果不经历恋爱结婚、生儿育女，那么就可能缺少家庭责任的切身感受，可能永远是个长不大的孩子，不管年龄多大。

大学毕业参加工作后，我住在单位附近城中村的一个小院里。在那里，我认识了F女士。经过大学四年的生活，我早已褪去了农村孩子的青涩，不再羞于和异性相处，脸皮自然厚了很多。

我的邻居是一位女同事。F女士是她的大学同学，皮肤白皙，长相甜美可爱。她好读书，是个文学青年，与我志趣相投。我见到F女士的第一眼，如同《红楼梦》宝黛初会时那样，有一种似曾相识的感觉，心中那一团几近死寂的情火又被重新点燃了。

F女士在外地工作，见她一面颇为不易。她每隔一阵子就要来西安办事，必来我的邻居家看望同学，还会在那里小住几日。每当这时候，我才有机会和她相处。对于我的热情和示好，她似乎无动于衷，跟别人说话都是一副笑脸，唯独对我总是一副冷面孔。我是一个俗人，遇到自己喜爱的女子，主动点也心甘情愿。我日思夜盼着她能常来西安，又请求F女士的几位同学，向她传达我的衷情。

一次，我去F女士所在的城市出差，打电话约她相见却被拒绝，又千方百计地去她的工作单位找她，遗憾的是始终没有见到她。

"此情无计可消除，才下眉头，却上心头。"对于爱情，一般人"拿得起"很容易，要洒脱地 "放得下"却很难。我也不例外，对F女士的思念，如千万缕丝线缠绕着我，让我备受煎熬。

无奈之下，我只得给她写信一封。这是我平生写的第三封情书，内容大约是"有美一人兮，见之不忘。一日不见兮，思之如狂"以及"思君忆君，魂牵梦萦。翠销香暖云屏，更那堪酒醒"之类的情话。信寄出后，我惶惶不可终日，不知道这次又会是怎样的结局，既盼望着F女士尽快回信，又担心落花有意流水无情。

　　好些天过去了，迟迟等不到 F 女士的回信，我已近绝望，想着这件事怕是没有什么盼头了。忽然一日，我在家里接到她的电话。她说自己心有所属，要我俩以后做个普通朋友。尽管是这样的结果我早有预料，但还是悲从心来，忍不住泪湿衣衫。

　　此后，我多次搬家，手机号码几经更换，就与 F 女士彻底失去了联系。时光飞逝，一晃二十年过去了。前不久，一次同事聚会时，我竟然意外地见到了她，得知她早年间就去南方工作了，这次是回陕西探亲。令我惊叹的是，上天很垂青她，几乎没有在她脸上留下什么岁月的痕迹，她依旧是绿鬓朱颜，也还是那么开朗乐观。

　　"逝者如斯夫！不舍昼夜。"再相逢时，忆往昔，我们不禁感叹青春易逝，韶华难再。岁月如静静的流水，不知不觉地把曾经那个少年变成了如今的小老头儿，衰老了我的容颜，夺走了我的健康，同时也抚平了我的心境，剔除了我内心的浮躁。坐在 F 女士对面，我心如止水，再无当初的心旌摇曳。

　　F 女士告诉我，她至今单身，却不是为了等我。

同　桌

那一年高考，我以一分之差，无缘公费大学，考上了西安交通大学的自费生。那时候，自费生学费昂贵，毕业后国家也不包分配。对于我这样的一个农家子弟来说，读自费大学不太现实：一方面，高昂的学费自然是家庭所不能承受的；另一方面，毕业就意味着失业，岂不又成了家庭的负担。再三权衡后，我决定复读。就这样，我在五七〇二厂子弟中学上了高三补习班。

高考成绩的特殊性，让我比较引人注目。刚开学，老师和同学们就认识了我。那时候，文科高考录取率很低，读文科的学生相对要少很多。当时学校的高三应届班只有一个，文科生和理科生同在一个教室，文科生不到十人。文科老师要同时给应届生和复读生上课。为了教学方便，每次上课时，老师就让文科应届生来我们补习班教室，上自习时，他们再回到自己教室。

上学第一天，班主任给我安排了一个女同桌，她是文科应届生，名字叫王林，竟与我同名不同姓，这让我有一种很亲近的感觉。我从小在农村长大，思想比较保守，不敢和女生说话，尤其是漂亮的女生，一说话就脸红。同桌是厂里的子弟，父母都是工人。她很开朗，也很大方，总是主动和我聊天——聊学习，也聊别的。

那时候，我学习成绩非常好，平日里做模拟题，很少有我不会做的题。王林常向我请教，我也乐于给她辅导。一方面，通过给她辅导作业，我对课本上的基础知识也加深了理解；另一方面，我虽然外表守旧，但在内心深处还是很喜欢和女生交往的，尤其是漂亮的女生。王林长相甜美，有着白似梨花的皮肤，大大的眼睛，挺拔的小鼻梁，丰润红艳的小嘴巴。她笑起来真好看，脸上两个小酒窝能把我那颗少年的心儿融化。

我俩总是在一起窃窃私语，时而会嘻嘻哈哈地笑出声来。一些同学可能是出于嫉妒的心理吧，就在背地里议论我俩谈恋爱。

很快，这样的话传到了班主任那里。

　　一天课间休息时，班主任把我叫到楼道一个偏僻的角落。平日里，我学习刻苦，待人友善，是老师心目中的优秀生、高考种子选手，所以老师对我很信任，当时并没有生气，只是心平气和地问我："你和王林咋回事？"

　　我马上明白老师听到了什么风言风语。我诚恳地对老师解释道："我们根本没啥，只是在一起谈学习。"

　　班主任看着我，语重心长地说："那就好，我就是想提醒一下你。你学习非常好，明年肯定能考上重点大学，千万不能分心，影响学习。"

　　我点点头，之后便心无旁骛，只想考个好大学。

　　此后，关于我和王林谈恋爱的谣言还是时有耳闻，但这丝毫没有影响到我俩之间的交往。我们还和以往一样，在一起聊学习、聊人生理想。随着了解的深入，我越来越喜欢和王林在一起谈天说地。和她聊天，我很开心，但从来没有往感情方面想。

　　一次，政治老师上课，讲到市场经济的规律，讲到厂长和市长的关系。王林小声问我："你以后想当厂长，还是市长？"

　　我开玩笑道："我只想当你孩子的家长。"

　　她愣了一下，并未生气，只是羞红了脸，娇嗔道："哼，烦人！"

　　那一刻，我似乎找到了恋爱的感觉。

　　王林很聪明，学习也很认真，给她辅导作业，我很轻松。每次考试，我俩的成绩都名列前茅。我俩相约，以后在同一个城市读大学。高考填志愿时，我俩在一起商量着，填报了西安的多所大学。

　　那年高考，我俩如愿以偿，都考上了西安的大学。我考上了西北大学，王林考上了西安外国语学院。拿到录取通知书的那一天，我兴高采烈地去王林家，想把这个好消息告诉她。不巧的是，当时王林不在家。她妈妈告诉我，她去西安伯父家玩了。王林曾经跟我说过，她伯父是西安市很有名的律师。

　　一个暑假，我日夜都在思念她。我上大学后不久，给她写了一封长信，表白心迹。在一个周末，我拿着这封长信，去学校找她，打算亲手交给她。在她宿舍楼下，楼管阿姨不让我进女生楼。那时候，我俩都没有手机，我无法联系她，就求助一个女生，帮我去王林宿舍喊她下楼。后来，她的舍友 A 下楼告诉我，王林去她伯父家了。我委托 A 把信转交给王林。

在焦急与不安中，我等待了两周后，终于收到了王林的回信，打开信封，一看那笔迹，我的心里当时就凉了，如同一团烈火被泼了一盆冰水，那分明就不是她的笔迹。王林的笔迹，我很熟悉，再看内容，是一些鼓励我努力读书的话，对感情一字未提。

看完信，我很失望，猜想王林之所以把我的求爱信给她家长看，又不愿意亲笔给我回信，应该是没有喜欢我的意思。我不禁想起苏轼《蝶恋花·春景》："墙里秋千墙外道。墙外行人，墙里佳人笑。笑渐不闻声渐悄，多情却被无情恼。"我就是那个可怜的墙外行人。

此后，我就再也没有去找过王林，但心里始终放不下她。大学四年，我用功读书，没有对哪个女孩子动过情。大学毕业的时候，我又忍不住去王林学校找过她几次，但遗憾的是，每次都没有见到她。

参加工作后，我在电视台当记者，做法制节目，经常邀请西安市的一些知名律师做点评嘉宾。一次，同事竟然请来了王林的伯父王大律师。经过交谈，我方得知王林已经去美国留学了。

自此，我才对她彻底死了心。对于我，她是从来都不曾放在心上的。

后来，我便结了婚。

秀　芬

　　我大学毕业后，在电视台当记者，写新闻稿件是每日必不可少的工作。那时候，办公室没有电脑，我也不会打字，都是用笔和纸写稿，为了便于领导审稿，每次要请人把文稿打印出来。

　　在单位的办公大楼里，一楼有一家复印店。老板是一名中年男子，租用的是台里一间闲置的办公室，店面并不大。店员是三个年轻姑娘，负责打字和复印材料。她们都不是本台职工。

　　我常去复印店打印材料，逐渐与店员们熟识起来，也是在那个时候认识了秀芬。她五官秀气，身材婀娜，比我那些大学女同学漂亮多了。彼时，单身的我未谈过恋爱，对年轻漂亮女孩尤为上心。秀芬自然成了我心仪的对象。一见到她，我的眼睛瞬时明亮起来，似乎可以摘掉近视眼镜，总忍不住想和她多说几句话，一日不见她，就会觉得六神无主，心里面空荡荡的，不上不下地没个着落。

　　秀芬比我小三岁，是个温柔羞涩的女孩，和我说话总会脸红。她扎着马尾辫，耳朵晶莹剔透，脖颈颀长润泽，皮肤白净，两腮绯红，美艳得如同一朵盛开的桃花。她的一双大眼睛清澈明亮得如同一潭清澈见底的湖水。我喜欢在她的瞳孔里寻找自己的影子。她的眼睛注视着我手写的潦草的文稿，并不看电脑键盘，一双白嫩柔软的玉手灵巧地在键盘上游走。她打字速度很快，遇到看不清楚的字，才会停下来问我，并不扭头看我。她专注工作的神情很美，如一朵静静绽放的莲花，太令我着迷了。坐在她身旁，我愉快极了。

　　一次，我去复印店，见店里只有秀芬一个人。顿时我胆子大了许多，问道："就你一个人吗，其他人呢？"

　　"他们有事外出了，我一人值班。"秀芬对着我笑笑。

　　我看出来她的笑容里满是妩媚，便厚着脸皮问她："你有男朋友吗？"

　　秀芬羞涩地低下头，抿着可爱的红嘴唇，摇摇头。

"那好呀！"我很兴奋。

她用诧异的眼神望着我，问道："单身有啥好的？"

我兴奋起来道："那肯定好呀！你单身，我也单身。咱们就有机会在一起了。那不好吗？"

她顿时羞得一脸绯红，低下头，不说一句话。

那一刻，我感觉到这个世界很美好。

此后，我就开始疯狂地追求秀芬，有事没事的，总去复印店找她闲聊。店里的几个姐妹常开我俩的玩笑，见到我来，就会说："秀芬的男朋友又来了。"对于这样的玩笑，我很乐于接受，秀芬似乎也不太反感，只是羞红脸低下头。

秀芬的家在长安区，距离西安很近。和我一样，她也是农村出身，家里有一个哥哥在外地打工。秀芬初中毕业没有考上高中，上了技校，学的是文秘专业，毕业后想去国企或事业单位就业，却因为学历太低始终不能如愿，就辗转在一些小型的广告图文复印店打工，这样的工作不稳定，工资待遇很低。

刚开始邀约秀芬时，她总是害羞地拒绝。在我面前，她颇为自卑，认为我俩在身份、学历、工作上差距很大，不是一路人。对这些差异，我完全不介意，只想跟自己喜欢的人在一起。

她忧虑重重，说道："你是吃商品粮的大学生，我不过是个在城里打工的农村姑娘。咱俩门不当户不对的，在一起不般配。"

我笑她观念陈旧，安慰道："世俗的偏见不过是落伍的老古董。爱情是火，燃烧起来排山倒海，可以冲破任何牢笼。两个相爱的人何必在意旁人的眼光？"

她的顾虑好似绵绵春雨，总是没完没了，说道："世俗的偏见像一座大山，我们俩有那么大的勇气跨越高山吗？就算你不介意咱俩之间的差距，你的父母能接受我吗？"

我信誓旦旦地说："二人同心，其利断金；同心之言，其臭如兰。我相信咱俩之间的爱情之花终会美丽绽放。"

她低头不语。

她的顾虑很快就被我的热情融化了。她架不住我死缠烂打，最终答应了我的约会。在单身了二十多年之后，我的爱情就在那个春天势不可当地到来了。我俩一起逛公园、逛街、看电影，西安市的大街小巷到处留下我俩的欢声笑语。爱情之火在我俩心中熊熊燃烧，让我们忘却了世间的一切烦恼，洋溢在我们胸中的满是幸福和甜蜜。

我俩都出身农村，传统观念浓厚，因而我俩虽然身处热恋状态，却仅仅是拉过手，再无情侣之间的任何其他亲昵行为，包括拥抱和亲吻，更别说有肌肤之亲了。我每次拉她的手，总忍不住浑身战栗，激动得像触了电，浑身麻酥酥的。

单位附近是一个城中村，叫作八里村。电视台在村子里租了一个院子，有两层楼十多间房子。这里原本是村委会办公室，后来闲置了，就把整个院子出租给电视台。我工作后，分到了一间单身宿舍。秀芬常来我宿舍，给我洗衣做饭。院子里的同事们都知道我有了女朋友。

秀芬租住在西安邮电学院旁边的城中村，距离我的住处很近。她的出租屋不大，没有厨房和卫生间，没法做饭，上厕所也得去楼下的公用厕所，很不方便。

我有时候晚上和她逛街后，送她回宿舍，也会待一会儿，有一句没一句地和她闲聊。她从不说太晚了要赶我走，也不会说留我过夜那样令人面红耳赤的话。看着她娇美的面容、玲珑的身体曲线，我有时候也会头脑发蒙，男性的荷尔蒙分泌旺盛，有一种莫名的冲动想拥抱她、亲吻她，但也只是想想而已。我俩彼此尊重、心照不宣，谁都不愿意捅破那层窗户纸，相互默契地坚守着那最后一道防线，谁都没有勇气越雷池一步。这不仅仅是为了在对方面前维护自己美好的形象，更是怕伤害到对方的感情。

在和她相恋一年多后，我终于鼓足勇气向她求婚。求婚仪式一点也不浪漫，我没有买钻戒，也没有给她送花，更没有对她单膝下跪，只是在一次吃晚饭时，看着她白里透红、娇艳欲滴的脸颊，喃喃道："哪天我俩一起去看房吧，好吗？"她羞涩地一笑，点点头。

就在我俩构想着在哪里买多大的婚房时，怎么也想不到，后来事情的发展却让我俩猝不及防。

我二姑家在西安，她是个很顾娘家的善良女人，对娘家人都给予了很好的照顾，尤其是对我很好。我妈生我后，吃不饱饭没有奶水，我饿得皮包骨头，整日整夜啼哭不止。二姑当时在西安纺织厂里工作，隔三岔五地给我买炼乳喝，要不然，我早就饿死了。我能长大成人，离不开二姑的照顾和关爱。二姑对我恩重如山，对我的疼爱一点也不比我的爹妈少。当我决定要和秀芬结婚的时候，就带她去见二姑。

二姑对这个眉清目秀的机灵姑娘很满意，就把这事告诉了我的爹妈。谁也没有想到，我的爹妈坚决反对我和秀芬的婚事，认为他们的儿子是电视台的记者，怎么能够娶一个没啥文化、工作又很不稳定的农村户口的姑娘当媳妇？我爹妈很快来到二姑家，见了我的面，劈头盖脸就是一顿臭骂。

我妈一把鼻涕一把泪地哭道："你是个吃商品粮的记者，这是祖上积德，是家族的荣耀，咋能找一个农村姑娘呢？要找农村姑娘，你不上大学也能找到，为啥劳神费劲地考上大学，到头来还找个没有正式工作的女子？这说出去叫人笑话咱呢！你要找那女子，你这辈子就别再叫我妈，我权当没有你这个儿子。"说完，扯着大声哭起来。

我爹抽着旱烟，苦着脸，不住地唉声叹气，劝我道："娃呀！你也是农村长大的，你是知道农民的苦的。我跟你妈辛辛苦苦地供你考上大学，为了啥？不就是为了咱后人世世代代不再当农民？那女子吃的不是商品粮，工作不稳定，迟早还得回农村当农民。你找了她，这后半辈子不是还得和农村打交道吗？这事情坚决不能干。好我的瓜娃呢！你好好思量一下。"

父母的阻拦并没有动摇我对秀芬的爱情。

后来，二姑架不住我爹妈的劝说，背着我，偷偷找到秀芬，告诉她情况，说我为了她，和父母几乎要断绝关系，要求秀芬慎重考虑这件婚事。

二姑的话给了秀芬很大压力。不久后，她就辞职了，给我发来短信，并没有说她去了哪里，只是说要和我分手，要我孝顺父母，不要和父母把关系闹僵，爱人不合适可以换人，父母却永远无法更换。

我给秀芬打电话，她总是不接，后来她更换了电话号码。就这样，我和她失去了联系。

一年后，二姑托人给我介绍了一个城里姑娘。她在事业单位工作，父母都是国家干部，家境富裕。在我爹妈日复一日的催促下，我俩认识不到半年时间就结婚了。

婚后，我有了一个可爱的女儿，家庭美满幸福，偶尔因为家庭琐事争吵。

三年过去了，有一天晚上，我和妻子、女儿从亲戚家做客回来，行走在回家的街头。此时的马路颇为安静，早已褪去了白日的喧嚣，行人稀少，偶尔驶过一辆汽车，闪着红色的尾灯。当时已近十点，昏暗的路灯影影绰绰，天上的繁星点点，眨着眼睛，一轮弯月从薄薄的乌云背后偷偷探出脑袋，俯视着大地。

这时候，马路对侧走过来一对青年男女挽着手臂。我眼睛一瞥，看着那女子身影熟悉，当时心头一颤。待他们走过时，那女子也回过头朝我这边看着。四目相对，我俩不禁同时惊呼起来："秀芬！""林！"

秀芬还是那样漂亮，几年不见，俊俏的脸上多了几分成熟和干练。我的爱人和秀芬的男伴都很礼貌，并没有打断我们。

"这些年你过得好吗？"我俩同时发问，然后都笑了。

在简短的交谈中，我得知秀芬春节刚结婚，与她同行的那位男士正是她的爱人。巧的是，她家也住在长安区，距离我家只隔着两条街。

"你当初为啥要不辞而别？"我问道，眼里有些湿润。

"唉，生活总是那么无奈。"她轻轻叹了口气说。

因为我俩的爱人都在跟前，不便长谈，便寒暄寥寥数语作别。

这以后，我俩就再也没有见过面，虽然住处很近。

书　房

　　我一直想拥有一间书房，却始终不可得。

　　我喜欢养花，不论是客厅，还是卧室，甚至是卫生间，都要摆上几盆花草，很乐意看到家中绿意盎然，觉得那样才有生活气息。有时候在家里待久了，我倍感无聊，就想出门走走，去哪儿呢？一时心中没个主意，犹犹豫豫间，一个念头在脑海中蹦出来，去花卉市场逛逛吧！见到喜人的绿植，或者是各式各样别致的花盆，讨价还价之后，买吧。我没有私家车，那就坐公交车或出租车，累死累活地一盆一盆搬回家。不知不觉间，家里的盆盆罐罐竟遍地都是，简直到了无处插脚的地步。

　　也许是农村家庭出身的缘故吧，我始终难以抹去身上根深蒂固的小农意识，对驾车、旅游、炒股什么的都提不起一丝兴趣，唯独对购房热情高涨，执拗地认为有房才算家，这房子还必须是买来的，租房子住总有寄人篱下的感觉，心情不痛快，偏又喜好房屋宽敞，只怨房贵，不嫌房大，总觉得住小房子实在太压抑，甚至有点呼吸困难。自打参加工作后，就像父亲当年陆陆续续在农村老家修建新房一样，我一直疲于购房。房子买了一套又一套，卖小房换大房，人没少折腾，肩上的房贷如同一座大山，背上后就再也放不下来，直压得一家子人都喘不过气。

　　那一年，我狠下心来，在西安房价最低迷的时候，买了一套四室的大房子。一方面，给满屋花草找个安身之处；另一方面，就是想拥有一间不太逼仄的书房。买家具时，我向妻子提出来留一间屋子做书房，不要放床，但被拒绝了。妻子坚持说家里人多，有老有小，哪有闲屋让我浪费。我家的规矩是男主外、女主内，出门听我的，回家妻子说了算。这房间如何布置，那决定权自然属于妻子。我只得服从，便在狭窄的入户花房里局促地摆了两个大书柜，又放了几盆花卉。这样一来，书桌自然是放不进去的，便只好将卧室做成了书房。

　　我读书兴趣单一，当记者时读新闻方面的书多一些，后来工作岗位变了，就专心读起诗歌、散文、小说这些纯文学书籍。作为一名知识分子，令我羞于启齿的是，家里的藏书并不多，但每一本都是认真精读过的。我认为买书的目的是读书，书买回家，就得仔细阅读，万不能当作摆设，更不能够用于展览充面子。附庸风雅，将藏书束之高阁不是读书人应有的正确态度。

起先，我在卧室读书，每读完一本，就得去小花房的书柜里去放书，很不方便。后来，妻子将书柜搬至卧室。这卧室兼做书房就很便利读书了：放下书可上床睡觉，睁开眼即可拿起书读。

宋真宗赵恒在《励学篇》中云："书中自有千钟粟，书中自有黄金屋，书中自有颜如玉。"抛开读书的功利性不谈，读书的功能除了获取知识、传承与教化，还能将浮躁纷乱的俗世隔绝于心门之外，平复读者的心境，使其获得心灵的宁静。倘若读到一篇可以触动心弦的好文章，那必定如食肉糜、如饮甘露，那种美妙的感觉真是无以言表。

我好静不好动，平日偶尔在家里打个游戏、看个电影，放松一下心情倒也无妨，就是不喜欢喝酒抽烟、打麻将、唱歌跳舞这些娱乐活动。我偏激地认为，酒吧、歌舞厅、KTV这些场所，终究不是本分读书人该去的地方，以至于妻子常说我是个生活无趣的人。

这些年来，我对读书的环境越来越在意：安静是首要条件；其次，书房最好是温室，不能太热，也不能太冷，否则都不能专心读书；书桌要大，便于放书放电脑；椅子要柔软舒适。我视力差，读书对光线要求高，既不能太暗，也不能太亮。我家楼层高，通风采光都是极好的。天气晴朗时，南边卧室中午和下午阳光刺眼，而北边卧室早晚光线又太暗，均无法看书。无奈之下，我只得清晨和傍晚，在南边卧室读书，中午和下午在北边卧室读书。我读书必端端正正坐于桌前，躺在床上是不能看书的，那样容易犯困。

我常在妻女面前以读书人自居，要她们也拿起书本。对此，她们有时候不屑一顾。

妻子说："读书人读书是不讲条件的。东周锥刺股的苏秦，东晋囊萤夜读的车胤，映雪读书的孙康，西汉凿壁借光读书的匡衡，东汉头悬梁的孙敬，哪一个你比得了？"

女儿亦云："从古至今，文人墨客，无不精通琴棋书画。你会哪一样，算什么读书人？"

仔细想来，她们说得颇有几分道理。

我对妻子说："有朝一日，我若能一夜暴富，定要买套大别墅，拥有一间超级大的书房，最好能有图书馆那么大，那我这一生就别无所求了。"

妻子摸了一下我的额头说："你没有发烧吧？暴富买别墅太过遥远，我不敢想，眼下已到月底，该还房贷了，还有网贷。你当务之急是赶紧查一查银行卡余额够还款吗？"

当下已到农历六月正中伏，天气潮湿又闷热。查询银行卡余额后，我倍感清凉，随即关了电风扇。

迈过生活这道坎儿

那一年，我以优异的成绩考上了西北大学新闻系。上大学期间，我没有谈恋爱，没有打游戏，更没有瞎混日子，埋头苦读了四年圣贤书，毕业后被分配到电视台当记者，也算是学以致用，专业对口。

参加工作的第四个年头，我就遇到了事业的瓶颈期。

当时，电视台进行节目改版，将我所在的栏目与其他频道的两档栏目合并，组建成立了一档全新的舆论监督栏目，归属新闻中心。从当记者的第一天开始，我就一直在做舆论监督节目，不论是对节目形态的把握能力，还是讲述故事的语言表达能力，或者是工作经验，我对自己都很有信心。然而，我的工作还是出现了前所未有的困境。

新栏目的主任是合并前一个栏目的制片人，那个栏目的原有工作人员自然是他的老下属，其他两个栏目的员工自然是新面孔。新栏目组建之初，便有不少同事在私底下议论主任私心重、处事不公，很照顾他的老下属，恶意歧视、排挤另外两个栏目的员工。我当时不以为然，心想着领导怎么会拉帮结派、蝇营狗苟呢？但事实很快就印证了我的想法是幼稚的。

按照台里的工作流程，记者要想拍摄一期节目，必须自己寻找新闻线索，向部门领导申报选题，待通过后才能联系司机和摄像记者，组成一个摄制组，外出采访拍摄。不久，同事们发现了一个异常现象：主任的老下属申报选题，往往很容易通过，领导还会主动把那些相对容易拍摄的新闻选题交给他们；而像我这样的记者申报选题，通过就很难，几乎是报一个毙一个。我接连几次申报选题都未能通过，这严重打击了我的自信心，真担心自己在栏目组里待不下去。

栏目记者每月的工资不固定，按照其制作节目的播出量和领导评分来考核，多劳多得，当月没有播出节目，自然没有工资，只能怪自己工作不努力，怨不得别人。那时候，我贷款买了房，每月要还房贷，经济压力挺大的。我每月从月初到月底天天上班，周末也得加班，月底却拿不到多少工资，家里这日子怎么过，房贷怎么还，这怎能不让人着急？有时候真想辞职算了，可是辞职哪里是一件容易的事情。我是在编职工，人事关系在台里，工作还算稳定。如果辞职，就等于放弃了事业单位的"铁饭碗"，不到万不得已，谁会傻到走这一步？

我的性格比较温和，不太喜欢做那些新闻事件矛盾冲突激烈的舆论监督节目，因为这类电视节目采访拍摄难度很大，被采访对象总是千方百计躲避媒体，不愿意接受采访。有时候，拍摄一期节目往往需要一两个星期，多次围追堵截事件当事人，采取暗访、隐蔽拍摄等多种采访拍摄方式才能够成功。

新栏目是台里精心打造的一档电视专题片，台领导非常重视，因而对节目的审核相当严格，由栏目、部门以及台领导三级审核。好不容易完成采访拍摄，从文字稿件到剪辑片，再到包装成播出片，每个环节都要经过各级领导层层审核，反复修改后才能播出。每次领导审片子时，我都是战战兢兢的，生怕在哪个环节需要大改，更怕节目被否掉。每做完一期节目，我都感觉很疲惫。这样的工作环境，让我感觉到很压抑。

同事 W 是我的好朋友，我俩原来在同一个栏目。他做节目很有深度，多次获得全国电视法制节目大奖，后来也被迫辞职了。W 走后，我对自己的处境更加担心。连 W 这样优秀的记者在栏目里都待不下去，我不知道自己还能坚持到什么时候，又一次想到了辞职。

我辛苦地工作了一年，实在太累，后来便调动了工作。

如今过去了近二十年，想起来，我仍心有余悸，真不敢想自己那一年是怎样坚持下来的。

人这一生呀，在学业、事业、婚姻家庭上，不知道要经历多少磨难。你一旦气馁，向生活低头，也许就迈不过生活这道坎儿；假如你咬咬牙，努力坚持到底，没准儿就会闯过这道关口，迎接你的，就是平坦宽阔的康庄大道和彩旗飘飘。

瑞　儿

　　瑞儿是我的小女儿，芳龄三岁半。她出生时，我还有些沮丧。

　　我是家里唯一的儿子，有四个姐姐。也许是家中女孩子过多的缘故吧，父辈和我这一辈人都特别喜欢男孩子。

　　当爱人燕怀孕的时候，全家人都盼望着她能生个男孩子，这给了燕很大的精神压力，以至于每次孕检后，她都会抚摸着自己日益鼓起来的肚皮，忐忑不安地说："儿呀，快点长大吧！你爸爸天天盼着早点见你呢！"

　　平日里，燕最怕吃酸，怀孕后竟突然好吃酸。俗话说"酸儿辣女"，所以家人坚信燕怀的是男孩子。

　　在忍受了十月怀胎的苦难和煎熬后，终于在寒冬的一个拂晓时分，燕被医院的护士扶进了产房。在产房门外，我如热锅上的蚂蚁，坐卧不宁，紧张又兴奋，暗自在心中祈祷："老天保佑母子平安！"

　　经过一个小时的漫长等待后，护士喊我进产科。我一下子蹦起来，推开产科大门，看见护士抱着一个襁褓中的婴儿。

　　未等看孩子一眼，我张口便问："男孩吗？"

　　那护士白了我一眼，没好气地说："你有福气，是个女宝宝！"我检查完婴儿身体外观健康后，护士便把她抱回产房。

　　退出产科后，我心中不禁生出一丝失望：不会是抱错了吧，怎么不是男孩？

　　过了没多久，护士将燕和孩子从产房推出来，送至病房。望着身体虚弱的燕，我极力掩饰着心中的失意，怕自己的情绪会伤害到她，就故意一个劲儿地夸奖女儿很漂亮、很可爱。看着小宝贝儿，燕艰难地露出了笑容。

　　我觉察到她脸上一闪而过一丝失落。

　　我这人最大的缺点就是在亲人面前说话随意，总觉得一家人说话何必拘谨，就算说错了话，想必他们总不至于怪罪我吧，遗憾的是，不是所有人都会有我这样的想法。我自以为是的率真个性往往会在不经意间伤害到最亲爱的人，而我却不自知。

在燕坐月子期间，我怀里抱着瑞儿，有时候会无心地说道："宝贝儿，你要是个男孩子该多好啊！"

虽然燕听后并不言语，但我能想到她心中必定不悦。很快，我就意识到自己言语的唐突，这不是一个有爱心、有责任感的父亲该说的话，后来就刻意暗自提醒自己摒弃这样的不当言语。

其实，我也明白男女本平等，重男轻女的封建思想贻害无穷。无论男孩女孩，都是自己的骨肉，为人父母者都要竭尽全力去爱护、教育儿女，努力把他们培养成为无愧于家庭、有益于社会的栋梁之材。这是所有父母的职责。

《笑林广记》中有这样一则故事：甲先生和乙先生在路上相遇。乙先生曰："听说你生了一个儿子，恭喜。"甲先生曰："不是一个儿子，是一个女儿。"乙先生曰："也罢。"甲先生窝了一肚子火。这时候，恰巧过来一顶轿子，四个臭汗淋漓的轿夫，抬着一个官太太。甲先生曰："老哥，你瞧，四个'恭喜'抬着一个'也罢'。"

可见，生儿生女本是无所谓的。儿女只是性别的不同，并无优劣之分。

瑞儿出生那年，我刚住进新房。买房、装修、买家具家电不仅花光了家里所有的积蓄，还让我债台高筑。那时候，家庭经济异常拮据。在爱人燕坐月子最需要人照顾的那段日子，我顾及工作，无暇照顾她，又没有钱请月嫂，因而让她独自承受了太多生活的艰难。每想至此，我总会心有愧疚，不知道怎样才能弥补对她的亏欠。

我小心翼翼地抱着瑞儿，看着她那疼人儿的小模样，对她的喜爱一天比一天强烈。

瑞儿很爱笑。我给她做个鬼脸，她便会咯咯咯笑个不停。她很乖，平时不太哭闹，只有在瞌睡或者饥饿时才会哭几声。她五六个月的时候，还坐不稳当，一不小心就会东倒西歪。我随便给她个什么玩具，哪怕是一包手帕纸，她都会摸来摸去，玩上半天，很讨人喜欢。

瑞儿走路说话都很晚。一般小孩子一岁左右就开始学着走路了，但是瑞儿过了一岁半，还走不稳当，也不太会说话，只会喊"爸爸、妈妈"。爱人说孩子发育有迟有早，因人而异。我心里很着急，但也无可奈何。

那段时间，爱人想给瑞儿断奶，但她见到妈妈就非要吃母乳，坚决不喝奶粉。我和爱人一筹莫展。后来，岳母生病住院。爱人和我商量后，决定回娘家照顾母亲，把孩子留给我照看，希望瑞儿见不到妈妈，就能接受喝奶粉。

爱人走后，可怜的瑞儿就开始了漫长的哭闹生活。她整日整夜地哭闹，很少睡觉，也不喝奶粉。我只得抱着她哄。别看瑞儿小，不太会说话，但是她非常聪明，她一边哭着喊"妈妈"，一边用小手指着家里的各个房间，让我抱着她去找妈妈。每当走进一间屋子，她便立刻止住哭声，小脑袋转过来转过去，大眼睛四处搜寻，没找到妈妈，又开始大声哭喊。

我就这样从早到晚抱着她，满屋子走来走去，累得我腰痛欲断，整日困得眼睛都睁不开。那时候，我才真正体会到爱人带孩子的辛苦。

有一天，瑞儿从早哭到晚，一直在喊"妈妈"，直到第二天凌晨四点，还在哭闹，怎么也不肯睡觉。我当时又瞌睡又烦躁，一时恼怒了，用巴掌在她屁股上使劲儿拍打了两下。当时瑞儿裹着厚厚的被子，我知道也不会伤到她。被打后，瑞儿哭得更加撕心裂肺。我的心也在痛，就抱着瑞儿，和她一起大放悲声。我哭着给女儿道歉："爸爸错了，爸爸再也不打你了！"

令我束手无策的是，瑞儿始终不肯喝奶粉，她宁愿吃鸡蛋、面条和饼干。我发现她特别爱吃红糖鸡蛋，就每天早上煮给她吃。有时候，她一顿能吃一个半鸡蛋，还要喝不少红糖水。这样持续了近一个月。直到爱人回家后，才制止了我的这一愚蠢行为。因为我的无知，给瑞儿吃了太多的糖，后来她的好几颗乳牙都发黄，生了龋洞。爱人常抱怨我不懂得如何照顾孩子。我倍感自责。见到燕后，瑞儿慢慢地开始喝奶粉了。

瑞儿将近两岁的时候，才开始会说完整的句子，但一些字词还是发音不准确。有时候，我怎么都听不懂她在说什么，只得把爱人找来当翻译。对于瑞儿说的每一个字，燕都能听明白。真是母女连心呀！

我略有些驼背，人显得很不精神。燕有时候会对瑞儿说："爸爸怎么走路？你学一下。"

瑞儿便会弯着腰，低着头，小短腿快速地往前迈，一摇一摆地学着我走路的样子，实在是太逗人了。

岳母看见后总会哈哈大笑地说："这走路的姿势和她爸一模一样！"

每次想小便时，瑞儿一边跑着脱裤子，一边嘴里念念叨叨着"憋住憋住"，奔向她的小坐便器。她大便的时候，总是会龇牙咧嘴地用力气，那表情夸张而滑稽。她喊我蹲在跟前，帮她一起使劲，还要摁着我的头，让我闻臭不臭。我故意捂着鼻子说："好臭。"她也要弯腰闻一下，学着我的样子，捂着鼻子说："好臭。"之后，她便笑得前仰后合。

家里有两位千金，自然是很热闹。瑞儿很喜欢和姐姐晴儿玩捉迷藏的游戏。

我抱着瑞儿藏在窗帘背后，把食指放在她的嘴巴上，悄声说："嘘！不要说话，别让姐姐发现了。"

她点点头，但是一听到姐姐的脚步声，便会大喊："姐姐，在这里！"被姐姐抓住后，瑞儿快活地在我怀里连蹦带跳，开心得不得了。

瑞儿一直由燕带着，因而她与妈妈的感情比我深。有时候，我逗她："瑞儿是爸爸的小喵喵。"

她不服气地说："我不是爸爸的小喵喵，我是妈妈的小喵喵。"

我问她："为什么呀？"

她扭着头，噘着小嘴巴，不假思索地说："爸爸不陪我玩儿，我不爱爸爸。"

听了这话，我并不生气，反倒是自责给她的父爱不够。

看着瑞儿一天天长大，我越发觉得她很可爱。想到自己曾经那么遗憾她不是个男孩子，我不禁为自己的荒唐想法深感羞愧。这对她是多么的不公平呀！

朱自清先生在散文《绿》中，将梅雨潭水称作"女儿绿"。可见，女儿是多么可爱呀！

瑞儿，你是上天赐给爸爸的礼物。爸爸要怎么样去疼爱你呢？让我们父女俩相互陪伴吧。爸爸陪着你慢慢长大，你陪着爸爸慢慢变老。

骑单车的少年

晚饭后，我和妻子牵着女儿来到小区对面的公园散步。公园里长满了各种各样的树木，高高低低的。绿的、黄的、红的树叶挂满枝头，色彩斑斓，显出浓郁的秋意。一阵凉风吹过来，满树的叶子唰唰唰响成一片，如风铃一般悦耳。伴随着啾啾鸟鸣，不时有片片颜色各异的枯叶悠悠落下，仿佛给绿草地上铺了一层花被子。

公园里的人行道是彩色的混凝土路面，平平整整，干干净净。抬头远望，道路在前方拐弯处，淹没在密密麻麻的树林中，和行人捉起了迷藏。女儿欢快地在路边采摘着雪白的蒲公英，仰起头用力吹气，看到那一把把小小的降落伞飘向远方，直乐得又蹦又跳。

公园里很热闹。这边一群大妈在跳着广场舞，那边一个"自乐班"在高声吼着秦腔，还有六七人围成一个圆圈在踢着毽子。看着欢歌笑语的人们，欣赏着树林秋日的美景，我的心情格外放松。

公园中央有一条环形的木走廊，上面爬满了藤条，茂盛的枝叶编织成走廊的屋顶，郁郁葱葱的。几位老人坐在木椅上休息，含饴弄孙，笑看着小孙儿爬高爬低的。我和妻子坐下来休息，看着女儿快乐地玩耍。

每个路口的草地上都竖着一块卡通警示牌，上面的红字醒目地写着：严禁宠物及各种车辆入园。令人遗憾的是，很多游客对此熟视无睹。公园四周并没有围墙，可以自由出入。一些游客便带着宠物随意入园，竟然在公园里遛起了狗。更为过分的是，不少狗主人并不牵狗绳，不管大狗、小狗，任由其前奔后跑。那狗见了小孩子，偏不识趣地往前凑，吓得娃娃们惊慌失措，又哭又叫。老人们慌忙抱起孩子护着哄着。女儿也慌乱地投入妻子的怀抱。恶狗当前，我不禁皱起了眉头，原本愉快的心情全被破坏了。

这时候，一位年过七旬的老妪拄着拐杖，颤颤巍巍地向木椅走来。突然，一辆单车风驰电掣般从老人身后疾驰而过，险些撞倒她。老人被吓了一跳，身子晃了几下，终没有跌倒，惊呼道："咋骑这么快！差点把我撞倒。"

听到老人的喊声，骑车人在不远处停下来，但并未下车，只是用脚撑着地，扭过头看着。我抬头看那骑车人的模样，这是一个十一二岁的小男孩，戴着一副深度眼镜，看起来挺秀气的。令我吃惊的是，他稚嫩的脸上表情平静，没有任何惊恐，也没有一丝歉意，呈现出和他的年龄极不相称的城府和油滑，有着那么一股子泼皮无赖的气息。这时候，惊魂未定的老妪方才看清楚骑车子的是一个小孩子，很不悦地斥责道："你这碎娃骑那么快干吗？多不安全！"少年见老人并无大碍，嘴里便一阵嘟嘟囔囔。我仔细听，那不是普通话，也不是英语，实在听不明白他在说些什么。想必那位老妪也听糊涂了，就说道："你这娃差点把我撞倒，不给我道歉，还在那嘟囔啥？"我一直在看着那个少年，等着他向老人道歉，然而接下来的一幕却深深地刺痛了我。只见那少年目露凶光，瞪了一眼老妪，恶狠狠地大声骂道："咋没撞死你？滚！"随即，他骑车跑远了。老妪没料到竟会遭遇如此羞辱，一时间，直愣愣地站在原地，浑身打战，怒吼道："你回来，你咋受教育的？"

看着少年骑车远去的背影，我心里堵得难受，再也没有心情散步了，便抱起女儿，拉着妻子回家了。一路上，我一想到那个骑车少年狰狞的面孔，就如同吞进千万只苍蝇，忍不住想呕吐。他没有教养的样子真的是太丑陋了。

梁启超在《少年中国说》里说，"少年智则国智，少年富则国富，少年强则国强，少年独立则国独立，少年进步则国进步。"少年是祖国的希望、民族的未来，本应该是朝气蓬勃、善良美好的，可目睹那个骑单车少年的蛮横无理，我不禁生出些许哀愁。

缺　陷

小女瑞儿上幼儿园小班，课余在一家舞蹈中心学习民族舞。为了庆祝建党一百周年，在放暑假前一天，舞蹈中心组织孩子们参加舞蹈演出。老师通知凌晨六点在西安曲江国际会展中心集合。

凌晨五点，妻子就把瑞儿从床上拉起来。那个时间，孩子睡得正香甜。妻子给瑞儿洗漱、穿戴舞蹈服装、扎头发时，她一直都闭着眼睛。老师说一共有四十多个舞蹈节目，影视公司全程录像，演出要到中午十二点才能结束，其间不能吃任何东西。妻子担心瑞儿坚持不了那么久，怕她饿肚子哭闹，就哄着她吃了早餐。我背了一大包孩子的日用品，一家三口匆匆下楼。

我们走出小区大门时，天还黑着，街上万籁俱寂，几乎没有一辆车，更没有一个行人。我们站在路边等出租车，小区比较偏，等了好久，不见一辆出租车过来。妻子有些着急，说道：“再晚就要迟到了。”

我拿出手机，打算叫一辆网约车，输入目的地时，显示出西安曲江国际会展中心、西安曲江国际会议中心、西安曲江国际会展中心会议接待中心等好几个相似的地名。一时间，我和妻子都困惑了，不知道该去哪里。妻子抱怨下楼晚了，怕是真的要迟到了。瑞儿也急得哭起来。

这时候，一辆小轿车从小区驶出来，停到我们跟前。驾驶员是位中年女士，侧身冲我们喊道：“你们也是舞蹈中心让去参加演出的吗？”

“是呀！”我低头看那女司机，见她五官清秀，戴着眼镜，面相和蔼可亲，那种温和典雅的气质是从骨子里散发出来的。“腹有诗书气自华”，想必她和我一样，也是一位读书人。我轻轻叹息道：“等了好一会儿，就是不见一辆车来。”

“上我车吧，我们也是去演出的。”她言辞诚恳，目光热情，容不得人拒绝。

我拉开后车门，座椅上一个十四五岁的小姑娘立马往里面挪了一下。妻子牵着瑞儿坐上去。我坐在副驾驶座椅上，系上安全带，对这位素不相识的小区邻居连声道谢："要不是搭您的便车，我们还不知道要等多久。孩子第一次参加这样的舞蹈演出，去晚了可不好。怎么称呼您呢？"

"别客气，我姓吴，口天吴，早上这个点叫车比较难。"她笑着说："我看你家孩子穿着舞蹈服，又是这个点出门，想着和我们一样，是去参加表演的。"

"演播大厅怎么去，您知道吗？"我颇为惭愧，带孩子去演出，竟然不清楚具体地址。

"知道，昨晚专门上网查清楚了。"看得出来，吴女士是位细心人。

汽车行驶在宽阔的雁塔南路，天还未亮，尽管大街上行车很少，吴女士开车还是很谨慎，车速不快。我们闲聊着，询问对方孩子表演什么节目。她是个热心肠，让我记下她的手机号码，说演出结束后，再捎我们回家。

说话间，突然一辆摩托车轰鸣着，从我们的车右侧闪电般飞驰而过。我吃了一惊，心想干吗骑这么快，就盯着那摩托车看。一眨眼的工夫，只听得前方传来一阵巨响，那摩托车猛地撞倒了路边的一个警示防护栏，剧烈地左右摇摆起来，最终连人带车摔倒在路边。

吴女士减速慢行，靠路边停下车，对我说："金先生，您能下车看看那骑摩托的人咋样吗？"

我一时愣住了："咱们车没撞他呀，距离那么远！"

"咱是没撞他，他摔倒和咱没关系。我只是怕他摔坏了。"她说得很坦然，没有丝毫的顾虑。

我坐着没动，自作聪明道："咱不去看他扶他，就和咱没关系；一看一扶或许就说不清楚了。"

"没事的，咱没有责任不会被赖上的。"她说着话，自己坐着不动，却坚持要我下车去看看那个摔倒的人。

我心中不悦，埋怨她多管闲事，自找麻烦，不想下车，说道："咱可别惹火上身，况且时间不早了，孩子演出别迟到了。"

"我不能下车，你就下去看看吧。"她的语气有点像乞求我。

我极不情愿地下了车，走到那摔倒的摩托车手跟前。未等我扶他，那人自己站起身，拍拍衣服上的土，对我道谢，说幸亏戴着头盔，没啥事。我帮他扶起摩托车，他骑上走了。

我上车后，庆幸地说："那人命大，啥事没有，也没有赖上咱。"

妻子说："现在都是和谐社会了，哪有那么多不讲理的人？"

我自我解嘲道："咱普通老百姓不是医护人员，别人摔倒了，你不知道他伤在哪儿，最好不要贸然搀扶他，否则不仅会给伤者造成二次伤害，还很有可能给自己惹上麻烦。"

吴女士轻声笑了笑说："谁都有需要别人帮助的时候，有的麻烦惹得值。爱需要传递，这是人间难能可贵的真情。"

我点点头，心里却不以为然，想着你坐着一动不动，光说不练"假把式"，怎么传递爱呢？

很快，汽车驶进曲江国展中心地下车库。在电梯口，吴女士让我们一家人下了车，说道："你们先坐电梯去集合吧，别迟到了。我去找地方停车，记得演出结束给我打电话一起回。"

我们赶到集合大厅时，刚过六点，不算晚，还有一些远路的孩子没有赶过来。

对于刚才发生的事情，我始终耿耿于怀，想不通吴女士为什么让我下车扶人，她却坐着不动。我问妻子："她说自己不能下车是什么意思？"

妻子摇摇头，猜不透其中的缘由。

当我们在大厅里等待的时候，在熙熙攘攘的人群中，我突然瞥见吴女士拄着双拐，一瘸一拐地走过来，后面跟着她女儿。我当时就震惊了，知道误会了她，怪不得她说自己不能下车，原来她有生理缺陷，下车行动不便。她开的是自动挡车，右脚能正常操作刹车和油门。妻子忙走上前，伸手去扶她。她笑笑摆摆手，说道："不用扶，我双腿自幼就这样，半辈子早都习惯了，别忘了演出结束打电话。"说完，她领着女儿去找舞蹈班了。

演出结束后，我和妻子都不好意思麻烦吴女士，就没有给她打电话，牵着瑞儿走了。我说："咱不打电话，她应该也不会打过来，谁愿意惹麻烦呢。"

我们刚坐上地铁，吴女士就打来了电话，语气里满是歉意，说孩子演出完，拍照耽搁了一会儿，没想到我们先走了。

　　在生活中，我是个极怕惹麻烦的人，总认为多一事不如少一事，虽然能做到"勿以恶小而为之"，却做不到"勿以善小而不为"，殊不知，人与人之间的冷漠就是这样慢慢形成的。与吴女士的善心和热情相比，我虽然四肢健全，可是内心的缺陷，怕是一直以来都被自己忽视的。

信　任

　　或许是做了十多年电视法制节目的缘故,我见过太多的犯罪分子坑蒙拐骗,因而养成职业习惯,常对他人心怀戒备,不肯轻易相信人,尤其是对陌生人。

　　那天,我在妻子开的服装店里照看生意。年关将近,她去批发市场进货。下午顾客很少,我百无聊赖地坐在柜台前玩着手机。

　　"师傅,您好!您能帮我个忙吗?"猛然听到有人说话,我竟被吓了一跳,抬起头来,看见一男子站在我面前。他何时进门的,我根本没有觉察到。

　　以为他要买衣服,我忙不迭地起身招呼道:"师傅,您想看件什么衣服?"

　　他不好意思地摇着头,说道:"我不买衣服。我想请您帮个忙。"

　　他来服装店不买衣服,我能帮他什么忙?我迷惑了,仔细打量着他。他三十多岁,头发、胡须又长又乱,衣服脏兮兮的,显然是很久没洗了,一副狼狈不堪的模样。他的面相倒老实,只是脸上写满了焦急和困倦。

　　见我不说话,上下一个劲儿地打量他,那男子脸上掠过一丝羞涩,没头没脑地问了我一句:"师傅,我不是骗子,您能相信我吗?"

　　我被他的这句话逗笑了,说道:"你我素昧平生,谈不上信不信的。您有什么事情需要我帮忙吗?"

　　我的这句问话打开了他的话匣子。他絮絮叨叨地向我诉说着自己的故事。他名叫杨光,今年三十六岁,是陕西眉县人,在深圳一家电子厂打工,前段时间从深圳回家过年,刚到西安,本想给家人买点年货,明天就回老家,没想到手机竟丢了,身上只有几块钱现金。现在人离了手机简直寸步难行,无法坐车,也没法购物。他想去小寨那边的通讯营业厅买部新手机,顺便办张手机卡,但对西安地形不熟悉,正犯愁怎么去找营业厅。

　　我以为他问路,便皱起眉头说:"这里距离小寨挺远的。您方向走错了,应该往回走,四五十分钟就能找到营业厅。"

他摇摇头说："我不知道该怎么去那里，也没法坐出租车和公交车。您能否用手机给我叫个网约车？"

我迟疑了，不知道他说的话是真是假。

"我求别人帮忙，没有一个人肯相信我，都当我是骗子。您是我求助的第八个人。我看您慈眉善目的，肯定是个好心人。您能帮帮我吗？"杨光的语气里带着恳求。

我是个冷静又理智的人，并没有被他的几句好话冲昏了头脑。他越这样奉承我，越让我提高了警惕。

见我无动于衷，杨光充满希望的眼神顿时黯淡了，嘴里念叨着："没关系的，我给谁说都没人信的，这年头骗子太多了，理解。"他缓缓转过身，垂头丧气地向店外走去。

"您等等。"见他出门了，我追上去，递给他一张百元钞票，说道："您把这钱拿着吧，我相信您。"

杨光笑了，对我点着头，连声道谢。我看到他眼神里重新燃起了火苗。

他接过钱，一再坚持要我把手机号写在纸条上，说办卡后加我微信，一定要把钱还给我。

妻子回到店里后，我把这件事情告诉她。她埋怨我太傻，肯定又上当了。我说权当是用一百块钱做个测试。

一个多小时后，我的手机信息提示音响了，是杨光的微信好友申请。我随手点了接受好友。很快，他给我转账了一百元，并发来一条信息："手机和卡已办好，明天就可以回家过年了，感谢您，陌生人的信任。这个寒冬，因您而温暖。"

我站在店门口，阳光普照大地，晒在身上暖洋洋的，抬头望天，晴朗湛蓝的高空白云朵朵，像碧玉一样澄澈，其中有朵云像颗桃心。我想杨光此刻的心里一定满是阳光，因为心中有爱，满眼晴天。

一碗牛肉面

春节后，西安的气温有些异常。二月份刚过雨水节气，气温陡然升高，午后上街，热得人直冒汗。四月份本是春暖花开的季节，偏又出奇的冷。气温犹如过山车一般，在冷热之间随意切换，任性得如同小孩子的脸。昨天刚把冬装洗干净压了箱底，今天又冻得人翻箱倒柜找棉衣。

为了迎接第十四届全运会，西安市满大街无处不在围挡修路、栽花种树。虽然暂时街道行走不便，但随处可见红花绿草。公园里牡丹怒放、郁金香争奇斗艳，撒着欢儿地在春天吐露芬芳。街道两侧的樱花已经盛开，一团团、一簇簇白的、粉的、绿的花朵把树枝都压弯了，花香引来蜜蜂翩翩飞舞。西安这个千年古都愈来愈美丽，日益展现出现代文明的魅力。

早上起床，看到地面湿漉漉的，不晓得夜里何时下起了小雨，风倒是挺大，拼命从窗户缝往里挤，刮得不锈钢防护网咣当咣当地响。中午时分，雨渐渐大了，噼里啪啦地打在玻璃窗上，如同弹奏着一首琵琶曲。雨天路滑，行走不便，我懒得买菜做饭，那就下楼吃碗面吧。

街道上冷风飕飕，行人皆撑伞疾走，我不禁打了个寒战，裹紧了外套。小区大门外是临街商铺，一溜儿全是面馆，家家客满。陕西人大多喜爱面食，街头面馆星罗棋布。这是西安市的一道独特风景。我亦极喜食面，好久没有吃牛肉面，此时便有些馋，不由自主地走进一家兰州牛肉拉面馆。这家面馆餐厅不大，有十多张桌子，客人坐得满满当当，几乎无处插针。他们大多戴着工地上的安全帽，身上的衣服沾满了斑斑驳驳的涂料和泥浆，一看就是在附近工地干活儿的民工。他们三四人一桌，点两三盘凉菜，四五瓶啤酒，每人面前放一大碗牛肉面，嘻嘻哈哈地边吃边说笑。对这些下苦力的人来说，这无疑是一顿相当丰盛的午餐。这样的聚餐既可消除疲劳、迅速恢复体力，又可以驱散他们的烦心事，让他们从身体到精神上都获得愉悦。这是他们一天中最轻松愉快而又惬意无比的时刻。

我点了一份十元钱的牛肉汤面，付款拿了小票后，等了片刻，收银台跟前那桌客人吃完离开，我便坐下来。桌子上一片狼藉。我喊服务员过来收拾碗筷。

这时候，从门口走进来一位老妪，穿着环卫工的荧光橘红色制服，头戴橘红色的帽子，脚穿解放鞋，没有穿雨衣，身上的衣服被雨水打湿了。她穿得不厚，单薄消瘦的身体在瑟瑟发抖。她似乎是初次来这家面馆，对环境并不熟悉，缓慢走进来，环顾四周，看着墙上的面食图片和价目表，犹犹豫豫地走到收银台前，怯怯地问道："你这面咋卖？"

收银员是一位年轻的回族姑娘，大大的眼睛，模样俊俏，问道："您要牛肉汤面，还是牛肉干拌？"

"价钱不一样吗？"老妪问道。

"不一样，牛肉汤面一碗十块，牛肉干拌一碗十二。"

老妪看了看厨房玻璃墙上的面食图片，问道："你这分大小碗吗？我要个小碗的。"

年轻姑娘笑了笑，说道："不分大小碗，一个价。"

老妪迟疑了一下，缓缓转过身，刚走了两步，又回转身，结结巴巴地问道："你这……一碗牛肉汤面能……能便宜不？"

年轻姑娘又一次笑了笑，说道："我们这里不讲价。"

老妪低下头，难为情地笑了笑，转身向门口走去。

"姨，您等一下。"

说话间，从厨房里走出来一位三十多岁的回族女子，戴着银耳环，也是大眼睛，五官清秀，只是面皮略显紫红。我常来吃面，认识她，应该是店里的老板娘。她走到老妪跟前，未等开口，却把老妪吓了一大跳。她惊声问道："咋了？我不吃面了，还不让走了？"

老板娘拉了一把老妪的胳膊，笑着说："姨呀！您老别误会，今天挺冷的，您吃碗热汤面暖暖身子吧。"

老妪摇摇头说："我不吃，你这面太贵了。"

老板娘还是笑着说："姨，您这么大年纪，出门工作多辛苦。您吃面，我不要钱。"

老妪惊讶地看了看老板娘，还是摇摇头说："我不是要饭的。"

这下，老板娘倒不好意思了，原本紫红的脸色更深了，忙致歉道："姨，对不起了，那给您优惠，一碗牛肉汤面五块钱，行吗？"

老妪依旧摇摇头说："五块钱太便宜，你就亏本了，你看八块行不？"

"能行能行。"

老妪笑了，跟随老板娘来到收银台，右手解开上衣胸前纽扣，伸进里面的口袋，摸摸索索，掏出来一个折叠得整整齐齐的黑色塑料袋子，打开后，拿出一张折叠成四方块的卫生纸，再打开，取出一沓小面额的钞票，抽出四张钞票，一张五元面额的，三张一元面额的，又数了一遍，递给老板娘。

老板娘接过钱，让收银员打印了一张小票，递给老妪，请她找位子坐下等着叫号。老妪看到食客很多，几乎没有空位子，说没事，站着等就行。

过了一会儿，我听到叫号，起身去收银台端了面碗坐下来。这时候，老妪的面条也煮好了。她端着碗，四下张望着，寻找着空位子。

我站起身，对她说："大姐，我对面没人坐。您坐这儿吧。"

老妪看了看我，又瞅了瞅空位子，对我笑笑，就坐在我对面。

"大姐，听口音挺耳熟，您是哪达人？"我用武功方言问道。

老妪笑笑说："我是武功人，听你口音咋也这耳熟的。你是哪达人？"

"我也是武功人。"

"老乡见老乡，两眼泪汪汪。"老妪见到我这个老乡，很兴奋的样子，不再拘谨，亲热地和我攀谈起来。

老妪今年五十八岁，家在武功县农村，是个可怜人，有个智障儿子，三十多岁，娶不上媳妇，还得老爹在家里照看伺候着。为了能攒点钱，给老家盖上新房，前些年，老妪来西安当环卫工，最近刚调到我家小区这一片，负责打扫街道卫生，每月工资三千五百元。老家有两个亲人等着她赚钱养活呢，她怎么舍得乱花钱！来西安多少年了，还不知道那羊肉泡馍是个啥滋味。

老妪皮肤粗糙，眼角的鱼尾纹深如沟壑，横在眼睛两侧，额头上皱纹密布，写满了岁月的沧桑与生活的艰辛。看着眼前的老妪，我感叹着劳动人民的坚强，又不禁想起母亲曾经在农村遭过的罪，心头忍不住一阵阵发酸。

我给老妪竖起了大拇指，说道："城里像您这么大岁数的妇女早就退休了，整天忙着跳广场舞呢。您还能下得苦来城里打工，靠勤劳的双手挣钱养家，不容易呀，大姐您真了不起！"

老妪笑了笑说："十人有九命。咱就是这受苦遭罪的命，啥时候罪满了，也就该闭眼了。"

老妪很快吃完饭，站起身要走。我从包里取出一包餐巾纸，递给她。她摆摆手，用手背擦了一下嘴巴，说道："咱庄稼人擦嘴有手呢，不用纸。"

见老妪要走，那位老板娘走过来说："姨呀！啥时候想吃面了就来，对您永远是一碗面八块钱。"老妪点着头，连声说"好"，乐呵呵地走了。

老妪的开朗乐观感染了我。这碗牛肉面，我吃起来格外香。吃完饭，我走出面馆。虽然街上的风雨更大了，但是我心里热烘烘的，满是温暖，寒意全无。你我皆良善，多么美好的人世间呀！

三轮车夫

小女瑞儿今年四岁半，很喜欢跳舞。妻子说，那就给她报个舞蹈班吧。

全方位考察后，妻子选定了一家规模较大、距离家不算太远的舞蹈中心，联系后，被告知可以免费试上一节课。

那是一个星期六的下午，我和妻子牵着瑞儿徒步去舞蹈中心。天阴沉沉的，正是春寒料峭时，街心公园里的迎春花黄灿灿一片，随风摇曳，淡淡的清香在空气中飘荡，宣告着春天的到来。我们一家人的心情好极了。

一个半小时的舞蹈课上完后，瑞儿的额头渗出了一层细细的汗珠，小脸蛋红扑扑的，犹如红苹果一般可爱诱人。我忍不住在她的小脸蛋上偷亲了一下，问道："累不累，好玩吗，喜欢在这里跳舞吗？"

女儿还沉浸在莫大的兴奋和喜悦中，快活地说道："一点都不累，好玩得不得了，太喜欢这里了！"

见女儿很开心，我和妻子商量了一下，决定就让她在这家舞蹈中心学习，便去前台办理入学手续，等到付款时，得知不能用电子支付，只能付现金。我当时包里没有带现金，只有一张银行卡，便去找附近的银行取款。

走了约一公里的路程，我们一家三口来到那家银行。不巧的是，当天银行休假，取款机也在维护不能取钱。

这时候，天空中飘起了毛毛雨，风一阵一阵刮过来，吹在脸上，颇有些寒冷。我很想回家，改天再来银行取款交费。妻子说，隔一条街就有一家自助银行，不如现在取款交费，舞蹈中心就可以给瑞儿安排课程了。我拗不过妻子，抱起孩子，步行去那家自助银行。这次，我们如愿以偿，取出了三千元现金。

走出银行，雨下得有些大了。此处较偏僻，距离舞蹈中心有一些距离，还没有通公交车，左等右等，就是没有一辆未载客的出租车驶过来。瑞儿一直喊冷。我开始有一些着急。

这时候，马路边驶过来一辆橘红色的全封闭电动三轮车，驾驶员是一位六十多岁的老人。他探出花白头发的脑袋问我："走不？来，把你们送一下。"

我很惊奇这个地方怎么会有电动三轮车，知道它载客极不安全，很反感坐这种车，便摇摇头，没有理会那车夫。

那车夫却不走，看着我们说道："这里很少来出租车，你别等了，你看这天多冷呀，把娃冻的，坐我车吧。"

我厌烦地摆摆手，对妻子说："咱们慢慢走吧。"

妻子面带犹豫，看了看天说："看样子这雨一时半会儿停不了。我们没有带伞，走过去有点远，会把衣服打湿的。"

这时候，舞蹈中心给妻子打电话说，财务半个小时后就下班了，最好快点赶过去交费。接了电话，妻子显得有点焦急。

老车夫看出来我们有急事，依旧等着不走，似乎料定我们会坐他的车，对我女儿说道："小美女，想不想坐车呀？可好玩了。"

车夫死皮赖脸地纠缠，惹得我很烦。未等我发作，怀中抱着的瑞儿却喊道："我要坐车，我要坐车。"

见许久都不来一辆出租车，妻子就动摇了，问那车夫去前面路口多少钱。

"三人一共十五块钱。"车夫说道。

我忍不住喊道："太贵了，这么点距离，我坐出租汽车也用不了十五块钱。"

"不贵的，下雨天车少，都是这价钱。"车夫说着话，仍旧不走，等着我们上车。

"行吧。"妻子说着话，就上了三轮车。我迫不得已，抱着孩子也上了车。

很快，三轮车到达舞蹈中心楼下。我要抱瑞儿下车，她却说没坐够，不愿意下来。下车后，我翻着口袋，只找到了十四块钱，给那车夫，歉意地说道："师傅，我身上只有这十四块钱，你看行吗？"

那车夫摇着头说："那不行，说好的十五块钱，怎么能少给一块钱呢？"

妻子打开手包，看到里面除了刚从银行里取出来的三千元钱，再无一分钱，给车夫说明情况后，他仍坚持要一元钱。

这时候，妻子想起来瑞儿的水杯包里有零钱，从里面找到五毛钱，递给车夫。车夫还是不乐意，非得再给他找五毛钱。我就更加憎恶他的执拗了。见我们真的找不出一分钱，又僵持了一会儿，那车夫才极不情愿地勉强同意。

瑞儿还是不愿意下车，妻子只好哄着把她抱下了车。

车夫的顽固让我的心情很不爽。上楼去舞蹈中心时，我对妻子说道："那老头儿真是可恶，那么一点路，车费要那么贵，还是个死脑筋，非得要够十五块钱，连五毛钱都要计较半天，真够抠门的。"

妻子笑笑说："那老人开个车也不容易，想必他日子过得艰难，否则谁会那么在意五毛钱？人富有了，就有资本慷慨大气；人穷志短、马瘦毛长，穷人日子难过，才不得不吝啬和斤斤计较。仓廪实而知礼节，衣食足而知荣辱，人首先得活着。仁义礼智信那是人衣食无忧的时候才会遵守的道德准则。当一个人食不果腹、衣不蔽体的时候，道德甚或法律都可能会对他失去约束力。"

到舞蹈中心交钱时，妻子怎么都找不到装钱的手包，急出了一身汗，后来才想起来可能是抱孩子时，她把手包落在了三轮车上。我们急匆匆下楼，来到刚才停车的地方，四处张望着，可哪里还有三轮车的影子？

"这钱是找不回来了，坐三轮车又没有车票。车夫早走远了，到哪里去找呀？"我嘴里嘟囔着，埋怨妻子太粗心，又责怪瑞儿胡闹不肯下车。

雨还在淅淅沥沥地下着，街道上行人稀少，车水马龙，唯独不见那辆三轮车。

"车来了。"正当我心急火燎地东张西望时，瑞儿轻轻地喊道。我回头一看，一辆橘红色的电动三轮车停在我们身边。司机下了车，正是那个干瘪的老头儿。他手里拿着一个手包，正是妻子的手包。他把手包递给我说："这是你们的吧？"

我急忙接过手包，打开后，看到厚厚的一沓钞票，惊讶地看着那位车夫，一时间不知道说什么好。

妻子点着头，对车夫说："这就是我们的包，谢谢大爷！"

那车夫说道："刚才有客人要上车，我拉开车门，才看到这个包，猜想是你们落下的，就让客人坐别的车，怕你们着急，赶忙给你们送过来。你看没有少啥东西吧？"

妻子忙不迭地说："没少没少，谢谢大爷，您真是个好人。"

车夫笑笑说："没少啥就好，我走了。"

老人随即驾车离去。望着他远去的身影，我许久才缓过神来，多么善良的一位老人呀！我后悔自己竟没有来得及给他道声谢，想想自己刚才对他满是不屑和厌恶，我不觉心生惭愧。

我对妻子说："下雨真好，让这雨多下一些时日吧，冲刷掉这世间的一切污秽，等到雨过天晴，又是个一尘不染、清澈明净的新世界。"

酸　杏

周日的正午，小女瑞儿上完舞蹈课放学，我接她回家。舞蹈中心距离家不远，我牵着瑞儿的小手步行。一路上，瑞儿还沉浸在跳舞的无比喜悦中，蹦蹦跳跳地很开心，不住嘴地给我讲着上课的趣事。

时值初夏，晴朗的天空一片瓦蓝，偶尔吹来一阵风，热烘烘的惹人心烦。头顶骄阳走了没多远，我身上就冒出了一层薄汗。为了躲避炎炎烈日，我拉着瑞儿走进了街心公园。穿过狭长的公园，就可以到达我家小区。公园里花草繁茂、果树林立。高低不一的桃树、枇杷树、无花果树密密麻麻，最多的还是碗口粗的高大杏树，一株挨着一株。放眼远眺，公园的角角落落都被绿色填充得严严实实，整个公园仿佛笼罩在无边无际的绿色纱帐中。小路曲径通幽，人行走其间，犹如在一片碧波荡漾的绿色海洋中驾驶着一叶扁舟，那种惬意舒适的感觉如同有一个绿巨人的大手掌在你的浑身上下轻轻按摩着。然而，与眼前这花红草绿的美丽景致极不协调的是，所有树上的果实都稀稀疏疏，树下却落了一层烂果子，满地狼藉的枝叶散落其间，一些枝条明显是被什么人折断了，却没有落下来，横七竖八地挂在枝头，摇摇欲坠，如同刚遭受了一场暴风雨的摧残。

"爸爸，这些树怎么了？"瑞儿问我。

"受伤了。"

"怎么受的伤？"

"有人做了不好的事情。"

我俩正走着，前方传来一阵乱糟糟的吵闹声。在一株大杏树旁边，一位老妇人正和几名男子争吵着。老妇人花白头发，穿着橘红色的环卫工制服，左手拿着一把笤帚，右手拿着一个带长把儿的簸箕。树下站着两个三十多岁的男子，手里都抓了一把绿杏，如鸽子蛋般大小。另外一名男子正在努力地往杏树的高处攀爬。

老妇人劝说道："你们看看，这杏都是绿的，还没有黄，没成熟嘛，酸得掉牙，根本就吃不成，摘了都糟蹋了。"

树下的两个人不屑地嚷嚷着："你别管，我们就喜欢吃酸杏。"

老妇人说："喜欢吃就去买，怎么能爬树乱摘呢？"她仰起头，冲着树上的男子喊道："你快下来，不要再折树枝，不要再摘酸杏了。你看看，这公园里的果树下满地都是烂果子、断树枝，太不文明了。"

树上的男子非但没有感到羞愧，反而理直气壮地大声喊道："这是你家的树吗？你算个干啥的？管得宽，我折不折树枝，和你有关系吗？"

老妇人气得脸色涨红，大声斥责道："这不是我家的树，可是我负责这公园里的环境卫生。你们弄得满地都是树叶子、烂果子的，这让人咋打扫呀？"

树下站着的两名男子不耐烦地挥着手。一个说："赶紧走吧，该干啥干啥去。我看你吃得不多，管得不少，狗拿耗子——多管闲事。"

老妇人被骂急了，手指着那男子，嘴里嘟囔着："你……你……咋还骂人呢？"

这时候，树上的男子凶狠起来："骂你咋了？你好好扫你的地，少管我们的闲事，你再啰嗦，我还要揍人呢！"

树下站着的另一名男子嬉皮笑脸地说："你还要感激我们呢！如果没人弄这些树叶子烂果子，只怕你就要失业了。"

"哈哈哈……"那三名男子肆无忌惮地笑了。

老妇人气得脸色煞白，摇着头，无可奈何走向别处，嘴里轻声骂道："什么人呀！一点素质都没有。"

我担心掉下来的树枝会砸到人，拉着瑞儿的手，快速离开了。

四岁的瑞儿两臂交叉，比画了个"×"，对我说："爸爸，那几个叔叔爬树摘杏，是错误的。"

我点点头，告诉瑞儿可不能这么不讲公德。

环卫工是美丽城市的建设者，值得人尊敬。令人遗憾的是，在环卫工老妇人面前，那三名男子怎能如此强势、如此蛮横无理？我的心比那酸杏还要酸。在强者面前低头，在弱者面前嚣张，这或许就是人性最大的弱点吧。

九　号

我的家在西安市区，但我一直认为自己是个山里人，因为一年里有近乎一半的时间，我都在大山里工作生活。

八年前，我第一次来九号，是在六月份，一进山，刹那间就被秦岭的巍峨翠绿震撼了。

从西安驱车一路向南，沿着西沣路行至沣裕口，便投入秦岭的怀抱。沿着210国道蜿蜒向上爬行，迥异于都市风景的世外桃源便愈来愈清晰可见。国道一侧是如刀砍斧剁般陡峭的山壁，另一侧是潺潺流水清澈见底的沣河。

盛夏驾车一路攀爬，山路逶迤，沿途山青水绿、景色醉人。途经喂子坪、九龙潭、广新园、万花山、石羊关、小坝沟、大坝沟、鸡窝子，行至公路的最高点——分水岭。

沿分水岭向西，有一条通向光头山最高峰的石子路。虽然这条石子路每年都要整修，但每每遇到下雨，从山顶飞流直下的雨水总会把路面冲刷得坑坑洼洼。如果遇到连阴雨，由于山体湿滑松软，常会有大大小小的石块滚落到道路中间，阻挡了车辆通行。对于那些不大的石块，我和同事便会下车，徒手挪走石块，清理道路。如果遇到巨石拦路，非人力可以挪动，就需要联系机械化人员来帮忙了。道路何时畅通，那只有耐心等待了，或许数小时，或许几日。我们只能手提肩扛着给养物资，徒步行走三四个小时，哪怕是历尽千难万险，无论如何都要到达光头山山顶，那里还有一群给养已经耗尽的同事眼巴巴地盼望着我们救援。

任何高级汽车行驶在这条石子路上，都如同手扶拖拉机行驶在乡间小路上一般，颠簸得几乎要散架了。司机和乘客都得受罪。人常被颠得左摇右晃、上蹿下跳，脑袋不是磕着车窗玻璃，就是撞着车顶。路边一侧是排水沟，另一侧是万丈深渊，人往下看一眼便觉得头晕目眩、心跳加速、两腿发软。路很窄，仅容得一辆车通行。两车相会是司机最担心的事情。要想驾车上山，除非驾驶四驱越野车，并且司机要具备高超的驾驶技术，一般人都会知难而退的。

这几年，为了保护环境，林场禁止游客从分水岭沿石子路登山前往发射台方向，因此山上的野生动物和禽类逐渐多了起来。车行进途中，我常会见到土黄色的小松鼠或者五彩的雉类飞快地从路边跑过，一眨眼便钻进树林中。这些小动物很可爱。车停在不远处，你下车寻找它们时，它们也常会站在路边，朝你这边张望。等你悄悄走近时，它们便一下子逃得无影无踪。

单位的通勤车在石子路上颠簸得很厉害，我一会儿便昏昏欲睡了。"快看，羚牛！"忽然，身边的同事大喊一声，惊醒了坐着打瞌睡的我。司机也停下车说："关好车门，都别下车。"抬头望去，在前方约一百米处，五六头羚牛从山坡上慢慢地走下来，停在石子路上，看着我们，岿然不动。我们看着远处的羚牛，同样的，羚牛也看着我们。就这样，双方对峙了两三分钟之后，羚牛群才气定神闲慢悠悠地穿过石子路，走进树林。等到看不见羚牛了，司机才发动汽车，徐徐前行。大家既兴奋又紧张。

由于山路崎岖难行，从分水岭通向光头山山顶的石子路不过十五千米，但驾车一般需要四十五分钟。秦岭山峰多犬牙交错、高耸入云、险峻异常，很少有开阔平坦之处。然而奇异的是，在光头山山顶，有一处空地非常平坦开阔，这里就是陕西广播电视台九号发射台的大院。这不由得让人敬佩广电前辈们能找到这样一块宝地修建发射台，是多么有智慧呀！

光头山海拔两千八百多米，空气稀薄，自然环境恶劣。每年九月至来年五月为封冻期，山上银装素裹，"千里冰封，万里雪飘"。冬季最低温度可以达到零下三十五六摄氏度，风力多在十级以上。这里夏季最高温度十七八摄氏度，不是凉爽，是寒冷。在酷暑三伏天，你若有幸逃离热如火炉的西安城，来此地避暑绝对是一件很惬意的事情。

光头山本无名。由于山顶常年风大气温低，树木根本无法生长存活，只有在盛夏才能见到山峰上那无边无际的草甸子，在向大自然宣示着生命力的顽强。九月份以后，草枯石露，整个山峰光秃秃一片，像极了光头大叔，因此山峰得名光头山。由于九号发射台建于此，台里职工又称光头山为九号山。

秋高气爽之际，你站在光头山顶极目远眺，层峦叠嶂的秦岭被秋日装点得万紫千红。满山红叶如着了火一般，层林尽染。一片片黄灿灿的野菊花在风中摇曳，如黄衣少女在翩翩起舞。这里简直就是花的海洋。面对着雄伟壮丽的一座座大山，你心中油然而生出崇敬，不由地感叹在大自然面前，人是多么渺小。刹那间，心胸猛然豁达起来，瞬间抛掉所有的烦恼，浑身上下都轻松愉悦了。

就是在这样极端恶劣的自然环境下，九号发射台自一九六五年八月份开工建设，一九七一年十月份建成投入使用，至今已有半个世纪了。

经过多年的发展，九号发射台已经成为全国的骨干发射台，承担着中央和陕西调频广播、电视节目的无线发射任务，覆盖关中大部分地区，收视人口近两千万。发射台现有职工二十余人，其中就包括我。

二〇一二年六月份，我从记者岗位上改行来到九号发射台工作。虽然这里天寒地冻，但是领导和同事们心里热情似火。尽管发射台位于秦岭之巅，远离城市，工作和生活比较枯燥单调，但是我的同事们爱岗敬业，在艰苦的环境中，日复一日、年复一年地坚守着自己的岗位。他们在这里工作短则几年，长则二三十年。为了陕西广电事业的发展，有人从黑发熬到了白头，有人甚至奉献出了宝贵的生命。他们是一群可爱的人，是一个个有故事的人，有的甚至成为传奇。

我来九号发射台工作已经整整八个年头儿了。我愿意一直守护在这片极寒之地，为了生活，也为了情怀。

幸福生活比蜜甜

我最近在装修新房。给我家贴瓷砖的韩师傅是南方人，他爱人帮忙做小工。韩师傅人长得很帅，他的妻子小刘也很漂亮。

韩师傅夫妻俩同岁，今年三十六岁。小刘的婆家和娘家相距不远，在同一个镇。韩师傅夫妻俩已结婚十三年了。他们俩只有一个儿子，今年十二岁，刚小学毕业。

韩师傅手艺高、脾气好，见人不笑不说话，也挺腼腆的。韩师傅说，三年前，他花了四十万在老家宅基地上盖了一座三层小洋房。平日里，他在西安打工，妻子在老家照顾老人和孩子。夫妻俩长期分居，一年里也难得见上几次面。

今年暑假，小刘带着孩子来西安和老公团聚，顺便帮老公干些力所能及的零活儿。

我是个不太会干体力活儿的人，整日只看韩师傅夫妻俩忙来忙去。贴瓷砖的活儿又累又脏。大块瓷砖很重，一个人搬来搬去，很费力气，切割瓷砖时，粉尘满屋飞，呛得人睁不开眼、张不开嘴。韩师傅和爱人一边干活儿，一边用家乡方言愉快地聊天。他们俩说的啥，我几乎一个字也听不明白，只是看到他们俩笑容满面，肯定是很愉快融洽的。

在和韩师傅夫妻俩相处的那几天里，我从未见他们俩争吵过，甚至从来没有听到他们俩高声喊叫过。我感受到的只有他们俩之间的甜蜜和幸福。也许是因为聚少离多，他们俩彼此都很珍惜在一起的分分秒秒，因此他们相处得很融洽。他们俩互相帮助、互相理解、从不指责对方的温馨场面强烈地感染了我。

城里夫妻俩生活在一起，总有个七年之痒、十年之痛什么的。一旦夫妻俩分居久了，很容易出现感情问题。有多少城里夫妻衣食无忧，分别许久见面就争吵，妻子指责老公没本事、不会挣钱，日子过得不如隔壁老王；丈夫指责老婆人丑身懒不会过日子，不如隔壁老王媳妇。于是乎，天天吵翻天，没有能力折腾的，继续过着乌烟瘴气的日子；但凡有机会的，立马一拍两散，换人。

什么是幸福？穿金戴银吗，房子车子票子齐全才是幸福吗？非也。钱不能没有，穷得揭不开锅自然无幸福可言。有点小钱，衣食无忧，夫妻和睦相处，婆媳无争斗，儿女乖巧、学习优秀，家人身体都健康，没病没灾的，家里的顶梁柱有一份收入稳定、足以养家糊口的工作，一家人在一起开开心心地过日子，那就是幸福。可惜的是，多少家庭想要达到这种理想状态，实在是太难了。

韩师傅夫妻俩是我的楷模。愿他们夫妻俩恩爱到老，幸福一生。

半夜吃饺子

夜半时分，我忽觉腹中饥肠辘辘，便去小区附近的夜市，想买点东西吃。

夜深人不静，夜市依旧人声鼎沸。摆摊卖小吃的都是穷苦人，在夜市吃饭的人也是穷苦人。为了生活，为了老婆穿衣吃饭、孩子上学、老人治病养老，大半夜的，多少人还在辛苦操劳。

我来到一个卖水饺的摊位前，点了一份饺子。老板是一对年轻夫妻，丈夫剁馅、擀饺子皮，妻子忙不迭地包饺子、煮饺子。他们的饺子味美价廉，半斤韭菜鸡蛋饺子三十个只要十元钱。老板说，他们是外地人，孩子在老家上学，夫妻俩来西安做生意，在三爻村租房子居住。他们早上七点出摊儿，晚上将近十一点才能回到出租屋，一天工作差不多十六个小时，能净赚两三百块钱。我连声夸奖老板挣钱不少。

他憨厚地笑笑说："也就是挣个辛苦钱，还行吧，比在老家种地强多了！"

我问："你爱人抱怨过辛苦吗？"

老板娘听见了，并没有停下手中的活儿，抢话说："唉，一天到晚都快忙死了，哪有工夫抱怨呢？"

我沉默了许久，心生惭愧。对于生活，我何尝没有抱怨过？与这对夫妻相比，我的生活条件可谓舒适多了，可我依旧不满足，心中的怨言常令自己坐卧不宁。我不安于现状，却吃不了这夫妻俩那般的辛苦，可是天下哪有不劳而获的好事呢？这样，烦恼就会如影随形，让我备受煎熬。

伟人毛泽东诗云："牢骚太盛防肠断，风物长宜放眼量。"老板夫妇的豁达快乐让我羡慕不已，愿天下所有的劳苦大众都平安幸福。

安贫乐道，知足常乐。

花 心

我很喜欢听周华健的歌曲，比如《花心》，每每听到，我便会情不自禁地想起二十多年前，自己从贫穷落后的农村来到繁花似锦的大长安读大学的情景。

"鲤鱼跳龙门"便是我当时的狂喜心态。走出西北大学大门，太白北路临街商铺随处可见的音响店里常常会响起这首动听的《花心》。那悦耳的旋律、如诗般优美的歌词，常令我陶醉。

尽管我天生缺少音乐细胞，五音不全，嗓音如野驴嘶吼般粗野，又如杀猪嚎叫般刺耳，但总是忍不住随着周华健一起高歌，以至于只要我一唱歌，行人便纷纷捂耳躲避，有时还会被陌生人骂上几句，甚至挥拳警告。

那时候的我，对生活没有什么规划，也没有什么期望，只庆幸自己是走进象牙塔的幸运儿，加之我当时是国家统招统分的公费大学生，心里自然充满了满足和幸福。

走在西安街头，看着如盖的林荫大道，想想故乡破旧的房屋、漫天飞舞的黄土、累死黄牛的一片片庄稼地，我的心儿便会快乐地飞上了天。

时过境迁，环境不仅改变了我的生活，而且一点点改变了我的心境。从大学毕业参加工作，再到后来结婚生子，我心中的幸福感慢慢地在减弱，快乐一天天离去，烦恼却常常难以摆脱。我对生活的愿望愈美好，心头的失落感便会愈强烈，再也找寻不到刚上大学时的喜悦和兴奋了。

仔细想来，心情不再如风般自由自在，不是因为生活变糟糕了，而是因为我心中的欲望过多，且很多都不切实际。在很大程度上，一个人的幸福感不会来自物质生活的优越程度，而在于对现有生活状况的知足常乐，去掉心中浮躁，只有少一些欲念，才能多一些快乐。

只要你愿意，让梦划向你的心海。

发射台在山顶，空气稀薄，气压低。虽然我在此生活工作了多年，但是我依然高原反应严重，总是失眠。

　　夜已深，孤枕难眠奈何？女儿曰：睡不着硬睡。

爱哭的张玉宝

张玉宝不像爷们儿，因为他爱喝酒，喝醉了爱哭，动不动就哭得梨花带泪的。

张玉宝和我关系好，我常请他喝酒。他酒量小，一喝就醉，又偏偏喜欢喝酒。每当喝醉了，他就向我哭诉自己的悲惨人生，拦也拦不住。而我也喜欢听他讲述过去的事情。

张玉宝，原是西安市一家电子设备厂的普通工人，单位效益不好，二十多年前，应聘到发射台来当值班员。张玉宝为人随和，喜欢和同事开玩笑。哪怕是年轻人和他开过分点的玩笑，他也不会生气。张玉宝喜欢钻研电子设备。不管是公家的设备，还是同事家里的电器，只要叫他维修，他从来不含糊，都会给你修理得完好如初，还常常不收取费用。因为他维修技术高，人又热情，所以在单位人缘好，赢得了大家的一致尊重。

张玉宝结婚早，二十二岁就娶了媳妇。妻子是西安市东郊一家纺织厂的女工。他之前滴酒不沾，但是在新婚之夜，却喝醉了，入洞房的滋味是个啥，他到现在都想不起来，只记得自己抱着枕头哭了半宿。

我疑惑地问他喝醉的原因："洞房花烛夜、金榜题名时、久旱逢甘露、他乡遇故知，这是人生四大喜事。新婚之夜是喜中之喜。你不好好欢度良宵，哭的啥劲儿？"

"因为不爱，所以喝醉。"他说当时结婚并不是因为爱这个纺织女工，而是因为刚失恋，情绪低落，被迫接受家人安排结婚的。他妈妈对这个纺织女工很满意，说她虽然不漂亮，但是人本分老实，是个过日子的好姑娘。而他自己是因为一直苦苦追求车间里的厂花，多次被拒绝后，才赌气闪电结婚的。

他后来慢慢接受了这个妻子。两人相濡以沫度过了金婚。

张玉宝弟兄三个。他排行老大。由于没有姐妹，他特别想生个女儿。但他总是不能如愿。

"生个女儿咋这么难？"结婚六年，他爱人的肚子很争气，一口气接连生了三个儿子。每个儿子降生后，他都会失望地喝醉酒大哭一场。

他先后哭了三次。

同事们在一起喝酒时，都会羡慕地劝说他："多子多福，你就等着孩子长大后孝顺你吧。"

他摇摇头说："不求享福，只求老了不受罪。"

等三个儿子都长大成家立业后，张玉宝背也驼了、头也秃了。三个儿子都有自己的房子。老夫妻俩不想拖累儿子们，就住在原单位的家属院里。

十多年前，张玉宝光荣退休，在单位部门为他准备的退休宴上，他很开心地喝高了，又一次哇哇哭得跟个女人似的。

"你以后不用上班，还能领工资，想去哪里逛就去哪里，自由自在多好的。还哭啥呢？"同事们不明白他心里的憋屈。

他哭着说："我还没死，三个'狼娃子'整天要我写遗书，都想抢我的房子。"

他酒喝得脸红脖子粗，话也多了。

张玉宝夫妻俩住的房子是原单位分给他的房改房，三室一厅，有近九十平方米，前些年房产证办下来了，是全产权，产权所有人是张玉宝。自从房产证办下来后，三个儿子闹得更起劲儿了，都想让老子把房产过户到自己名下，为了争夺房产闹得父子不和、兄弟相煎。张玉宝常为这烦心事喝酒大哭。

前几年，张玉宝的爱人因病去世。他大哭一场后就一直独身。有人劝他再找个老伴儿。他本有此意，但三个儿子都坚决反对这事，说女方肯定没安好心，必有所图，不是图钱，就是打房子的歪主意。张玉宝喝酒哭过几次，便死心了，从此彻底断绝了这方面的心思。

前几天，我家微波炉坏了，想让张玉宝看看能否维修。和他电话联系后，得知他生病住院了。我赶紧去西安结核病医院看望他。见到他，吓了我一跳。他原本挺胖的，半年多不见，如今黑瘦黑瘦的，差点认不出来了。

"啥病把你折磨得失了人形？"

他身体虚弱，声音小得像蚊子叫，完全没有了以往的大嗓门。他说自己得了结核性腹膜炎，刚发病那会儿，腹腔积液严重，一入夜便会腹胀如鼓，却是少尿，所幸的是不痛不痒，倒是没有遭多大的罪。他已经住院两个多月，现在病情好多了，腹腔基本没有积液了。医生说过几天全面检查后，没啥问题就可以办理出院手续。

"谁护理你？"见他身边没有陪护，我想起了他的三个儿子。

"久病床前无孝子。"他很伤感，说刚住院那会儿，三个儿子偶尔还来医院看看他。后来，老大不来医院了，老二老三学样子，都不来了，电话也不打一个，人不来也罢，从来没有谁问过一句有没有钱交住院费的话。弟兄三人一个比一个贼，都怕自己出钱出力吃亏，一起装聋作哑，权当老子没住院一样。

我听了很气愤："没见过你三个儿子这么不是东西的！你在医院受罪，他们在家能心安理得，晚上能睡着觉吗？"

他难过地摇摇头说："两个儿媳妇都养狗呢，给狗喝牛奶、吃香肠，隔几天还要给狗洗个澡，对狗都比对我好。我活得不如一条狗。"

那天，张玉宝没喝酒，却哭了，哭得很伤心。

我也忍不住替他抹了一会儿眼泪。

"你那三个儿子现在还打你房子的主意吗？"我关切地问道。

"他们弟兄仨闹过多少回了，有几次差点把我房子砸了。我还报过警。"他说，现如今西安房价上涨厉害，他那家属院的房子随随便便能卖个上百万。三个儿子盯他的房子更紧了，就像饿狼盯着肥肉，哪个都不肯松口。

"那你想把房子给谁，没过户吧？"

"都是良心被狗吃了的白眼狼。我需要人照顾时，他们拉都拉不到跟前，唯恐避之不及；抢夺财产，弟兄三个跑得比谁都快。我绝不能把房子过户给他们任何一个人。房子没过户，他们心里还有个想头儿，对我多少还会有所收敛。一旦过户了，没准立马把我赶出家门，那我可就真成了丧家犬。养儿防老一场空，家门不幸呀！"

"你应该找个人护理你，住院打吊瓶没人护理不行呀，上厕所吃饭都是难题。"我很同情他的遭遇。

他看看我，摇摇头，伤心而又无奈地说："逆子呀！"

原来，春节后，他的身体健康每况愈下。农村老家远房一个侄子是个农民，在老家也没有啥事，就来照顾他。因为是亲戚，侄子坚决不要工钱。两个人倒聊得来，他也觉得家里人多热闹，生活自然多了些乐趣。他这次住院后，多亏了这个侄子忙前忙后地伺候他。可后来，这个侄子竟然被张玉宝的大儿子给赶走了。

"为啥？你侄子照顾你，这岂不是在替你几个儿子分担，他们咋还不愿意？"我不明白。

他气愤地说："还不是起了坏心思。"自从这个远房侄子来到张玉宝家后，他的三个儿子心里就不痛快，尤其是侄子不要工钱，更让他们心神不定。一次，张玉宝的大儿子来医院，当着堂哥的面说，他认识一位大师，会神机妙算，说张玉宝之所以身体状况越来越差，是因为半年前家里来了一只白虎，比张玉宝小一轮。张玉宝属虎，一屋不容二虎，两只老虎互相争斗，小老虎是个克星。张玉宝那侄子就属虎，年龄刚好比他小十二岁。听了这话，第二天他的侄子说老家有急事，需要回家处理，回去后打电话说他再不来了。

"这都啥年代了，咋还信这封建迷信？愚昧无知呀！"我听了非常气愤。

"脑子进水的人才信有啥大师说这话。稍微有点理智的人都不会相信这一套。"他狠狠地骂起了儿子，"没准儿就是老大编的瞎话，还不是怕人家图我的钱或者房子，以小人之心度君子之腹。"

刹那间，我恍然大悟了，摇着头说："如果把这心思用在孝敬你身上，那该多好呀！"

说了几句安慰他的话，我离开病房回家，一路上心情很沉重。"养儿防老"是千年以来的古训，今天这句话还靠得住吗？我曾经多么羡慕张玉宝多子多福，看到他如今的境遇，心里暗自庆幸自己没有儿子。

我有两个女儿，不知道她们长大后会怎样对我。当下，我似乎没有必要考虑得那么长远，只要求自己用生命去爱护、照顾她们。女儿们健康快乐地成长，就是我一生最大的幸福和成就，至少现在我是这么想的。

好人王德发

王德发八十岁了，是单位的退休职工，退休前一直在九号办公室工作，从未上过山。五一劳动节前，部门慰问退休职工，我有幸拜访了他。

在西安市南郊一家规模较大的敬老院里，我们见到了王德发。这家敬老院装修气派、设施完备，挺上档次。七八年前，王德发得了阿尔茨海默病，就一直在那里生活。他是个很慈祥的老人，见人总是笑眯眯的，白发稀疏，略有些驼背。对于前来看望自己的晚辈同仁，他一个都不认识，只是望着我们呵呵笑。问及在敬老院里的生活，他竖起大拇指，很满足地说："我赶上了好世道，退休金年年涨，感谢党和政府照顾我，让我过上了这么好的日子。"

别看王德发如今这个样子，想当年他可是西安一所名牌大学毕业的高才生，学的专业是电磁场与无线技术。一九六二年，大学毕业后，王德发被分配到电视台技术部工作。那一年，他二十三岁。他好钻研，记忆力也强，每次开会谈学习心得，他都踊跃发言。在那个年代，他却因为发言而被人利用，到榆林市一家农场接受劳动改造。

十年劳动改造，王德发坚强地活了下来。他回到西安，在陕西电视台报到后，等待组织安排工作。

在家里待业了三年后，他的工作问题终于得到了解决。那时候，九号发射台刚建成开播没几年，非常缺人手。有人就想到王德发学的专业是电磁场与无线电技术，刚好能在九号发射台施展才华，便提议安排王德发到九号发射台工作。这一提议得到领导许可后，王德发高高兴兴地到台里报到。

王德发刚上班，就有人对他提意见，认为发射台是要害部门，让一个受过处分的人去是否合适？这样一来，王德发只得在单位大院里面的九号发射台办公室工作。后来，他自学了会计，在办公室管账，一直到他退休。

从这以后，王德发像霜打的茄子一样，整日低着头，无精打采地按时上下班，不大愿意和人说话。

这时候，王德发已经三十六岁了，但一直单身。一些热心同事看他形单影只，怪可怜的，就断断续续给他介绍对象。人家姑娘一听说他的过去，就不愿意和他交往了。他的婚事就这样一天天被耽搁下来。

十一届三中全会后，组织给王德发平反了。他终于可以挺直腰杆做人。

这时，又有好心人给王德发介绍对象。那一年，他将近不惑。他相过几次亲，女方大多是带着孩子的半老徐娘。他不甚满意。又过了几年，对于恋爱结婚这件事情，他再也提不起兴趣了，就越发习惯了"一人吃饱，全家不饿"的单身生活，倒落个无拘无束、逍遥自在。

一九九九年，他光荣退休了，就一个人住在家属院的单元房里。他一生不抽烟不喝酒，也不喜欢养鸟遛狗，更不愿意侍弄花花草草。他退休在家，无所事事、闲得心里发慌，就买了四五台收音机，在客厅、卫生间和每个卧室都各放一台，只收听九号发射台发射的广播节目，终日开机不关。他每日在家里走来走去，不管走到哪里，都能听到九号台发射的节目。

王德发退休生活很单调。除了买菜、看病出门外，他很少与人交往，孑然一身打发日月，一张嘴除了吃饭，也没有和人说话的机会。

十来年后，王德发不幸患上了阿尔茨海默病，好多次出门后就迷失了方向，找不到回家的路。多亏派出所联系单位，才把他送回家。他无亲无故，找不到合适的人照顾他。后来，街道办和单位老干科领导商量后，决定把他送到西安市南郊这家条件还不错的敬老院，在此安度晚年。

在敬老院里，王德发衣食无忧。他的房间设施配备是三星级酒店标准，有空调、电视，还有卫生间，被褥也干净整洁。看到他在这里生活得挺好，所有同事都感到很欣慰。离开敬老院，大家都感慨王德发一生经历了那么多磨难，一辈子无妻无子，虽然孤苦伶仃，但可以无后顾之忧地走向人生的终点。

人的一生，难免会遭遇各种各样的磨难，没有人永远顺风顺水。面对人生的困境，只要你能顽强地坚持下去，不被生活打倒，坦然笑对人生路途上的艰难险阻，并一路走下去，你就是人生赢家。正如王德发平心静气，也是快意人生。

王秋月

国庆期间，在大学毕业二十周年同学聚会上，我见到了王秋月。她当年可是我们系里的系花，如今刚过四十出头，虽说已算半老徐娘，但是依旧风姿绰约，楚楚动人。岁月在她那张俊美的小脸上似乎没有留下任何痕迹。和她在一起，我们俩好似两代人。

同学们平日里忙着各自的工作和生活，难得相聚，都开心地喝了不少酒。酒过三巡，菜过五味，大家的话便多了起来，自然聊起了家事，不再避讳什么隐私了。在给王秋月敬酒时，我随口问了一句："看你唇红齿白，脸色红润水嫩，想必日子过得滋润吧？""还好吧！"王秋月一脸的幸福表情。

读大学时，王秋月人长得漂亮，学习又好，很令男生爱慕，外系也有不少男生对她穷追不舍，但她对身边的追求者一概不屑一顾，只一门心思努力读书。男生们私下里都说她是"艳若桃李、冷若冰霜"，晚上做梦，她也是故事的主角。大学毕业时，连同王秋月，我们系一共有七个同学分配到同一家文化单位。大家见面的机会多了，关系都很要好。

王秋月似乎喝高了，开玩笑问我道："从读大学到毕业后参加工作，咱俩都知根知底的。我身边有那么多追求者，怎么唯独不见你追我，难道我不是你的菜？"

我本来喝酒就上头，脸红脖子粗的，她的这句玩笑话，更令我脸红了。我尴尬地笑着说："不是不想，是不敢呀！我有自知之明。我这癞蛤蟆哪里配得上吃你这块天鹅肉呀！"

"人生的失败，往往就在于缺少努力尝试的勇气。如果你试试，没准儿咱俩还真能白头到老，倒省得我在婚姻的路途上历经坎坷。"她说完话，又抿了一口红酒。

我和她常开玩笑，自然没把她这句话放在心上，关切地问道："你现在生活得好吗，你那口子高升了吗？”

王秋月淡淡一笑说：“太阳照常升起，日子依旧继续。我也算是几经磨难，现如今终于修成正果了。男怕入错行，女怕嫁错郎。婚姻家庭，对于一个女人来说，那是第一重要的。《诗经》里面说'彼泽之陂，有蒲与蕳。有美一人，硕大且卷。寤寐无为，中心悁悁'。古代女子尚且喜欢健美俊俏的男子，这样的择偶标准难道错了吗？今天看来，男人的内在德行一定比外貌更重要。在这上面，我可是没少吃亏。”

我和王秋月既是同学，又是同事，对于她的感情生活，我还是比较了解的。她参加工作后，就认识了同事的表弟王光。我们常在一块玩，彼此都熟悉。王光和我们年龄相仿，学历相当，人长得很秀气，学的是机械制造专业，毕业后被分配到西安市东郊一家国有企业做技术员。那些年，企业效益不好，王光的工资待遇每况愈下。同学们当时都不太看好他们这段恋情，觉得王光收入比王秋月差很多，两人似乎不太般配。可是王秋月并不计较这一点，和王光热恋得热火朝天，后来一度到了谈婚论嫁的地步。

同学们无不为他俩送上祝福，愿他俩能幸福相守一生。可此后没多久，这场恋爱竟然出人意料地结束了。一天下午，王光约我喝酒，告诉我，他和王秋月分手了。我当时很愕然，几乎不敢相信。

“她新交了一个男友，是一所高校的老师。俩人都同居了，我只能放弃。”王光一脸沮丧，低头一口接一口地喝着闷酒。

我很难相信，王秋月会移情别恋，不解地问道：“怎么会这样，你们俩不是都快结婚了吗？”

“她说和那男教师在一起，更开心。”

“要我去劝劝王秋月吗？”看到王光萎靡不振，我心里也很不舒服。

“没用的。”王光阻止了我说，“我放弃了男人的所有自尊，苦口婆心地劝她回心转意，但她坚持要分手。只要她能幸福，我愿意放弃。”

此后，我也见过王秋月的新任男友李渊几次，难怪王秋月为之着迷。李渊身材魁梧、相貌俊朗，一看就很有女人缘。说来也巧，和他闲聊得知，他竟然是我高中同学王磊的朋友，本科毕业后，留校从事行政工作，年轻有为。

一次，我和王磊吃饭时，提到李渊。王磊说："李渊人长得帅，很招女孩子喜欢。不少女孩子都送他礼物，死乞白赖地倒追他。这样的男生想不花心都难。"我听后，心里一惊，不禁为王秋月担心起来。

差不多半年后，我见到王秋月，看她气色不好、情绪非常低落，问之。她沮丧地说："我想辞职。"我很震惊，因为她的工作很轻松而且稳定，待遇也不错，我实在想不出来她辞职的理由，便询问其原因。

王秋月伤感地说："想换个城市工作生活。这个城市太让我伤心了！"

我不解地看着她："你……怎么了？"

"李渊太花心，背着我，和好几个女孩子交往。我们俩完了。"

"会不会是你误会他了？他就是长得太帅，容易招惹女孩子。"

"他就是个混蛋！和好几个女孩子同居……不要脸！"看得出来，王秋月心里很受伤。

"早认清他的真面目也好，早点分手，免得越陷越深，受伤越多。"我真不知道该怎样安慰王秋月。

令人欣慰的是，王秋月最终从这场失败的恋爱中走了出来，并没有辞职，人也慢慢地活泼起来。但此后许久，她的感情生活都一直是空白。有热心同事给她介绍对象。她不是嫌人家长相丑陋，就是嫌工作不好，始终没有一个对眼的。身边同事见她眼光高，就知难而退，再没有人给她撮合婚事了。

一年后，我突然收到王秋月的信息。她邀请我赴婚宴。我心想谁这么有福气，能得到她的芳心。在婚庆典礼上，我们才知道新郎官叫张伟，和王秋月是一个办公室的。大家莫不惊讶他俩的保密工作做得好。

在婚庆典礼上，新郎相貌出众，是个又高又帅的美男子。一对新人站在一起，堪称一对璧人。新婚致辞时，张伟激动得泪流满面，说："今年我办了一生中最重要的两件事情：一件是把母亲接来西安，与我一起生活；另一件大事就是幸运地娶了我最爱的人王秋月。她是上天赐给我最完美的礼物。我觉得自己是天底下最幸福的人。"王秋月也被感动得热泪盈眶。场面令人动容。看得出来这一对新人彼此相爱很深。大家打心眼里祝福王秋月，终于有了个好归宿。

张伟是独子，父亲早逝。王秋月婚后就一直和婆婆在一起生活。婆婆是农村人，过日子细致，生活习惯和王秋月大不相同，常因生活中的琐事，与王秋月生出许多矛盾，比如嫌王秋月理发健身买新衣乱花钱了，洗澡洗衣服太勤快浪费水了，甚至王秋月平日里倒个剩菜剩饭都嫌她不会过日子。

最初的几年，婆媳俩还能彼此忍让，把怨言都埋在心里，没有说出口。日子久了，婆媳间的矛盾就愈来愈深，争吵就成了家常便饭。婆婆闲来无事，一心盼着早日抱孙子，时不时地在儿子和儿媳面前唠叨。头些年，王秋月两口子不想为孩子所累，打算过几年再考虑这事。这更加引发了婆婆的不满。后来夫妻俩决定生孩子了，王秋月却总是怀不上。他们去过几家医院检查，也吃了不少药，王秋月的肚子就是不见鼓起来。婆婆的耐心终于一天天地被磨灭了，有时候便会说出难听的话："母鸡还下蛋呢。娶个媳妇不生娃，还不如养一只母鸡。"这越发加剧了婆媳之间的矛盾，战争常常一触即发。张伟夹在媳妇和老娘中间受气，经常和王秋月争吵。

王秋月呷了一口酒说："我先是和张伟他妈闹矛盾，后来和张伟也话不投机半句多，话说不到三句，便会争吵。再后来愈演愈烈，我越来越不能平静地面对张伟母子俩，一回到家里，便感觉有一股浓浓的火药味，简直像走进了战场。家不成样子，没有一点家的温暖。那真不是人过的日子，太痛苦了。最后只得离婚才解脱。"

王秋月离婚后，又单身了几年，其间有人为她介绍对象。虽然王秋月年过三十，又离异了，但因为她没有生育，身材保持得很苗条，长得很显年轻，风韵犹存，所以相亲对象很少有对她不满意的。王秋月吃过几次帅哥的亏，对帅哥有了排斥心理，这次找对象不再注重外表，只想找个实诚人好好过日子。

后来她相中了一个大龄未婚男青年。那小伙子是个公务员，虽然相貌平平，个子也不高，但为人本分老实，工作稳定，有充足的时间和精力照顾家庭，关键是人家并不介意王秋月的离异身份。俩人一见钟情，很聊得来，恋爱两年后就结婚了。婚后，双方的老人也不愿意打扰小两口的生活，并不与他们同住。小两口独自生活，倒也清闲。后来，王秋月先后生了一儿一女。

"恭喜你现在生活幸福美满！"我又一次举杯向王秋月祝福。

这时候，王秋月的电话铃声响了。她接听电话后，皱了一下眉头说："我家那口子，说在饭店楼下车库已经等我两个多小时了，要接我回家。"

王秋月不知道，一会儿见到爱人，迎接她的，是一个温暖的拥抱，还是一场不辨是非的争吵。

李玉萍

李玉萍死了。

接连几天，从李玉萍家里飘出来令人窒息的恶臭味道令四邻不安。邻居们敲了半天门却毫无动静，觉得有点异常，随即报警。警察赶到后破门而入，几位邻居也跟随进去。他们看到李玉萍躺在里屋的床上已死亡多日。

警方侦查后排除了他杀，认定李玉萍是自然死亡。那年，李玉萍六十五岁。

李玉萍死后，人们为她处理后事的时候，邻居们看到她的爱人大山回家了。大山不到五十岁，身体硬朗健壮，神采奕奕，显得比实际年龄要年轻很多。对于爱人的离世，大山显得异常平静，没有丝毫悲伤。

作为同事，邻居们对于李玉萍的去世，无不感到同情和遗憾。

"多么要强的一个女人，怎么就死得那么惨？身边连个照顾的人都没有。"

"谁说不是呢？女人婚姻家庭不幸福，是最大的悲哀。"

"她就不该嫁给那个小男人。"

二十世纪七十年代末，恢复高考制度后，李玉萍是首批考上大学的学生。那时候，参加高考的学生年龄普遍偏大。李玉萍参加高考时，已经二十二岁了。在大学里，她学的专业是编辑。一九八二年，她大学毕业后，被分配到西安一家省级新闻单位做记者。那时候，她已经二十六岁，到了谈婚论嫁的年龄。李玉萍中等身材，面容姣好，加之她工作稳定，职业体面，给她提亲说媒的亲戚和同事络绎不绝。

此时的李玉萍正热衷于追求新闻理想，一门心思干事业，无暇顾及儿女私情，加之她的职业特点，整日接触的不是达官显贵，就是富商大贾，心气也就一天天高涨起来，怎么会把那些既无社会地位又不名一文的普通小青年放在眼里呢？李玉萍给自己提出了"三不嫁"的择偶标准：一是无权无钱者不嫁；二是年龄过大者不嫁；三是相貌丑陋者不嫁。有了这样具体的择偶标准之后，李玉萍把绝大部分男子都拒之门外。她的婚事自然就这么被耽搁下来。

眨眼间，李玉萍年过三十。在婚姻的道路上，李玉萍在相貌和年龄上已经不具备什么竞争优势了。她的父母为这事发愁得不知道怎么办才好，便苦口婆心地劝她降低择偶标准，强迫她去相亲。后来，李玉萍认识了几个条件还算不错的优秀青年，但最终人家受不了她那刁钻古怪的脾气，觉得她实在是太难伺候，都选择了放弃。

过了三十五岁之后，李玉萍心里异常地平静了，觉得一个人过日子自由自在的，没什么不好。她心中的爱情之火慢慢熄灭了，彻底对婚姻不抱什么幻想了，觉得一切随缘吧。

就在李玉萍对婚姻心如死灰之际，幸福来敲门了。小伙子大山走进了她的生活，让她眼前一亮。大山如一轮朝阳，照亮了她的心房，让她心中渐已熄灭的爱情之火重新点燃了，而且越烧越旺。

大山是来李玉萍部门实习的大学生，身材高大魁梧、相貌俊朗，浑身上下洋溢着逼人的青春气息。大山对李玉萍满怀恭敬崇拜之情，一口一个"老师"地叫着，让李玉萍心里很受用。每次做节目，从前期采访到写稿再到后期剪辑，李玉萍都喜欢带着大山一起工作，手把手地教这个学生。李玉萍在大山身上，找到了从未有过的情愫，因而对这个学生关爱有加，先是在工作上，后来慢慢地延伸到生活上。男未娶，女未嫁，干柴烈火常在一起，燃烧是顺理成章的事情。两人心照不宣、日久生情。

那时候，李玉萍已经三十八岁了，之前评上了主任记者职称，虽然她没有任何行政职务，但享受着和处级领导同等的住房和工资待遇，在单位里人脉广泛。等到大山大学毕业后，李玉萍费了很大劲儿，终于把大山安排到本单位工作。为了避嫌，大山被调到了另一个部门工作。

李玉萍四十岁那年，大山才二十四岁。两人终于冲破了巨大年龄差异的世俗偏见，登记结婚了。大山的母亲当年才四十五岁，无论如何都不能接受一个年龄仅仅比自己小五岁的女人做儿媳妇。大山的父母坚决反对儿子的婚姻，认为这是家庭的莫大耻辱。举行婚礼那天，大山的父母没有出席。

　　婚后，李玉萍夫妻俩住进了单位家属院的房子。房子挺大的，三室一厅，是单位分给李玉萍的。刚结婚头几年，李玉萍和大山倒也恩爱，日子就这么平静地过着。令人遗憾的是，李玉萍身体一直不太好，始终没能怀孕。后来考虑到李玉萍年龄偏大，怀孕风险太大，夫妻俩也不想为孩子所累，就决定做丁克家庭，不再生孩子了。

　　在婚姻的长河里，夫妻年龄差异大不是问题，关键是要看是哪一方的年龄大。倘若是老夫少妻，那一般是不会出现太大问题的，老夫往往会更加疼爱体贴少妻，日子没准过得非常甜蜜。但假如是老妻少夫，女人比男人老得快，随着岁月的流逝，想要少夫越来越爱她，恐怕很难。

　　李玉萍和大山这对夫妻也没能够躲避过这样的规律。家中没有孩子，本来就缺少生机，加之李玉萍到了更年期，对夫妻生活日渐无趣，而且脾气暴躁，如一枚爆竹，见火就爆。大山不到三十，身强力壮，强烈的生理需求无法在妻子身上得到满足，心中自然很压抑苦闷。夫妻俩的争吵就一天天多起来。两人由同床异梦逐渐演变为分房居住。夫妻俩自此再无夫妻生活。

　　家里得不到温暖，只能在外面去寻找。大山慢慢地不爱回家了，有时候数日不归，行踪也从不告诉李玉萍。这让李玉萍疑虑重重。她常常气急败坏地偷偷查看大山的手机，遇到可疑电话，便要仔细审查一番，不闹个鸡飞狗跳决不罢休。为了掌握大山的行踪，李玉萍有时候还会像侦探一样，对大山进行跟踪，夫妻间的信任荡然无存。两人整日在猜疑和争吵中相互伤害，苦苦煎熬。

　　这样又过了几年，大山终于承受不了这样的生活压力，就提出了离婚。那时候，大山不到三十五岁，年富力强、事业有成，正是男人很好的年纪。李玉萍已过五十岁，一旦离婚，想要再嫁，那可不是一件容易的事情。况且，李玉萍对大山爱得执着、爱得深沉，怎么可能同意离婚呢？她说，好马不配二鞍，好女不嫁二夫，大山想要和她离婚，除非她死了。她大骂大山狼心狗肺、忘恩负义，当初要不是她费尽气力把大山安排到本单位，哪有大山的今天？李玉萍又去找大山的部门领导，要求领导劝大山回心转意，一把鼻涕一把泪地控诉大山这个"陈世美"的恶行，博取了很多人的同情。中国人处理这种事的原则向来是"劝和不劝离，宁拆十座庙，不毁一桩婚"。领导找到大山，苦口婆心地劝说他要念及夫妻多年情分，好好过日子，莫再闹离婚。这让大山在部门里面丢尽了脸面。他向领导保证再也不提离婚的事情。

此后，大山果然履行承诺，闭口不再提离婚的事情。李玉萍本想着这场离婚风波平息后，大山能够和她重归于好，但夫妻间情感的裂痕已经深如沟壑，想要与大山重温旧梦，那不过是她一厢情愿罢了。

接下来，夫妻俩又冷战了一段时间。一次，趁着李玉萍出差之际，大山偷偷地从家里搬了出去，同时把自己的全部家当都带走了。李玉萍回家后，望着空荡荡的屋子，心中充满悲哀。她给大山打电话无人接听，发信息也得不到回复，至此方明白大山去意已决，她再也无法挽回他的心。想明白这件事情后，李玉萍的心情倒也慢慢地平复了，想着只要不离婚，随他怎样。两人互不打扰地过起了日子，再无任何联系。

后来，李玉萍退休在家，开始了独居生活，听人说，大山和一个年轻貌美的女子一起逛街，似乎很亲密。李玉萍心中只是涌起了淡淡的酸涩，并没有起什么波澜。她知道她再怎么闹也是徒劳，就懒得再去找大山闹了。

李玉萍晚年过得凄苦悲凉，每一天都在忍受寂寞孤独的煎熬。她觉得自己婚姻不幸，日子过得窝囊，羞于出门见人，除去出门买菜或看病，终日把自己关在家中，闷闷不乐，直到悄然离世。

处理完李玉萍的丧事后，大山又走了，没有带走李玉萍的任何一件遗物，也没有再回过这个家。

三妹子

三妹子是个农民，一心想嫁个城里人，好脱离艰苦的农村生活，但始终未能如愿。

在三妹子的前半生中，曾有过几次机遇，距离她彻底改变自己的人生道路只有一步之遥，但是总是一次次地和她擦肩而过。

二十世纪六十年代，三妹子出生在武功县的一个普通农民家庭。她是家里的第三个女儿。家里没有男孩子。三妹子从小就模样俊俏、聪明伶俐，非常讨人喜欢。村里人经常夸奖她："三妹子长得这么让人心疼，长大肯定能嫁个城里人。"三妹子心中打小便生出了强烈的愿望——长大一定要嫁个城里人。

三妹子的二姑在西安工作。二姑和二姑父特别喜欢漂亮可爱的三妹子，常带她去西安的家里住一段时间。三妹子的爹时不时地对二姑叹息说："唉！咱农村干庄稼活儿都是重体力活儿，家里没个男劳力不行。你嫂子连生了三个女子，还没个男娃，让我在村里人面前都抬不起头。"

二姑怀头胎的时候，就和二姑父商量好了，如果生下个男孩子，就把儿子交给大哥抚养，自己则抚养大哥家的三妹子。二姑把这事说给大哥大嫂后，他们脸上全都笑开了花："这能行，能行。"

天遂人愿，二姑果真生了个儿子。那时候，三妹子刚五岁。二姑父就把三妹子接到西安，说是要培养他和三妹子的感情，让三妹子把自己叫"爸"，把二姑叫"妈"。

二姑打算等儿子断奶后，就把他送给哥哥抚养。不料，这件事情被二姑的婆婆知道了。她坚决反对把自己的大孙子送到农村，长大后还得当农民，整日和二姑吵架。无奈之下，二姑只好打消了这个念头。这是三妹子人生当中，第一次失去做个城里人的机会。

三妹子从小就学习刻苦，字写得和她的人一样漂亮。三妹子高考那些年，升学率非常低，要想考上大学，那可真是百里挑一，实在是一件很难的事情。尽管三妹子学习认真，但高考还是落榜了。之后，三妹子回家务农，再次失去了做个城里人的机会。

这时候，媒人几乎要踏破了三妹子家的门槛，纷纷给她介绍对象。每次只要听说男方是农民，三妹子就坚决不同意，一心想嫁个城里人。

一年后，又有一个与城里人结缘的机会降临在三妹子的身上。那个年月，县里每年都会委派一些支农干部入驻农村。因为三妹子的母亲脾气好又能干，所以村里就让一个姓王的干部派驻在三妹子家。老王就吃住在三妹子家里。三妹子喊老王为王伯。在三妹子家里住了一段时间后，老王发现三妹子不仅长相出众，而且聪明伶俐，很讨人喜欢，就打算让她给自己当兵的儿子做媳妇。老王家里是城镇户口，儿子复员后肯定能被安置在县城工作，那端的可是响当当的铁饭碗。

在征得爱人和儿子同意后，老王就对三妹子的父母说起这事。那时候，三妹子高中毕业后，一直在家里务农，能嫁给城里人，总算是顺了她的意，三妹子是一万个乐意。尽管她的父母觉得女儿能够嫁个城里人，说不定哪天就能脱离农村，这桩婚事对于三妹子来说，当然是天上掉馅饼的好事情，但他们还是有很大的顾虑，认为两个孩子身份悬殊，不般配，觉得老王的家庭高不可攀。但好事找上门，谁又忍心往外推呢？加上老王态度诚恳，三妹子的父母最终也同意了这门亲事。

后来，老王回到县城原单位工作，就托人给三妹子在县城一家奶糖厂找了一份临时工作。老王家距离糖厂很近，为了工作方便，老王就让三妹子住在他家里，也算是和未来的公公、婆婆培养一下感情。

从古至今，有句老话说得好，"婆媳天生是冤家"。就是过了门的媳妇也难得有和婆婆和睦相处的，何况三妹子还没有过门呢。这两老一少住在一起，时间长了，难免会因为生活琐事生出许多矛盾来。老王的爱人愈来愈看不惯三妹子身上的一些毛病，比如嘴馋了、爱睡懒觉了，在家里干活儿没有眼色了。日积月累的，这准婆婆越来越不能容忍三妹子，开始嫌弃她是个农民，没有城镇户口和正式工作。闹到后来，双方发生了几次激烈的争吵。老王也很无奈，偏向谁都觉得不合适，也是整天生闷气。老王的儿子还在部队当兵，一年里也见不了三妹子几次面。两人只是偶尔通个信，互相了解一下，并没有什么感情基础。

见老娘与三妹子水火难容，加之对三妹子的农民身份一直耿耿于怀，老王的儿子趁机提出退婚。

三妹子的爹妈虽然是农民，但也是要脸面的人，闻听此事，来到老王家，痛骂女儿不懂事，给老王夫妻俩一个劲儿地赔不是，把三妹子领回家，坚决不许她再来县城糖厂上班。三妹子的这桩婚事就这么黄了。她只得又当起了农民。

经过这么几次婚事失败的打击，三妹子从此一蹶不振，再难见她露出笑脸，终日目光呆滞，不言不语。

见到女儿年龄一天天大了，又这么整日郁郁寡欢，三妹子的妈心里急得如同着了火一般，四处托媒婆给三妹子介绍婆家，这次一定要找个庄户人家。

伤过几次心，三妹子也彻底断了非嫁个城里人不可的想法，甚至对于婚姻大事也心灰意冷，任凭父母安排。

三妹子最终嫁给了附近村子的一个复员军人。男人长得五官端正，父母早亡，给他留下了三间破瓦房，家徒四壁。对这些，三妹子都不介意，只求安稳过日子。

三妹子结婚后，新家庭经济底子太薄，刚嫁过去的那些年，的确吃了不少苦。三妹子先后生了两女一子，家庭贫穷，孩子又多，缺吃少穿那是常有的事，有时候家中口粮断顿，还得求父母接济。

三妹子的婆家和我的舅父家在同一个村子。两家还是远房本家。按辈分论，我管三妹子叫姐。有一年夏天，我去看望老舅父，路过三妹子家。她家盖着两层楼房，外墙贴着花纹瓷片，在阳光照耀下，闪闪发光，特别气派，在村子里特别显眼。三妹子正在屋子里，逗弄着两岁多的孙子，甚是温馨怡人。问及当下的生活状况，三妹子非常满意，骄傲地告诉我，她的大女儿在西安工作，嫁给了西安城里的人，现在有房有车。二女儿前几年大学毕业了，在西安当教师。小儿子和儿媳都在西安打工，收入可观。三妹子和爱人在家里哄孩子，颐养天年，一家人美满幸福。

说起年轻时候一心想嫁个城里人的事，三妹子显得很不好意思，羞涩地说："每个人都有自己的命运。天命不可违。那时候还是城乡差距太大，农民日子太苦了，都是生活逼的。要是有如今农村这好日子，农民可以自由进城打工，挣钱也不少，谁还会非得要嫁个城里人呢？"

看到家乡农村整齐干净的街道，一排排的二层小洋楼，家家门前停的小轿车，我感慨万千。改革开放四十多年，中国社会发生了天翻地覆的变化，城乡差距在不断缩小，农民的观念与时俱进。我热切盼望着农村发展更快，农民生活得更加幸福快乐。

酒鬼光亮

前不久，我回老家看望母亲。母亲告诉我，堂嫂桂花改嫁他乡。母亲叹息道："你光亮哥不争气，喝了十年酒，到了把家喝败了，把自己的命喝没了，可惜了你堂嫂那么好的媳妇，愣是没守住。"对于这个消息，我丝毫不感到意外，光亮哥毕竟已经去世三年多了。

光亮哥是我大伯父唯一的儿子，嗜酒如命，最终死在了酒上。

那一年，光亮哥高中毕业，没有考上大学，就回家务农了，但他不甘心一辈子当农民，种庄稼全无心思，干活不肯出力气，整日惹得大伯心生烦闷，愁得眉头总是拧成个大疙瘩，就没见有舒展的时候。

一日，大伯来到我家里，和父亲商量着光亮哥的出路。父亲是村里的支书，见识广、主意多。

"要不，让光亮去村小学当代课教师吧。这倒是轻松。"父亲沉思道。

"工资待遇咋样？"伯父问道。

"民办教师没有编制，工资待遇比较低，现在每月也就是四五十块钱。"

"那太低了，维持生活都困难。"大伯父的眉头皱得能挂个铃铛。

父亲一脸为难地说："光亮刚从学校回来，干庄稼活儿不是个材料，一没力气，二没那心劲儿。你不要看这当民办教师，虽说工资低点，但毕竟是个文明职业，说起来也好听，娃以后也容易找媳妇。这几年咱村里的高中毕业生一大堆，多少人都眼红着想当代课老师呢。"

听父亲这么一说，大伯父不住地点着头。

就这样，光亮哥当了一年多的农民后，换上了四个兜的中山装，前胸口袋里插了一支新钢笔，成为我们村小学的代课教师。

那一年，光亮哥十九岁。

我们村小学共有不到三百名学生，九个教师中，有四个是代课教师。

光亮哥生得浓眉大眼，自从当了教师后，就很注重个人形象，每周末都要去县城浴池洗个澡，头发总是梳得像牛舔的一样光溜顺滑，苍蝇落上都会打滑摔跤，平日里穿的衣服总是干净平展，裤缝也是直棱见线的，很有干部的派头。

光亮哥当农民，不是个好材料，但是他当教师，却是个人才。他担任一到三年级的语文代课教师，承担着比在编教师更多的教学任务，但与在编教师待遇差距大，收入还不到他们的三分之一。尽管这样，光亮哥教书始终认真负责，对学生态度和蔼，深得学生喜爱。为了丰富自己的知识，光亮哥在教书之余，积极参加各种培训班和进修班，不断提高自己的专业知识。

光亮哥常说："勤能补拙。咱既然干了这个事，就要对得起父老乡亲，不能误人子弟，咱给人家娃一滴水，咱首先得有一桶水才行。"

在他二十五岁那年，光亮哥成家了。堂嫂桂花是河南农村人，她的叔叔是我们村附近工厂的工人。我一个本家叔叔是他的同事，后来就给介绍了这门亲事。桂花嫂是人尖子，长得很漂亮，没啥文化，就想找个有文化的对象，和光亮哥见面后，一眼就看上了这个仪表堂堂、斯斯文文的小学教师。俩人很快就结婚了。婚后，大伯就让光亮哥小两口分家另过。

桂花嫂很能干，不但人长得好看，而且心灵手巧，会织布纺线，做得一手好针线，擀的面条又薄又筋道，干起农活儿来，也舍得出力气，把家里家外收拾得整整齐齐、干干净净，见人不笑不说话，和妯娌间关系融洽，对公公婆婆谦逊孝顺。村里人都夸光亮哥家祖上积德，有福气娶来了这么好的媳妇。光亮哥心里很美，在工作上更用心思了。

后来，桂花嫂生了一双儿女。按理说，这样的日子本应该过得有滋有味。但是随着孩子们一天天长大，光亮哥的烦心事也越来越多了。

虽然说光亮哥是教学骨干，但始终没有机会转为公办教师。多年来，他无法评职称、没有正式教师的身份，也没有医疗保障，更重要的是工资增长如同蜗牛爬行一般缓慢。他工作十多年了，工资还不过两三百元。这么低的工资，实在是很难维持基本的生活。四口之家的日子自然过得紧紧巴巴，有今没明的。现在国家政策好了，允许农民进城打工。村里那些与他同龄的人出门去建筑队打工，没几年都盖了新房。光亮哥家里还是当初结婚分家时的破旧厦子房,从未翻修。虽说桂花嫂子为人贤惠,从未在光亮哥跟前唠叨过苦日子的艰难,但光亮哥常为一双儿女吃穿不如人感到心里难受。

为了供养儿女们上学,勤劳善良的桂花嫂子在家里办起了养鸡场,养了百十只鸡,整日整夜地精心伺候着这些能给家里带来经济回报的"祖宗"。养鸡可真是一个又脏又累的活儿。刚出壳的小鸡买回家,怕被冻死,就得养在火炕上。桂花嫂每天要烧几次火炕保持恒温,一天天地又是喂饲料喂水,又是清理鸡粪,还要隔三岔五地给鸡舍消毒,唯恐鸡群生病。要想提高鸡雏成活率,就得每周打一次疫苗,连续注射十多次疫苗。桂花嫂每次都要把这百十只鸡一只只地捉住打针,真是累得要死。好不容易把鸡养大,等到能下蛋卖钱了,又担心饲料涨价,鸡蛋没人要。自打养鸡开始,桂花嫂就有操不完的心。一旦遇到鸡瘟暴发,整个鸡场就难逃全军覆没的命运,这一年投入的钱和心血就都打了水漂。

光亮哥的一双儿女日渐长大,家里花钱的地方越来越多,可就是没有来钱的门道。眼见着这日子一天不如一天,光亮哥愁得简直要发疯。有人劝他干脆辞职算了,出门去打工,干啥都比当代课教师挣钱多。但光亮哥说他的生命就在学校,他舍不得离开讲台,舍不得丢下自己心爱的学生。

俗话说,绳子总是从最细处断。真是这样,你越怕啥,它就越是来啥。穷人家最怕生病,病却不请自来。"福无双至,祸不单行。"后来,光亮哥右眼患上了白内障。他舍不得借钱治疗,导致病情日益严重,右眼几近失明。由于家中缺少劳动力,加之负担不起读书费用,因此光亮哥的一双儿女在分别考上中专和高中后,就相继辍学了,后来均外出打工。每当提及此事,光亮哥和桂花嫂子总忍不住掉眼泪。光亮哥痛苦地说:"我倒是羞了先人了,自己是个教师,竟然让两个娃都失了学。"

后来,光亮哥通过努力,取得了大专文凭,也取得了教师资格证。他一直盼望着能够转正,工资待遇能高一点,也好补贴家用。然而又发生了一件彻底改变光亮哥命运的事情。那年八月,光亮哥未能通过县里组织的统一招考考试,不但没有转正,反而被辞退了。他又一次成为农民。那一年,他四十五岁。光亮哥当了二十六年的代课教师，工资从五十多元涨到了三百多元。离开学校回到家那天，他哭着对桂花嫂子说："我当了半辈子教师，穷了半辈子，把人也熬老了，到头来，除了落下一身病，啥都没落下，真不知道这究竟是为了啥。"

这件事对光亮哥打击很大。在很长一段时间里，他都无法从失落悲痛中解脱出来。为了生活，他先后到咸阳、西安打工，扛过麻袋、干过房屋装修、在建筑工地吃过苦，最终因为身体吃不消回了家。逆境不总是催人奋进的，有时候也会让人颓废。光亮哥年轻的时候，烟酒不沾，但他在那段情绪最低落的日子里，学会了抽烟喝酒。他烟瘾倒不大，就是酒喝得厉害，酒量却特别差，一喝就醉，酒醒后继续喝。

早些年，因为养鸡成本高，鸡也不好养，时常生病，加上禽流感疫情的影响，养鸡总是赔钱，所以桂花嫂子早已经不再养鸡，便安心种地了。出门在外打工，光亮哥身体差，吃不了苦；在家里帮桂花嫂种庄稼吧，光亮哥耐不住性子。考虑到光亮哥会理发，当教师时经常给学生免费理发，手艺还不错，桂花嫂子就建议光亮哥游村串乡，给人理发，好歹能赚个零花钱。

就这样，光亮哥干起了上门给人理发这个营生。虽说这营生挣不了啥大钱，但多少总能补贴一点家用，替桂花嫂子分担一点生活压力。

这样的日子，平静地度过了一段时间。光亮哥又怀念起了当教师的光荣岁月，不免悲从心生，嗜酒的毛病又犯了。光亮哥理发本来就挣钱不多，都被他用来喝酒了，尽管喝的都是些便宜的白酒。酒本无罪，好与坏全在于喝酒的人如何把控它。浅酌怡情健体，酗酒伤身误事。喝醉酒的光亮哥再也无法顾及个人形象了。镇子街道边、商店门口，甚至是村头巷尾，都是他醉酒后的容身之处。光亮哥随地醉卧，让人很难把他醉酒后的狼狈样子和昔日那个风度翩翩的教师形象联系在一起。

桂花嫂子劝他也不听，总是答应不再喝酒，可是一见酒就忍不住要喝，喝醉后依然是狼狈不堪。桂花嫂子因此哭过一回又一回。儿女们也因为光亮哥喝酒没少和他吵闹。但光亮哥如同老油条一般，你们劝归劝，依旧是我行我素。"古来圣贤皆寂寞，唯有饮者留其名。"老婆孩子可以不要，酒不能不喝，喝酒不醉不尽兴。

终于有一次，光亮哥喝得太多了，醉倒在镇上街道的水沟旁，他这次没有像以前一样幸运地醒来。等被人发现时，他早已身体发硬了。

安葬光亮哥那天，我在外地出差，未能参加他的葬礼。听母亲说，光亮哥死得太突然，来不及做棺材，就临时买了一口便宜的棺材。入土那天，除了桂花嫂子和儿女们哭得死去活来，亲戚们很少有过分伤心的，都说一个酒鬼死了，不值得伤心。前半生光明磊落的光亮哥晚节不保，走下讲台后嗜酒如命，实在是让亲朋好友都蒙羞了。

如今不到五十岁的桂花嫂改嫁为他人妇，这也可以理解。每每想起光亮哥，我就不禁有一股浓浓的悲哀涌上心头。光亮哥做了大半辈子人民教师，也算是桃李满天下，谁承想到老来却落得醉酒而亡的悲惨结局。这的确是令人伤感。在经历了这么多的变故后，桂花嫂子和侄儿侄女以后该如何面对自己的生活，世人又怎样评说光亮哥呢？

诊 所

金铁寨一直没有卫生所。

那是一个夏日的大清早，天空瓦蓝瓦蓝的，没有一丝风，闷热笼罩了整个小村庄，让人透不过气。村民们三五成群地蹲在墙根的背阴处，热得不敢去地里干活儿，情绪昂扬地谈论着从新闻上看到的国际形势。

突然，一阵噼里啪啦的鞭炮声惊得众人都站起来。他们半张着嘴巴，龇着满嘴黄牙，四处张望，循声而去，来到了金立正家，看到门前有一大堆炸裂开的红艳艳的爆竹纸屑，门楼上高高挂起一块黑底白字大牌匾，上面书写着一行大字"成功烫伤门诊"，特别惹人注目。

弯腰驼背的二爷眯缝着眼睛问道："这就开门诊了？"

金立正笑着点着头。

"谁是大夫？"

"我！"金立正依旧笑着。

"你？你啥时候学的医，跟谁学的？没听说过呀！"二爷疑惑了。

"这您就不知道了吧，我当然学过。"金立正还是嘿嘿笑着。

二爷愣愣地望着金立正，像不认识似的。

邻居金来五说："立正，你这牌匾是不是写错了？应该是'立正烫伤门诊'，咋是'成功烫伤门诊'？"

"从今儿个开始，咱村子就有了卫生所了。我也从今儿个正式改名字了，再也不叫金立正，改叫金成功。"

话音刚落，"金成功"的大儿子又点响了一个将军炮。嗵一声巨响，吓得众人皆闪向一边。

这一年，金立正刚过不惑，此后就真的成了金成功。他不看别的病，专治烧伤、烫伤，不论是多么严重的伤口，不吃药、不打针，只要抹了他的药膏，不出半个月必定痊愈，更为神奇的是，伤口处的皮肤完好如初，并不会留下一丁半点疤痕。

同村的三叔是养鸡大户。一年春节后，就在自家的土炕上养了四五百只小鸡雏。夜晚寒冷，怕土炕温度低，冻坏了小鸡雏，三叔傍晚给炕洞子里填进去很多玉米芯。半夜时分，睡在火炕旁边木板床上的三叔被鸡雏的叫声惊醒了，迷迷糊糊地看见火炕上的塑料大棚着了火。原来是炕洞子里的玉米芯半夜里燃烧起来，火炕温度太高，引燃了塑料大棚，一些鸡雏成了火球，惊叫着乱窜。为了救鸡雏，三叔一时慌乱起来，两只手又是揭塑料大棚的塑料布，又是把鸡雏往地上扔，也顾不得两手被烧得起了燎泡，等灭了火，才感觉到那双不成样子的手，痛彻心扉。

当时的农民，啥都不怕，就怕生病，实在扛不过去了，才去诊所看看。"近水楼台先得月"，三叔来找金成功治伤。

金成功治病很简单，对烧伤的皮肤不清洗、不消毒，只是抹上一层黑色的膏药，每天换一次药，打针吃药这些都用不着。十多天后，三叔的一双烂手就好了，如同脱了一层皮，丝毫看不出曾经被烧伤。

慢慢地，金成功的名气越来越大。十里八乡的村民都知道金铁寨出了一个擅长治疗烫伤、烧伤的神医。周围邻县近乡，甚至还有咸阳市、西安市的远路病人都慕名前来治病，只要抹了金成功的药膏，没有不立竿见影很快痊愈的。

金成功的神药究竟是从哪里来的？村民们问过，金成功总是笑而不答。每次配药膏时，金成功都是在半夜三更，门窗紧闭，自己一个人在诊室里偷偷摸摸配制，就连他的老婆孩子想进来瞧上一眼都不行。

金成功怎么就成了神医，他那神奇的药方究竟是什么？金成功越保密，村民们的兴趣越大，最终还是与金成功老婆关系要好的莲花嫂子知道了这个秘密。

原来，金成功在还叫金立正的时候，有一年春天，骑着自行车去周至县楼观台闲游，在一条曲曲折折的山路上，遇到了一位鹤发童颜的老人。那老人不慎崴了脚，正坐在路边的一块大石头上休息，疼得龇牙咧嘴，一时动弹不得。金立正本是个良善之辈，见人有难，岂能袖手旁观？他便搀扶着老人一步一挪地回到家，原来老人是个医生。分别时，老人赠送他一个治疗烧烫伤的秘方，以示感谢，声称此秘方可保他一生衣食无忧。金立正也向老人学习医术，之后便更名开了诊所，但秘方打死也不肯向外人透露一字半句。

初行医时，金成功医者仁心，慈悲为怀，见乡亲们日月过得艰难，看这个病实在是不容易，收费很低廉。但凡病人，不论男女老幼、美貌丑陋、贫富贵贱，只要你给个药的成本价就行，遇到那些家庭贫困的可怜人登门求医问药，没钱就不要了。因此，金成功行医多年，家里的光景还是外甥打灯笼——照旧（舅），但他并不觉得这样有啥不好。

日子久了，金成功就成了方圆一带百姓心目中的名医。

金成功有三子一女。孩子们一天天长大，家里的花费逐渐多起来，日子一天比一天难过。"贫贱夫妻百事哀"，老婆成天和他吵架，说他抱着金饭碗讨饭吃，要脸不要钱。金成功虽然宅心仁厚，觍不下脸对那些日子并不富裕的乡亲狮子大张口，但是架不住老婆一哭二闹三上吊折腾个没完。在生活面前，他被迫低头了，只一心用好药医治伤患，至于药费和治疗费，全由老婆张口去要。那治疗费可就逐渐高得没谱了。

虽说这看病费用贵了，可这药到病除的功夫日渐提高。你再心疼那几个钱，可咋能忍住那伤口的疼痛呀？再说了，那严重的烫伤烧伤可是会要人命的，不管你有钱没钱，医生张口要医药费都得赔着笑脸掏，谁敢在这上说个不字？

自打老婆收药费后，金成功家的日子就一天天好过起来，没几年工夫，竟红火得不得了，成了村里的首富。这人一有钱，腰杆就挺直了，说话底气也足了，别人也会把你说的话当回事了。金成功向村里申请，给三个儿子每人要了一块宅基地，一人两间宽，共六间宽的宅基地连成一片，盖起了气派的二层洋楼，院子大得像个停车场。

虽说这日子越过越好，但随着儿女们一天天长大，金成功的烦心事也来了。他年岁大了，想把自己的医术传给子女，可这三子一女都不喜欢读书，勉强混到初中毕业，一个个都外出打工了，对行医看病没有一丝一毫的兴趣。眼看着后继无人，金成功手足无措。

金成功有一个姨表弟叫唐喜，上过卫校，在自家村子里也开了个诊所，可惜医术不精，上门求诊的病人愈来愈少，诊所经营惨淡，就想跟着表哥学习医术，长了本事，也过上好日子。亲姨妈把这事跟金成功提了好几次都没成。金成功也有着普通人的私心，医术只能传给自己的后人，万不能叫外人抢了自己的饭碗，就是表弟也不行。因为这事，表兄弟俩闹得很不愉快。唐喜扔下了狠话："我再也不会踏进你家院子一步，你也莫再想让我喊你一声哥。我看你这神医能神气到啥时候？你把药方带到棺材里吧！"

金成功的发达引起了村民眼红，都说他现在黑了心，只认钱不认人。这话说得多了，村里人就慢慢地和他家疏远了，连那些当年受他救助过的人都不再感激他，也骂他是个"贪心不足蛇吞象"的恶医，并且诅咒着他倒霉。有时，金成功家的院子半夜里会被人扔进死猫、死狗，或是他大清早打开门，发现门扇、门框上四处被人抹了屎尿，臭不可闻。上门求治的病人也慢慢少了起来。

这一天傍晚，邻村一对年轻夫妇抱着两岁多的男童来看病。那人厨房里盘着一个大火炕，锅灶与火炕相连。女人煮了一锅大苞谷粒，孩子在炕上玩耍。这时，女人尿急，叮嘱孩子不要乱动，便去上厕所，方便未完，便听得儿子撕心裂肺的哭叫声。女人便疯了似的冲进厨房，见儿子落入热锅中，慌忙抓着儿子胳膊从锅里捞出来。小儿又是一声惨叫，胳膊上一层皮便抓在了女人手上。女人也是一声惨叫，那半泡尿就出来了。

金成功见小儿烫伤严重，怕出意外，不敢收治，让他们抱孩子去大医院治疗。这夫妇俩一听，当时就哭了，扑通扑通跪倒在地，磕着响头，说这天都快黑了，去大医院那么远，路上时间太久怕来不及救治，只求救小儿一命。

金成功心软，便说可以先抹药救治，然后赶紧去大医院治疗。这对夫妻千恩万谢，磕头如捣蒜。

金成功也没有收取分文药费，想着这件事就到此为止了。谁承想，一周后的一天下午，两卡车人找上门来，领头的是那对夫妇。他们抱着死去的幼儿边哭边骂，说金成功草菅人命，要他偿命。

这伙人闯进金成功家，不由分说，将金成功摁倒在地拳打脚踢，又把诊所砸个稀巴烂。好在金成功本家人心齐，闻声后呼啦啦来了一大群，眼看着一场群殴事件就要爆发。就在此时，村干部及时赶到，劝说双方都冷静下来，事态才没有进一步恶化。众人将金成功扶起，幸好他只是受了点皮外伤，没有大碍。

这时候，那个抱着死孩子的女人瘫坐在地上，嗓子都哭哑了，骂道："你个丧尽天良的害人鬼，你没有那金刚钻，为啥要学人家揽瓷器活儿，你看不了个病，为啥要给我儿子用药呢？你就是一条癞皮狗，为啥要冒充大尾巴狼？都是你耽误了我儿子，你害死了我儿子，你就得拿命偿。我恨不得吃了你的肉、喝了你的血、扒了你的皮……"

金成功蹲在地上，抹一把鼻子、脸上的血，双手抱着头，不知道该怎么办。他能理解那对夫妇的心情，丧子之痛，谁能受得了？可是那孩子的死和他有没有关系，有多大关系，这谁又能说得清楚？不管咋说，那个死去的孩子毕竟经过他的手治疗过，现在他也不忍心和人家分辩这是谁的责任，让人家打几下、骂几声也没啥，只要能让人家出了气，他都认了。

后来，在村干部的协调下，金成功和那对夫妻最终达成协议，赔偿人家二十万元，此后双方不再追究此事。

在那天下午的混乱中，金成功家门口那块"成功烫伤门诊"的大牌匾被人卸了下来，砸碎了。

处理完这场纠纷后，金成功变得一蹶不振，把诊所清理干净，决定将名字改回金立正，发誓今生不再行医。

此后，金铁寨村又没有了卫生所。

后来，村里流传了一种说法，那个烫伤严重的男童送医院不久，经抢救无效死亡。那对夫妇大闹医院要求赔偿没有结果。同村人给他们出主意，去找金成功赔钱。有人说，看见金成功的表弟唐喜去过那对夫妇家。

光棍金玉国

金玉国五十岁，到了知天命的年纪，是金铁寨为数不多的几个光棍之一。论辈分，我该管他叫叔。

金玉国一生命苦，是个可怜人。在他六岁时，他的娘得了咳嗽病，没黑没白地咳嗽，咳得上气不接下气，还不时地咯血。村里人不知道这病是肺结核，都说是得了痨病，没治的。那时候，乡下人还没有去大医院看病的意识，他爹只是在村子里的卫生所断断续续地开了便宜的止咳药，拿回家让他娘吃。这哪里管用呀？他娘咳嗽了一年多，就瘦得没有了人形，水米不进，终于死在盛夏一个狂风暴雨的夜晚。当时，他娘一口接一口地吐血，足足有半盆子血，眼珠子一片浑浊，早已没有了神，一双手在空中胡乱挥舞着，大声地喊叫着："可怜我那一对儿女呀，日后可咋往大里长呀？"

第二天大清早，金玉国和十五岁的姐姐跪在娘的灵堂前，哭得撕心裂肺、惊天动地，听得全村人的心都揪成了一个疙瘩。

他的爹成了鳏夫，一个穷得叮当响的鳏夫，带着一对半大不小的儿女，续弦是想都不敢想的事情。一个汉子，当爹又当娘，既要侍弄庄稼，还要照看两个孩子，你说那日子能不恓惶吗？简直就是麻绳拴豆腐——提不起来。每当金玉国和姐姐想娘哭得眼泪汪汪时，爹就抱着他们一起流泪。这样的苦日子一天挨过一天，就这样慢慢熬着。

娃们没了娘，就像一根在秋风中瑟瑟发抖的枯草，凄凄惨惨的，唯一的依靠就是爹了。

度日如年的光景再不好过，也是个光景，就得坚持着往下过。这就是人的生活呀！让人备受煎熬又割舍不下，再难也得咬牙挺着。金玉国和姐姐在苦水中一天天成长起来。她姐姐长到二十岁，到了嫁人的年龄。之前定好的婆家整天催着过门成亲。虽说女子现在是家里的好帮手，但女大不中留，女子迟早要嫁人，要

172

做别人家的人，爹再舍不得，也不敢把娃的婚事耽搁了。

于是，男方选了个良辰吉日，爹就把闺女的婚事办了。这也算是爹了却了心中的一桩大事，长出了一口气。

俗话说，福无双至，祸不单行。人活一辈子不容易呀，哪有那么顺顺当当的？你简直想象不到自己一生要经历多少磨难。

金玉国小学还没毕业，他的爹又得了急病死了。那是一个三伏天的晌午，火红的大日头把大地烤得快要融化了，树木、花草和庄稼地里的禾苗都蔫巴了，都垂头丧气的。他爹正在给责任田里的玉米苗浇水，忽然眼前一黑，一头栽倒在水渠里，就再也没有醒来。

金玉国的姐姐和姐夫给爹尽了孝，简简单单地把爹安葬了。

趴在爹的坟头，金玉国的姐姐哭得死去活来。她抬头望着瓦蓝瓦蓝的天空，恨恨地骂道："老天爷呀！你真是瞎了眼睛，咋这么不公平，你为啥不把幸福均匀地撒满人间，却给我家里一次又一次地降临灾难？你咋竟逮住可怜人使劲儿欺负，你这是活生生地把我这家拆散架了呀！"

爹死后，金玉国就辍学了。他没有听姐姐的劝告，也不愿意去姐姐家一起生活，他不想因为自己让姐姐两口子吵架，他要独自撑起这个家。

一个不到十三岁的孩子成了孤儿，种地没有力气，全依仗姐姐两口子帮忙种地收粮。

金玉国成年后，亲戚们看到他一个人过日子可怜兮兮的，不忍心，就托人给他在镇上的一家餐馆里找个事情干，不过是给人家打打杂、帮帮厨、洗洗碗的，管吃管住，每月多少给点工资。

金玉国这个没了爹妈的孩子此后无人管教，可就长废了秧苗，如同没人修剪的大树，那是长不直了，歪歪斜斜在所难免。他人小脾气大，不服别人管教，饭馆老板说他两句，他扭头就走，一去不复返，连个招呼都不打，工钱也不要了。就这样，他一个人在家里待烦了，就出门寻个事情干，就是没有点耐心，工作不踏实，总是三天打鱼，两天晒网，一份工作没有干长久的时候，就这样瞎混日子。

也许是自幼饥一顿饱一顿的营养不良，金玉国一年年地长岁数，就是不见长个子，到了二十岁，他的身高比正常人矮了一头，想必这辈子是不如人了，身单力薄的干啥啥不行，当不好个农民，去建筑工地挣个辛苦钱也没有那个力气，又没有啥文化，压根就别想谋取啥轻松体面的工作，只能今天给人家饭店洗个碗呀，明天去城里扫个马路。这样的工作收入低，还常常被人轻视。

金玉国到了该成家的年龄，婚事还没有个眉眼。姐姐看在眼里，愁得一宿一宿睡不着觉，在黑暗中大睁着一双眼睛，听着老鼠在屋顶窸窸窣窣地跑来跑去。她常和男人提起这事，男人总是摇头叹气。姐姐也知道这件事不太可能了。其实金玉国心里还想着之前给他定的亲事，可是女方小芳显然是不可能嫁给他了。

前几年，小芳高中毕业，没有考上大学。小芳也算是个有文化的姑娘，向往的是自由恋爱，坚决不同意包办婚姻，其实从根本上说，人家也是看不上金玉国这个人。强扭的瓜不甜，女大不由爷呀！包办婚姻肯定是行不通的。女儿不同意这婚事，总不能生拉硬拽、捆绑着她去成亲吧。老人也愁呀，却无可奈何。父母说得多了，小芳耳朵磨出了茧子，待在家里心烦意乱，就跟随同学去深圳一家工厂打工，两年多没回家，等到第三个年头回家时，竟带回来一个高大帅气的男朋友，说她要结婚，谁都别想拦着。

至此，金玉国的姐姐知道弟弟这婚事彻底没戏了，哭过闹过终究是无济于事，最终只得认命。对于这件黄了的婚事，金玉国倒毫不在乎，嘻嘻哈哈地说："她不愿意嫁，我还不乐意娶呢！"

姐姐安慰他要努力工作，攒钱盖房子，以后给他张罗一门好亲事。

人说硬气话容易，要把事情做硬气了可就很难。金玉国暗自下定决心卖力气干活儿，攒钱盖房子娶媳妇，可这想法一旦实施起来，却发现这钱难挣，挣得没有花得多。偏偏他这人懒散惯了，受不得约束，吃不得苦、卖不了命，这世上哪里寻那种少出力气多挣钱的工作？即便是有，那工作也不是他能干得了的。

眼看着村里那些和他从小一起长大的伙伴都出门在外打工挣钱，不是给人家搞装修，就是学厨师在大酒店掌大勺，几年时间一个个在老家宅基地上拆旧屋，盖新楼，娶妻生子，日子过得红红火火，惹人眼红。金玉国看在眼里，急在心上，自己在外闯荡十来年，还是一穷二白，爹在世时的老屋子倒是拆了，不过是在新宅基地上从前到后盖了两间大瓦房和厦子房，夹在左邻右舍的二层楼房中间，就显得格外寒酸。没楼房没积蓄又没个好人样子，寻媳妇只能是白日做梦。

金玉国的年龄一天天耽搁大了，这找媳妇就越来越难，别说人家黄花大姑娘不愿意嫁他，就是连那拖儿带女的寡妇或者离异女人，媒人都不知道介绍了多少个，竟没有一个愿意和他搭伙过日子的。就这样，金玉国逐渐由一个年轻光棍成长为中年光棍。

姐姐劝过他："你一个四肢健全、头脑正常的男人，干个啥事情就不能有个恒心吗？你说现在这世道多好，不管去哪儿都能打工挣钱，你要有个志气，戒了烟酒，生个心，踏踏实实找个事情干，好好挣钱，把日子过到人前头去，还愁找不到媳妇吗？"

他还是笑："我这现在挺好的，自己挣钱自己花，一人吃饱全家不饿，没人管，没人说，好着呢。"

姐姐一时生了气，骂他："你光图现在自在，老了咋办？"

他依旧笑："我连今儿个都没活明白呢，哪管老了是啥样子？"

再往后，金玉国就逐渐习惯了光棍的生活，不再想娶妻生子的事情。乡亲们常见他穿戴整齐，抽着烟、哼着曲，乐呵呵地从东家串到西家。

红樱桃绿芭蕉

　　如果每个人都能够按照自己的意愿生活的话，那么这个世界将会是多么美好呀！那一定会少了很多纷争和眼泪，多了很多快乐和幸福。然而令人遗憾的是，生活总是不尽如人意。性格决定命运，一个人有什么样的品性和脾气，就决定了他日后的生活状态。

多余丢了

多余刚一落地，就听见妈妈的哭声掩盖了她的哭声。如果说多余的哭声像一只小猫在叫，那么妈妈的哭声就像狮吼虎啸。妈妈凄惨地哭着："我的那个妈呀！咋又生了个女娃子呀，这让人咋有脸活呀？"妈妈的哭声惊天动地、声震屋瓦。哭声过后，妈妈就昏厥过去。乡卫生所的大夫们忙了个人仰马翻，才把她抢救了过来。

多余是家里的第三个女孩子。接连生下三个女儿，还不见一个儿子，多余的爹妈难以接受这样的现实，感觉到天要塌了，自己辱没了祖先，没脸活人了，哪里还有什么心思给三女子起名？别人问孩子叫啥名时，爹妈总会说："多余的货，还有脸起啥名字！"邻居们就"多余、多余"地喊着三女儿。这样叫着叫着，多余就有了名字。

多余的爹原本是金铁寨村小学的民办教师。因为超生，她爹就被辞退了，只得回家务农，和祖辈一样，当了农民。爹不仅丢了工作，还被罚款三千元，那可是爹辛辛苦苦挣了三年的工资呀！爹妈抱头痛哭，心疼得好长一段时间。

爹咬着牙，对妈说："你再生不出个娃子娃，咋对得起咱家遭的这些苦难呀！"妈看了多余一眼，恨恨地说："多余真是多余呀！"

在爹妈不顾一切的努力下，多余终于有了个弟弟。她在这个家庭里就更加显得多余了。

多余是个灵性娃，很懂事，知道弟弟是家里最稀罕的宝贝，为了讨好爹妈，就对弟弟格外疼爱，处处让着弟弟、护着弟弟，但是这并没有改变多余在爹妈心中多余的地位。她活得很卑微，就像乡间小路旁边那棵入不了人眼的狗尾巴草。

多余九岁那年，突发脑膜炎，高烧不退，浑身发烫，如同着火一般，简直都能烤熟一块大红芋。她有气无力地躺在土炕上，蔫巴得如同一只病鸡，小嘴巴不住地哼哼着："热、热……"那正是抢收麦子的三夏大忙天，妈摸了摸她的额头说："着凉发烧，吃几片药就好。"妈给了多余几粒药片，让她自己吃，随后心急火燎地下地了。

一个星期后，多余退了烧，人却傻了，说话绕舌头，口齿含糊不清，没完没了地流口水，上厕所不知道擦屁股提裤子，任由裤子掉在脚面上，就满街满巷乱跑，常常招惹来一群孩子追着她跑，用土疙瘩砸她、骂她。

多余姊妹多，个个张开嘴巴要吃饭，伸胳膊蹬腿要穿衣。多余和弟弟出生后，没赶上村里分地，家里只有两个姐姐和爹妈四个人分了三亩半地。人多地少，打下的粮食糊不住一家六口的嘴，那日子真是艰难。

多余因为傻，不能上学，但在家里待不住，一不留神，她就打开门到处乱跑，也不怕脏，土里泥里打滚翻跟头，头发又脏又乱，如同乱草鸡窝，从不知道洗脸洗衣服，整天一双黑爪子，饿了抓起吃食，不管生熟，就往嘴里塞。多余妈实在收拾不完，就懒得管她了。多余就成了个彻头彻尾的疯子。眼看着多余一天比一天傻，爹妈无计可施，想着送她去医院看病吧，可是这个穷家哪里有那个钱呀？这个念头也不过是转瞬即逝。

家里出了这么一个丢人现眼的傻女儿，爹妈觉得是自己上辈子干了啥缺德事，这辈子遭到了报应。多余让爹妈在人面前抬不起头，爹妈愈来愈觉得她是家庭的累赘，想着该怎么才能甩掉这个大包袱。这个心思困扰了爹妈整整三年。

爹说："多余把我这老脸都丢光了，真是丢了祖先的脸啊！"妈说："咱这个家迟早要叫多余给拖垮的，这样下去可咋办呀？"

在多余十二岁的时候，爹妈终于忍无可忍，下定决心再也不能要多余了。那天，妈给多余洗干净头和脸，换上一身只有过年时才舍得穿的新衣服。爹骑着自行车，让多余坐在后座上，对她说："走，爹带你逛县城去。"在一家扯面馆里，爹要了一大碗油泼扯面，放在多余面前，说了声："我娃乖，在这慢慢吃面。爹去给你买个好看的发卡。你不要着急，在这踏实等着。"

爹付钱出门，骑着车子就回家了，一路上那眼泪成线就没有断过。爹回村给人说，县城人太多，娃走丢了，咋都寻不见。村里人知道爹是故意不要多余的。

谁也没想到，一个星期后，多余竟然走回家，鞋和袜子都走丢了，一双赤脚被泥巴包裹着，那身新衣服沾满了厚厚的一层垢痂，锃明瓦亮的。见了爹妈，多余没有哭闹，咧嘴流着口水，只是笑。

县城距离家不到二十里路。爹说："丢得太近了。"

第二天，爹又用自行车驮着穿戴整齐的多余，去了六十里外的邻县县城。从此以后，多余就再也没有回来。这回，爹妈没有流下一滴眼泪。

没有了多余，家庭又恢复了往日的平静，再也没有谁给爹妈丢脸了，后来的日子一天天过得有了起色。二十多年过去了，这家人的口中，从来就没有提起过多余一字一句，爹妈似乎忘记了曾经有过这么一个傻女儿。

那一年，不到六十岁的多余爹得了绝症，在炕上躺了半个多月，奄奄一息，就是咽不下那最后一口气。爹拉着妈的手，忏悔地说："这都是咱造的孽呀，自己图轻省，把娃活生生丢了。我真不是人，咋能把亲生的闺女扔了？如今还不知道娃是死是活。现在老天爷惩罚我，不叫我咽下这口气，是想让我活受罪呢。"

多余妈让她那在咸阳工作的亲兄弟对意识不清的多余爹说："姐夫，我打听到了，多余娃现在还活得好好的，病也好了，家就安在咸阳市。娃说她不怪你，那都是穷日子逼得，怨不得你。"

多余爹那浑浊一片的眼神里汇聚出一缕光彩，脸上露出时隐时现的笑容，嗫嚅道："活着就好，活着就好……该怨我，是我坏了良心……"语毕，多余爹倒头气绝。

美　莲

刚进入初夏，西安就炎热难耐。雨水似乎遗忘了这座北方大都市。自去年入冬以来，始终等不来天降雨露。马路两侧绿化带里的国槐刚发出来鹅黄的嫩芽，这时候都无精打采地打起了卷。洒水车响着音乐声，在街道上缓缓而行，来来回回地洒着水，空气里弥漫着湿漉漉的水雾，还有泥土的味道。

在西安市北郊的陕西省女子监狱，我见到了美莲。她正在按摩教学室里学习按摩，旁边站着一名女狱警手把手地指导她。美莲穿着蓝衣蓝裤的女囚服，戴着大墨镜，几乎遮住了半张脸，她的身材显得很单薄。

我是省电视台法制栏目的记者，这次来女监采访，是为了配合省妇联和省监狱管理局，做一期反家暴、关注女性犯罪的节目。负责接待我的是女监宣传科长张丽。她今年三十多岁，身穿警服，显得英姿飒爽、精明干练。她向我推荐了几个命运坎坷、改造良好的女囚，其中就有美莲。美莲三十六岁，双目失明，犯故意杀人罪，被判处十二年有期徒刑，已经在女监服刑了七年。美莲改造积极，表现良好，本来有两次减刑的机会，但是她每一次都拒绝减刑。张丽说，美莲是她今生遇到的第一个拒绝减刑的服刑人员。这立刻引起了我强烈的好奇心，于是我决定采访她。

采访地点选在监狱小操场的一片树荫下。在一位女狱警的引领下，美莲从按摩教学室里慢慢地走出来，走得很自信，也很从容。若不是早知道，我看不出来这个戴着大墨镜的女囚是个盲人。与她交谈后，她似乎很乐意接受我的采访，虽然大墨镜掩藏了她的面部表情，但是她的脸上依稀显露出浅浅的笑容，淡黄的皮肤透着一丝红润，气色很好的样子，一头细碎的短发梳得整整齐齐。看得出来，她是一个模样秀气、干净利落的女人。对于眼前这个文静瘦弱的女人，我很难把她和一个穷凶极恶的杀人犯联系在一起。

看着她的大墨镜，我好奇地问道："你的眼睛是怎么失明的，先天还是后天？"

这个问题一出口，我立刻后悔了，怎么能问她这么残忍的问题，这不是在揭她的伤疤吗？我赶紧向她道歉。

她摇摇头说："没关系的。"随即低下头，许久不语，两行眼泪顺着墨镜流淌下来。

我递给她一张纸巾。她擦了一下眼泪，说道："我杀人是犯罪，我有罪，是个罪人。'女怕嫁错郎'，我却一错再错。世上总是坏人少，但回回都让我给碰上了，怎么躲都躲不掉。我的命咋这么苦！我的双眼是被第一个男人活生生抠瞎的。我只是想做个人，可咋就这么难呢？"

美莲说她前半辈子是在泪水和屈辱中熬过来的，从来没有过欢笑和快乐，在她的生活中，每一天都是阴雨绵绵、暗无天日，没能活出个人样子。直到来监狱后，她才感受到了人间的温情，才觉得自己活得像个人了。

美莲出生在穷山沟里，小时候家贫，小学没毕业就辍学了，帮家里放牛羊、打猪草、耕地种田，啥苦活儿累活儿都没少干。哥哥结婚后，嫂子不能容她，嫌她在家里碍眼，整日吵吵嚷嚷着要她早点嫁人。爹娘年老体弱，虽然心疼闺女，却惧怕儿子儿媳，没有能力保护女儿，也盼着她早日出嫁，寻个好人家，别在娘家受哥嫂的气。

那一年，美莲还不到二十岁，哥嫂贪图男方家的彩礼，把她嫁给邻村一个叫沈京的男人。美莲人小又懦弱，在家里没有说话的份儿，哪里有胆量婚姻自主，婚前与那个男人只见过一次面。他是个普通农民，也看不出个好歹，谈不上啥乐不乐意。父母不能替她做主，婚事只能任由哥嫂摆布。因为美莲还不到结婚年龄，所以没办法登记结婚，只是在沈京家里办了婚宴，就算结婚了，就这样过起了日子。沈京比美莲大十来岁，家里破屋烂瓦，穷得揭不开锅，娶美莲时，给她哥嫂的彩礼是东家凑西家借的，欠了一屁股债。美莲原本想着，自己是苦命出身，从小吃苦习惯了，只要男人对她好，日子再苦也不怕。

刚结婚时，沈京对美莲还算不错，不打不骂的。美莲感受到了新家庭的温暖。可时间一长，美莲就发现她男人脾气暴躁，容易生气，遇到不顺心的事情，就拿她出气，对她连打带骂。美莲也慢慢地对男人失望了，看明白男人把日子过得一贫如洗是有原因的，那就是男人不求上进，实在是太懒了。别人家的男人在农闲时间都外出打工，拼了命地挣钱，想把日子过好，可她的男人死守着那四五亩打不了多少粮食的山坡贫瘠庄稼地，宁可缺吃少穿，也不愿意出门挣钱。贫贱夫妻百事哀。家里的穷日子越来越不如人，债主隔三岔五地来家里要钱，惹得人心烦。

看到男人闲在家里一点办法都不想，美莲忍不住给男人发几句牢骚。男人便理直气壮地骂她："要不是你娘家要八万八的彩礼，咱家日子能这么困难吗？"这是美莲的软肋。每到这时候，她就觉得理亏，不敢作声。男人却来劲了，开始是辱骂，后来就动手了。

夫妻间一旦动起了手，那就再也停不下来。沈京好喝酒，醉酒了就打老婆。最初挨了男人打后，美莲还会回娘家，却不敢把自己受的委屈告诉爹娘，怕他们替自己操心。哥嫂不但不维护妹妹，反而厌烦她回娘家吃粮占地方。后来再挨打，她也就不愿意回娘家了。

邻居婶子劝她忍一忍，说谁家男人没个臭脾气，过几年等你们有了一儿半女，男人自然会好好待你。美莲也是这样想的，盼着能有个孩子，好让男人不再打骂她。

可是她结婚两三年一直没有怀孕，沈京对她越发不能容忍，打她骂她就成了家常便饭，头脑清醒时打她，喝醉了酒打得更厉害，手打疼了，就抄起笤帚、棍棒打她。

美莲被打得受不了，就哭喊着分手，反正两人没有领结婚证。这话一说，男人打她更凶了，扬言她敢分手，就不放过她娘家所有人。

担心娘家人受到伤害，美莲就不敢再说分手的话，挨打挨骂只能默默忍受着，打碎了牙往肚子里咽。她忍辱负重，换来的不是男人的幡然悔悟，而是更加凶狠的虐待。她每天都提心吊胆地过日子，不知道哪句话说得不顺男人的心，哪件事情做得不如男人的意，就会引来拳脚加身。如果哪一天没有挨打，她就会觉得自己这一天太幸运了，又躲过了一场劫难。

所谓"百年修得同船渡，千年修得共枕眠"，可是美莲怎么都想不到，沈京这个枕边人却不是她前世修来的有缘人，而是今生伤害她最深的凶残恶魔。

那是农历五月初的一天夜里，男人不知道去谁家喝酒了。美莲早早地就关灯睡觉了，不知道半夜什么时候，她在睡梦中感到有人压在自己身上，酒气冲天，臭烘烘的嘴巴在她的脸上胡啃乱咬。她一下子惊醒了，打开灯，看到沈京喝得五迷三道地趴在她身上。男人见她醒了，就掀开被子，扯她的裤带，要过夫妻生活。见这个恶魔又要折磨她，美莲厌恶地推开他，不想这下可捅了马蜂窝，惹恼了男人。他发了酒疯，挥拳劈头盖脸地打美莲。美莲疼痛难忍，大声呼喊救命。

她的家在半山腰，是个独门独院，四周邻居都住得远。男人时常打得她大呼小叫，邻居们早已司空见惯，就是听见了，也不敢管这事，没人敢招惹沈京这个泼皮无赖。

沈京拳头打累了，就抄起地上的笤帚抽打。美莲意识到自己快要被打死了，就向男人苦苦求饶。男人愈打愈疯狂，笤帚杆打断了，就骑在美莲身上打。美莲被打得满脸是血，大脑一片模糊，此时的她连求饶的力气都没有了，无力地闭上了眼睛。

沈京如同一条发狂的疯狗，骂道："你闭着眼睛是装死呢，还是不愿意看我？你把眼睛给我睁开，我让你再闭眼……"说话间，沈京用两只手恶狠狠地朝着美莲的双眼抠去。美莲惨叫一声，只觉得钻心疼痛，眼前一黑，就晕过去了。

当遍体鳞伤的美莲再次醒来时，她已经在医院的病床上躺了三天。老弱的父母伏在她的病床前，哭得眼泪涟涟。狠心的哥嫂见死不救，不愿意拿出一分钱来给妹妹治病。美莲住院看病花费了两万多元钱，都是父母从左邻右舍借来的。

从此，美莲永远失去了双眼，坠入了黑暗的万丈深渊。她的世界里再也没有光明，人世间的色彩只留在她的脑海里。

后来，沈京被法院判处无期徒刑，由于他没有经济赔偿能力，也没有任何直系亲属，因而美莲没有得到一分钱的赔偿。

美莲终于彻底摆脱了沈京这个恶魔。

出院后，美莲回到了娘家生活。一个盲人，生活起居全靠父母照顾。哥嫂把她当成家庭的包袱，整天指桑骂槐。父母不敢作声，只能抱着女儿哭成泪人。

美莲虽然眼睛瞎了，但是她的心是明亮的。她不愿意成为父母的累赘，不想做个只会让人伺候、混吃等死的废人。她现在不能下地干农活儿。在母亲的帮助下，她慢慢克服了对黑暗的恐惧，摸索着学会了走路、洗漱、上厕所，慢慢地能够生活自理。为了不惹哥嫂厌烦，她逐渐学会了洗衣做饭这些简单家务活儿。

美莲的父母每每想到女儿以后的生活，愁肠百结，又背负着巨大的外债压力，终日郁闷伤心、以泪洗面，最终未等还清外债，就相继撒手人寰。

父母去世后，哥嫂更加不能容忍她。当初给美莲看病，是父母借的钱，现在借款人死了，那就父债子还。债主自然不会要求美莲这个盲人还钱，就登门让她的哥嫂还钱。哥嫂照顾妹妹还嫌是个负担，怎么可能替她还钱？

夫妻俩一合计，便想给妹妹寻个人家。虽说妹妹现在眼睛瞎了，但只要把彩礼钱降低一点，还愁找不到婆家吗？当地光棍汉不少，随便去周围哪个村子，向天上扔块砖，掉下来准能砸到几个光棍汉。只要美莲出嫁了，要一笔彩礼，不但能还清外债，哥嫂还能落一笔钱，这样的好事为啥不干呢？

上一段婚姻给美莲造成的伤害实在是太大了。她肉体和心灵的伤痛还没有痊愈，她对婚姻有了深深的恐惧感，真心不愿意再结婚。可这事能由得了她吗？狠毒的哥嫂坏了良心，父母在世时，都丝毫不念及兄妹间的情分，从来不为妹妹着想，现在父母去世了，家里的事情全由哥嫂做主，他们哪里还会考虑妹妹的感受？美莲不同意再嫁，哥嫂就打她骂她，不给她吃饭。面对生存的抉择，美莲被迫选择屈服，只求哥嫂给她寻个脾气好的男人，能把她当人看，别再打她骂她。可是，她想要实现这个愿望，简直就是天方夜谭。美莲双眼清澈明亮的时候，尚且不能婚姻自主，何况现在她眼前一抹黑，哪里还有她选择男人的权利？她还不是案上的鱼肉，任人宰割吗？男人是好是坏，是俊是丑，是老是少，全都听天由命了。

哥嫂是一对黑心肠的人，给妹妹选对象完全不考虑男方的家庭条件以及人品好坏，只是把妹妹当作骡子马牛一样明码标价出售，谁给的价钱高，就让谁领走。

最终，十里外的山窝子村来了人，三十六岁的光棍汉刘旺以四万元的价钱"买"走了美莲。美莲那一双瞎眼里早已流不出泪水，出嫁时，只哭了声："爹呀，娘呀！你们在天上要仔细看着女儿啊，莫让我再掉进火炕万劫不复呀！"

哥嫂关了门，一遍又一遍地数着那一沓沓钞票，乐得合不拢嘴。

美莲结婚了，这次领了结婚证，却没有办婚宴。之后，她就安心和男人过起日子，把这男人当作后半生唯一的依靠。

美莲这个女人的命真是苦呀！靠山山倒，靠水水流。世上的男人有善有恶，可美莲遇到的男人都不是人，是豺狼虎豹。美莲刚逃出虎口，又掉进了狼窝。刘旺这匹恶狼可比沈京那头猛虎还要凶残三分。美莲想不通，她遇到的男人为什么都这么心狠手辣，好不容易娶了老婆，一点都不知道怜惜疼爱，全当作泄欲的工具和肆意打骂的出气筒。

刘旺家徒四壁，穷得连烧火棍都找不到一根，好吃懒做、嗜赌如命，又是个酒鬼，在方圆一带是能叫上号的"二流子"，给人家再多的彩礼，也没有哪家的好姑娘愿意嫁给他，如今能娶美莲为妻，也算是祖坟冒青烟。他却不知道心疼老婆，压根儿就没把美莲当人看，只当是自己买回家的一台生育机器。家里没钱花了，刘旺打骂美莲出气；闲在家中无事做，他就打骂老婆解闷。

山窝子村有五十多户人家。农户们傍山建房，每户都是独院子，邻里间的房屋相互不挨着。刘旺家在半山腰，三间厦子房东西走向，傍山半边而盖，室内分隔成三间房子，东西两侧是卧室，中间是厨房。夫妻俩住在西边的卧室。在厦子房西侧，是低矮简易的猪圈和茅房。屋前面向南有一处宽敞的庭院，四周没有院墙，人与兽出入皆随心所欲。

刘旺的房子沿山坡向西，隔了五六家，就是刘旺的父母家。弟弟刘得富三十好几了，还是个光棍汉，与父母同住。刘旺的房子是父母早些年拼了命盖下的。父母说，两个儿子谁先娶媳妇就把新房给谁住。刘旺是老大，父母自然先得给他借钱娶妻。当初给美莲哥嫂那四万元彩礼钱，都是刘旺父母东拼西凑借来的。

刚结婚时，刘旺殴打美莲，街坊邻居听到动静都会来他家劝架。刘旺这个混账东西不但不听人劝，还对劝架者骂骂咧咧，说人家是狗拿耗子——多管闲事。哪怕是他父母和弟弟刘得富来劝架，刘旺也是嘴巴里不干不净地把亲人骂走。

令美莲恐怖的是，只要有人来劝架，刘旺就更加张狂，发疯般地殴打她，而且打得更狠更用力。刘旺殴打美莲，习惯成自然，三天一小打，五天一大打。时间久了，刘旺的父母兄弟和邻居们都习以为常，无人敢登门劝架，谁愿意管人家两口子的闲事而自讨没趣呢?

美莲的哥嫂是一对不敢下口咬人的菜狗,只敢窝里横,出门就胆小怕事,别看他们欺负起妹妹毫不留情,可是在外人面前,却是十足的胆小鬼。美莲受了委屈,回娘家给唯一的亲人诉苦。怎料哥嫂知道美莲遭受刘旺的虐待,却不敢替妹妹出头撑腰,还嫌听了心烦。

美莲是个盲人,那是天下最可怜的苦命人,活得如同一只小虫儿,在这个世界上卑微地延续着生命,两次嫁人,都遇到了恶魔,而且一个比一个凶残。见到美莲软弱好欺,刘旺更加有恃无恐,嫌弃她是个残疾人,不如别人家的老婆中用,就拿她当作出气筒、解压阀,一不顺心,张嘴就骂,抬手就打。在刘旺眼里,美莲还不如他家里养的那头猪金贵。

不论刘旺怎么侮辱她,美莲都不敢反抗,怕招来更厉害的殴打,只有咬着牙默默忍受,盼着这日头和月亮交替得快一些。在每一个昏天黑地的日夜里,美莲心如死灰,忍受着生活的煎熬。

后来,美莲生下一女一子。她盼着有了孩子,男人会对她好一点,夫妻恩爱不敢奢望,只求男人不再打骂她,两个人能和和睦睦地过日子。可怜美莲连这点愿望都难以实现。

孩子刚出生,刘旺对美莲态度有所好转,可没过多久,他又露出了狰狞的面目。刘旺说:"打倒的媳妇,揉倒的面。我一天不打你,一天不骂你,心里就不舒坦。我就是你的天,我就是你的命。"

美莲只能认命,不认命又能咋样? 一个瞎眼女人,还能怎样? 哪里敢开口说离婚的话? 想想自己连生存能力都没有,娘家不能回,现在有了两个娃,离开了刘旺,怕是真的会饿死,就算自己下狠心死了去,两个娃儿离了娘,可咋活呀! 刘旺骂她,她只能装聋作哑,不敢还嘴;刘旺打她,她受不了也得强撑着忍受。忍受,再忍受,除了忍受,还能怎样? 就算是没有尊严,也得活着,不为自己,也得为了一对儿女,用力地活着,也不能死呀! 这就是她的命苦,苦日子慢慢熬着吧。

美莲可怜得无处倾诉,只能暗自流泪,盼着这苦日子能一天天过得快一些,一对儿女就是她的盼头：等两个孩子长大了就可以保护她；等到刘旺老了，身体不行了，打不动她了，那时候她就可以解脱了。

在漫无休止的煎熬中，孩子们一天天长大。每次刘旺打骂她时，儿女都抱着妈妈，连哭带叫。美莲只能苦苦哀求刘旺，打坏她没事，千万不能吓坏了孩子。对于刘旺这个男人，美莲早已经没有一丝一毫的感情，只有莫大的恐惧和仇恨。这仇恨一天天积攒起来，如同沉睡的火山，一旦喷发出来，就会摧毁一切。终于有一天，仇恨的怒火燃烧了起来。

那是一个深秋的晚上，刘旺又不知道跑谁家玩去了。他能干什么？不是打麻将，就是喝酒，爱去哪儿就去哪儿吧。美莲不敢问，也懒得问。男人不在，家里倒落个清静，免得打这个、骂那个，弄得家里鸡飞狗跳，没个安宁。

明亮的月光洒满了静谧的小山村。两个孩子在院子里追逐着、嬉笑着。美莲坐在屋门口，听着孩子们的欢笑声，心情格外好。她让两个孩子描述月亮的形状。

四岁的女儿巧巧说："月亮空中挂，像个大圆盘。"

三岁的儿子会明说："姐说得不对，我看月亮像块大烧饼。"

美莲被儿子的话逗笑了，把儿子搂过来，坐在自己的腿上，笑着说："我儿是不是馋了，想吃烧饼，看啥都像烧饼？"

夜深了，美莲哄两个孩子在东屋睡下，还不见刘旺回家，便兀自回到西屋，闭了房门，没有上闩，和衣躺下，脑海里想象着孩子们描绘的月色美景。今夜真是难得的寂静呀！她多想让这样静谧安宁的夜晚长久一些，这样想着，迷迷糊糊地睡着了。

睡梦中，一只粗糙的大手从她衣服下伸进去，粗暴地在她胸前揉捏。她惊醒了，知道是刘旺回家了。刘旺不说一句话，另一只手去扯美莲的裤带。美莲本能地推开他的手，厌烦地说道："半夜三更的，别再折磨我了，睡觉吧。"

美莲的拒绝惹恼了刘旺。他举起拳头，劈头盖脸地打下来。刘旺喝醉了酒，拳头打下去就没轻没重。美莲苦苦求饶，男人毫不理会，继续施暴。

美莲怕惊醒孩子，就忍住疼痛，不敢哭出声来，双手抱着脑袋，嘴里求饶着。见美莲并不哭喊，男人打得更狠了。

　　刘旺用拳头打累了，就拿起扫炕笤帚抽打美莲。面对密集如雨点一般落在身上的抽打，美莲无处躲藏，只能忍受着。她担心自己活不到明天早上，只得向刘旺求饶说："求求你别再打我了，再打我真的就要死了，两个娃儿还那么小，你把我打死了，他们咋活呀？我是你老婆，只要你快活，你想咋样就咋样。"说着话，她动手脱自己的衣裤，脸上的泪水和血水纵横流淌。

　　刘旺这才停了手，扑向美莲。

　　刘旺满足后，累得像死猪一样睡着了，呼噜声能把房顶掀开。

　　美莲却怎么也睡不着，不仅是皮肉的疼痛难以消散，而且更多的是心中的屈辱折磨得她痛不欲生。她不知道这样挨打受骂的苦日子何时是个尽头，觉得自己的一生实在是太憋屈了，整天生活在恐惧和耻辱中，生命卑贱得毫无意义。她生不如死，活得不如一只猫狗。就是刘旺养的猫狗，他也会摸一摸、顺顺毛，安慰一下。对于她这个老婆，刘旺除了侮辱和打骂，从来没有给过她一丝一毫的关爱和温暖。这哪里是人过的日子呀？这简直就是生活在地狱中。这样的婚姻生活让她感到羞耻和痛苦。这样的日子过得真乏味，没有一点做人的尊严，她实在是过不下去了。可是，该怎么结束呢？离婚吗，她没有这个能力，也没有这样的魄力，她舍不得一对儿女。再这样过下去，刘旺迟早会打死她的。与其被他打死，还不如先结果了他，也许是结束痛苦唯一的好办法。这个念头一闪而过，美莲顿感浑身轻松。想到这里，她把心一横，平静地下了床，摸索着拿起墙角的一把斧子，走向炕头，摸到枕头上的那颗脑袋，高高举起斧头。她不知道砍了多少下，直到斧头把断了为止。刘旺一声未吭，就身首异处。

　　美莲被警察抓走后，两个可怜的孩子无人照看，整日里哭哭啼啼地喊妈妈。美莲犯的是杀人的重罪，肯定要蹲大牢，一时半会儿不可能回家抚养孩子。刘旺的父母和弟弟不愿意接纳孩子，表示无力抚养他们。当地的公安机关和妇联的工作人员找到美莲的哥嫂，劝说他们把两个孩子接回家抚养，遭到了拒绝。哥嫂说："那是他刘家的孩子，自然应该由他们抚养，他们不管谁管？我们家的两个孩子都缺吃少穿，哪里还有能力再添两口人呢？"

　　至亲的爷爷奶奶、舅舅舅妈无不铁石心肠，没人管孩子的死活，总不能让两个年幼的孩子自生自灭吧？后来，民政部门将美莲的一双儿女送往西安的一家儿童福利院，由政府抚养。

法院以故意杀人罪判处美莲有期徒刑十二年，在陕西省女子监狱服刑。

美莲告诉我，她的两个孩子目前在福利院生活得很幸福，政府把他们照顾得很好。女儿巧巧今年读五年级，儿子会明读四年级。每逢节假日，监狱都会安排她和两个孩子见面。美莲已经服刑了七年，如果她接受减刑，再过几年就出狱了。我很疑惑她为什么每次都拒绝减刑，难道她不想早点重获自由吗？对于我提出的这个问题，美莲迟疑了片刻说："我渴望自由，但是我首先得活着。在这里，我虽然没有人身自由，但是这里的生活条件比老家好多了。这里的管教干部照顾我的生活，教我学习按摩技术，掌握谋生的本领，等出狱后就可以养活自己和两个孩子。更重要的是，他们对我比亲人都亲，从来不歧视我，他们把我当人看。我在这感受到了做人的尊严，我真心不愿意提前出狱，我怕重返社会后难以谋生，更怕再也找不到做人的感觉。我想一直在监狱里待着，出狱后，我不知道自己能去哪里，婆家回不去，娘家也不会要我。我可怎么活下去呀？"

采访结束后，在狱警的陪同下，我送美莲回住宿监区。走进监区，我眼前一亮，这与我想象中的牢房完全不同：每个监区的房间都明亮整洁。阳光从宽大的窗户洒进来，照在床铺上，斑驳的光柱欢快地跳跃着。和煦的微风吹进来，暖洋洋的。每间监舍都是架子床。美莲的床铺在刚进门的下铺。白色的床单干干净净，粉色的被子叠得整整齐齐，如同豆腐块，棉花被子摸上去软软的，舒适温馨。

离开监狱后，我唏嘘不已。监狱对美莲的改造和教育无疑是成功的：她在这里获得了重生。相信过不了几年，美莲就会重获自由，一定能够找一份自食其力的工作，也会和两个孩子幸福地生活在一起，因为阴霾散去，必是晴天。

刘老二

刘老二是西安人，本名叫刘本正，人称混世魔王。因其在家中排行老二，大家便叫他刘老二。不管是熟人，还是陌生人喊他"刘老二"，不喊本名，他都会笑笑，从来都不会生气。

刘老二中等身材，生得虎背熊腰，体格健壮，肤黑面丑，豹头环眼，一脸横肉，好似凶神恶煞，着实吓人。熟悉他的人都不怕他，知道他面恶心善，但年轻时候的刘老二，可不是个善茬儿。

刘老二的大哥自幼学习刻苦、老实本分，但刘老二对大哥很看不上眼，认为只有那些不机灵的人才知道死读书。刘老二在少年时代就显出与众不同的顽劣，好逞强斗狠，一提起读书就头疼犯困，字认识他，他不认识字。从这一点上来看，他和大哥不像是一奶同胞。刘老二的爸妈是西安市同一家新闻单位的职工。他爸对这个小儿子极度失望，恨铁不成钢，常在他身上练习武功，用拳脚把他教育得鼻青脸肿。刘老二是个犟种，从来都没有屈服于爸爸的花拳绣腿，你越打，我越不学习。

刘老二万分艰难地瞎混了一张初中毕业证后，实在是念不进去书了，工作吧，年龄太小，没人要，那就只能在社会上瞎混，终日领着一群狐朋狗友打个群架，偷个鸡呀摸个狗呀，有时候也会拦路劫个道儿，目标大多都是些中小学生，抢一些吃的、喝的小零嘴，不为劫财，只图个乐子。因为有这些恶行，刘老二在家属院一带，赢得了"碑林小霸王"这个称号，也常被派出所抓去。因此，他爸没少往派出所跑。那时候，刘老二不过十五六岁，犯的事情都不算太严重，还够不上刑事处罚。警察把他抓去，大多批评教育一番，就打电话让他爸把孩子领回家好好批评教育。回家后，刘老二准得享受爸爸的拳脚"侍候"。他还自豪地夸口："我爸和派出所人熟，是'捞人大队长'。"

有一个冬天的凌晨六点多，天寒地冻的。刘老二和几个兄弟看了通宵录像，沿着一条小胡同往家里走。当时天还黑着，路灯也忽明忽暗的，街上没啥行人。这几个男孩子大摇大摆地在街上晃悠着，突然远远看见一个中年男子迎面走来，手里提着一个小皮包。不知谁提议说，咱吓唬吓唬他，玩一下，随即大家都附和着。等那中年男子走到跟前时，有人轻声喊了句："上！"他们呼啦一下将中年人围住，便要动手。中年人见来者不善，并不慌张，退后一步大声喝道："你几个碎厥想干啥？爷今儿个给你们送个好东西。"说话间，那中年人便去拉皮包拉链。"快跑！"刘老二大喊一声。未等众人看清楚那中年人皮包里是啥东西，众兄弟便四散奔逃。后来，有人问刘老二看见啥了就跑。他说，啥都没看见。人家问，那为啥跑。他说，万一那人是警察，从皮包里掏出手枪或者手铐咋办，不跑等着进去呀。

那时候，刘老二最怕问他爸要零花钱。他爸十有八九不但不给，还会骂他没本事给家里挣钱，花起钱来倒本事挺大。这种羞辱常常让他自惭形秽。他有时候嘴馋得抓耳挠腮，可惜口袋没钱，就只得吃霸王餐了。一次，在一家羊肉泡馍馆里，刘老二吃得满嘴流油，吃饱后喊老板过来说："兄弟今儿个出门没带零钱。你看这账咋结？"说完，他用大眼睛死盯着老板看，看得老板心里直发毛，怯怯地说道："你有整钱也行，我给你找零钱。"他依旧死盯着老板看，说道："我也没有整钱。"老板看他面带凶相，不像个好人，不想惹事，就对他一摆手说："没事，那你走吧。"每次吃霸王餐，刘老二都不会选择家属院附近的餐馆，也会打一枪换个地方，不会一直去同一家餐馆吃。

有一天中午，刘老二在家属院附近的店里吃羊肉泡馍。这次，难得他带着钱，不是来吃霸王餐的。他嫌在店里吃饭太闷，就端着大海碗蹲在人家店门口吃。这时候，他的一个哥们儿碰巧骑着自行车路过，看见他便喊道："老二！走，人家欺负我，走！"刘老二二话不说，端着一碗羊肉泡馍，坐在自行车后座上，就去了。到了地方，对方是四个人，刘老二这边只有两个人，但他毫不畏惧，下车后，端着泡馍碗，给对方说："你四个碎厥等一下，叫爷趁热把这碗泡馍咥完，咱再开练！这泡馍油大，凉了不好吃。"说话间，刘老二已蹲在地上，大口吃起羊肉泡馍。见此情形，对方那四个人早已笑得前仰后合。这场架还没打起来，他们倒成了朋友。

刘老二对朋友很仗义，只要叫他打架，从来都不含糊。一天中午，刘老二独自一人在家里吃饭。这时候，有个兄弟上门找他，说刚在李家村服装城买衣服时，与店主发生口角，被人扇了一耳光，看那架势、听那声音像是村里人。李家村服装城就在家属院附近。刘老二闻听兄弟受欺负，便要给兄弟出这口气，随即放下碗筷，抄起墙角的一把斧头，就和兄弟一同去找店主理论。在店门口，他们刚一吵闹，人家店主喊了声："叫人！"随即，人家打了个电话。工夫不大，就见从村巷里走出来一大群人，手里都抄着棍棒家伙。见状不妙，刘老二拉起兄弟就跑。

刘老二不学好，走到哪里都惹是生非。他爸妈管教不了，头疼得很。在他十八岁那年，他爸妈托人找关系，送他外出打工了。三年后，回到老家在父母的单位参加了工作。

经过外面世界的捶打，刘老二身上的流氓习气去除了，原先的火暴脾气也收敛了，有了正式的工作，他反省自己当初打架斗殴、偷鸡摸狗太荒唐、太幼稚了，就慢慢疏远了以前的酒肉朋友。

刘老二平日上班时，吃住都在单位，休假的时候才能回家。他心大，爱和同事打闹玩笑，别人和他开玩笑，他也从不生气，在单位与同事相处和睦。

刘老二说，节约粮食，浪费可耻。一次中午，他下班后去单位食堂吃饭。别的同事已经吃完饭，回宿舍休息了。厨师给他留着饭菜，在锅里热着。刘老二有点嘴馋，想吃炒鸡蛋，就打了四个鸡蛋，自己动手炒起来。等鸡蛋一面炒熟，他想把鸡蛋抛起来翻个儿，谁知用力过猛，一盘鸡蛋从锅中高高飞起，吧唧一声，直接糊在锅灶边的墙上。刘老二用筷子夹了几下，鸡蛋在墙上粘得紧，竟然夹不下来。他觉得怪可惜的，便翘起左腿，努力伸长脖子，趴在墙上，吃那一摊鸡蛋。这时候，正巧厨师回厨房收拾锅碗，看见刘老二用这个姿势正在舔墙，笑得差点断了气。

刘老二要在单位连续工作两三周才能休假。对此，他毫无怨言。他不怕上班辛苦，就怕休假寂寞，因为休假时，他不知道该如何打发时间。他不喜欢读书，也不爱养宠物，或者伺候花草，他在家里无所事事，整日躺床上睡觉，睡得腰酸背痛。那可真是度日如年啊！得找个啥乐子打发时间呀！别看刘老二读书不行，笨得要死，但是他要玩起来，那可机灵得跟虫子一样，无师自通，像喝酒掷色子、打扑克挖坑、下棋打麻将这些娱乐活动，那都不用谁教，一看就会，而且乐此不疲，一玩就上瘾，一日不喝酒打牌，心里便空虚难耐。

一天晚上，刘老二和几个伙计又喝酒尽了兴。回家时，大家见刘老二走路两腿发软，如同踩棉花，东倒西歪的，谁都不服，就扶着墙。朋友王贵担心他回家不安全，就硬要送他。刘老二说不想坐公交车，想走走路，呼吸一下新鲜空气，好醒醒酒。两人就相跟着，沿着友谊东路慢慢走。已经入冬西安开始供暖了。当时，天下着雨，时大时小的。西北风呼呼地吹着，撕扯着人身上的衣服，冷飕飕的。风雨把法桐树上早已干枯的叶子一片片地揪下来。街上很冷，路上行人稀少，且都行色匆匆。王贵说："老二哥，走快点，赶紧回家，家里有暖气。这刚入冬，咋这么冷。"刘老二醉眼蒙眬地说："雨夜赏美女，越看越美。"王贵说："这么冷的天，街上连人影儿都没几个，哪来的美女？"刘老二说："我这一休假，白天晚上没事，闲得心慌。这逛逛街好，免费欣赏美女。"王贵说："看街上美女能干啥？"两个人没有打伞，任凭风吹雨打，一身酒气，一边狂笑着，一边摇摇晃晃地在街上走。行人见他俩纷纷躲避。

正行走着时，刘老二突然捂着肚子，蹲在地上，哎哟哎哟地哼哼起来。王贵慌忙俯下身子问道："咋了？哥！"刘老二痛苦地说："这几天闹肚子，还没好利索，今天出门没穿秋裤，这冷风一吹，更难受了。"王贵笑道："谁让你晚上胡吃海喝，真跟饿死鬼托生一样。"刘老二捂着肚子，夹着腿，一扭一扭地跟在王贵身后。走了两条街，才在一个巷子深处找到了一个公厕。刘老二弯着腰，飞奔进去。

王贵在厕所外等了半天，不见刘老二出来，进去一看才知道，刘老二进了厕所，未等脱裤子，就一泻千里了。王贵只得找了一家服装店，买了条裤子，才把刘老二解救出厕所。

刘老二的这件荒唐事，在很长一段时间里，都成为众人的笑谈，每次都会让人笑出眼泪来。

一次，不知道怎么的，有一只黄鼠狼钻进了单位大楼。刘老二发现后，抄起一根扫把，满楼道追着打，从一楼一直追到二楼，但怎么都打不着。后来，眼看着黄鼠狼跑了会议室，再也找不着了。刘老二关好门窗，说把黄鼠狼饿上几天，等它跑不动了，就可以生擒活捉。两三天后，同事们被会议室散发出来的恶臭味熏得坐卧不宁。有人便喊刘老二去看看他的黄鼠狼还在不在。刘老二刚一拉开门，一股令人窒息的恶臭如同滚滚热浪一般，将他顶了出来。会议室一地狼藉，脏成了垃圾场，里面到处是被咬烂的报纸杂志碎纸屑，还有黄鼠狼的粪便。旧沙发也被咬得面目全非，里面的海绵、布头掉满了一地。刘老二仔仔细细找了半天，也未见黄鼠狼的踪迹，后来发现在墙上废弃的换气扇洞里，用来堵塞的泡沫被咬开了一个大洞，想必黄鼠狼是从那里逃跑的。这下让同事们忙了个不亦乐乎，又是打扫卫生，又是用 84 消毒液给会议室的各个角落消毒杀菌。大家一边干活儿，一边笑骂着刘老二。会议室里面，黄鼠狼留下的恶臭味，几个星期都消散不干净。

刘老二就是这么快乐又顽皮地工作和生活着。一晃几年过去了，他到了成家的年龄。父母便张罗着托人给他介绍对象。刘老二的工作还算体面，加之待遇还不错，很令人羡慕。仅凭这一点，他找对象，选择性就很大，虽然他人长得不咋样。面对一个个相亲对象，刘老二就像一只蝴蝶飞进了花丛中，简直是目不暇接，挑花了眼，不知道该挑选谁。他挑来挑去，最终决定娶一位在商场工作的售货员王小莉做老婆。那女子五官端正、身材苗条，就是脾气和刘老二相似，火暴了点。两人在一起，常会如爆竹般，一见火星子，便会噼里啪啦地炸成一团。人家姑娘配他，倒是绰绰有余。这话是刘老二自己说的。

婚后，刘老二两口子在单位附近的城中村里租了一间房子，没有卫生间和厨房。做饭就在屋外面凑合着，上厕所要走到一楼去公共厕所。虽然生活很不方便，但是房租便宜，为了省钱，两口子就这样将就着住下来。一年后，王小莉生了个大胖小子。刘老二整天乐得合不拢嘴。他暗下决心为了老婆孩子，一定要好好过日子。

最初，两口子住在这一间小屋子里，空间是局促了点，但是只要家里不来客人，他觉得勉强还能对付。有孩子就不一样了，等到孩子满地爬的时候，这屋子就显得太过狭小了。孩子没爬两步，脑袋不是撞在桌子腿上，就是撞在床边上，疼得嗷嗷哭叫。王小莉就常抱怨这一间房子太小了，得换个稍微大点的单元房，现在两口子手头没钱买房，哪怕是租套单元房也行。房子的事，也让刘老二着急上火。

就在刘老二为房子发愁的时候，单位下发通知，要给职工调配家属院的房子。两口子高兴得像孩子似的手舞足蹈。天底下竟然有这样的好事？真是想啥事来啥事，饿了有人给你吃的，渴了有人送你喝的，瞌睡了有人给你脑袋下垫枕头。刘老二简直都要高兴糊涂了。几个月后，他象征性地交了一点点房款，就拿到了家属院房子的钥匙。这是一室一厅的旧房子，虽说小了点、破旧了点，可是不管咋说，这都是带有厨房和卫生间的单元房。这下有了属于自己的房子，就再也不用租房了，省下了房租钱，真好啊！他着急入住，把厨房和卫生间简单装修了一下，把墙壁粉刷了一下，就迫不及待地搬了进去。一家三口住在自家的小窝里，小日子过得美滋滋的，心里很舒坦。

孩子一天天长大，到了上小学的年纪。学校就在家属院隔壁，接送孩子很方便，你说这有多省心。刘老二休假时，负责接送孩子上学。每天，媳妇上班了，孩子也上学了，家里就剩下刘老二一个人了。他闲得无聊，忍不住约上同事和朋友，热火朝天地开展起喝酒打麻将的娱乐活动，起先是偶尔为之，后来严重到彻夜不归，前半夜喝酒，后半夜打麻将，吆五喝六的，有时候竟然把接送孩子上下学的重要事情给忘得一干二净。为此，媳妇没少和他打架，动辄喊叫着"过不成就散"。眼看着这日子过得乌烟瘴气的，一天比一天不像个样子了。

一次，儿子放暑假去外婆家了。这下算是把刘老二给彻底解放了。他约了几个好友玩疯了，接连两天不着家，第三天早上醉眼蒙眬地回家，用钥匙开门却打不开，门从里面反锁了，他就知道媳妇在家里。刘老二轻轻敲门，屋里没有任何动静，等了一会儿，再敲门，还是没有动静。如此三番五次地敲不开门，加上酒劲助力，刘老二这暴脾气一下就上来了，先是用拳头砸门，接着用脚踹门，动静很大，惊得邻居都出门来看啥情况。见刘老二脸上横肉乱颤，一副凶恶的样子，邻居们都怕他，不敢吭声，各自静悄悄地回屋了。

　　这时候，王小莉把门打开，伸手使劲推了刘老二一把，骂道："你还知道回家呀！你咋不喝死在外面、玩死在外面？"刘老二此时酒劲和瞌睡正一起上头，见媳妇生气了，不但不说软话道歉，反而凶狠地骂道："你这死婆娘，半天不来开门，不让爷进门，莫非你在屋里养着野汉子？"王小莉气愤不过，抬手就扇了他一巴掌，并拉他进屋，要他找出野汉子。王小莉拽着他在屋子里转了一圈，并无他人。刘老二自知有错，一声不吭地进了卧室，脱鞋上床，拉开被子蒙头就睡。"你在外面疯玩了几天，回家就骂人，现在还想安稳睡觉，哪有这样的好事？今天不把话说清楚，你就别想睡觉！"王小莉一把掀开被子，抓着刘老二的衣领子，把他扯起来，又哭又闹。刘老二本来理亏心虚，不想和媳妇吵闹，只想美美地睡上一觉。怎奈媳妇得理不饶人，非要和他理论清楚，对他又抓又挠的。见媳妇纠缠不休，刘老二腾地一下就火冒三丈了，骂道："杀人不过头点地。你这死婆娘咋还没完没了的？"媳妇又扑上来抓他的脸，骂道："你不要脸的，喝酒打牌不着家，饿了瞌睡了就回来，睡醒吃饱就没影儿了。你当这是酒店呀？"刘老二见媳妇闹得厉害，扬手啪啪结结实实扇了媳妇两个大嘴巴子，把媳妇打倒在地。王小莉嘴角的血就流出来了，随即一下子安静了，不再吵闹，收拾起自己的行李来。刘老二并不理会，倒在床上，安安静静、踏踏实实地睡起了大觉。

　　王小莉回了娘家。头几天，刘老二没把这当回事，想着媳妇回娘家住几日，还有儿子陪着，等她气消了，自然会回来的，以往每次媳妇和他吵嘴打架回娘家，最终的结果都是以媳妇回家收场，夫妻和好，日子照旧往下过。可是这次，刘老二的如意算盘真的是打错了。他这回真把媳妇的心伤透了。媳妇也对他彻底失望了，此后住在娘家，坚决不回来，发誓这次非离婚不可。

　　不管咋说，这次的家庭纠纷，都是刘老二惹的祸，都是他的错，那就给媳妇好好赔罪吧。刘老二先是打电话道歉，后来老婆见是他电话就不接了。他就给媳妇发短信说好话，媳妇一条信息也不回复。刘老二只好和以往一样，买上礼品，硬着头皮去岳父家登门道歉，想把媳妇和儿子一起接回家，可是岳父根本不让他进门。见媳妇态度坚决，知道这次事情闹大了，为了挽回婚姻，刘老二恳求父母随他一起去岳父母家道歉。这次，岳父不但毫不客气地给他们三人来了个"烧鸡大窝脖儿"，将上门赔着笑脸的两个老亲家拒之门外，还把他们拿来的礼品都一骨碌扔下了楼梯，给刘老二的父母一个大大的难堪，当场就把两位老人臊了个大红脸，脸上就跟抹了鸡血似的。

为了挽回媳妇的心，刘老二又恳求自己单位的领导去他岳父家，劝说王小莉回心转意，但王小莉这回铁了心要离婚，谁劝都不管用。自打王小莉嫁给刘老二那一天起，当了一辈子人民教师的岳父母就一直看不上这个女婿，嫌他没文化，太粗俗。在这个关键时刻，他们不但不劝说女儿与女婿和好，反而给女儿火上浇油，说离婚好，趁着年龄还不算太大早点离婚，还有机会再找个好的。父母的煽风点火更加坚定了王小莉离婚的想法。见刘老二死皮赖脸，她就好几次跑到刘老二单位去吵闹，目的就是要羞辱他，让他彻底死心。

这样闹腾了一年，刘老二见媳妇离婚的决心已定，也心如死灰，就去民政局办理了离婚手续。家属院的房子和正在读小学三年级的儿子都归了刘老二一个人。刘老二念及前妻王小莉没有稳定工作，就自愿放弃主张前妻王小莉支付孩子的抚养费。

王小莉收拾完属于自己的东西，头也不回地走了，没有一丝一毫的留恋。

刘老二和王小莉两人闹离婚那阵子，彼此都恨入骨髓，巴不得杀了对方。现在离婚了，两人之间的怨恨反倒是一天天消散了。因为王小莉要探视孩子，所以两人还时有来往。

刘老二一个大男人照顾个孩子，的确是有点力不从心，好在他父母也住在家属院里面，能帮忙照顾孩子。每当刘老二上班时，连续几周都不能回家，孩子就去爷爷家里吃饭睡觉。有时候，爷爷奶奶有事情忙不过来，王小莉就来照顾儿子。为了孩子上学方便，王小莉就过来和孩子一起住在刘老二家里。

离婚几年后，刘老二和前妻王小莉都没有找到合适的对象，都一直单身着。有时候周末，刘老二和王小莉带着孩子去逛公园，还像以前那样，一家三口其乐融融。这两口子过日子呀，咋就不能和和美美的？说来也怪，在一起生活的时候，你看我别扭，我看你心烦，整天矛盾重重、冲突不断，不是吵嘴，就是打架，闹来闹去，没完没了，不折腾个鸡飞狗跳，决不罢休。等到离婚后，两人再相处时，心情都平静了，彼此都是客客气气、彬彬有礼的，再也不吵不闹了。刘老二觉得前妻现在很温柔，像个淑女。王小莉也感觉到前夫现在脾气好多了，像个绅士。看到孩子的现状，想起以往一家人团团圆圆、温馨美满的幸福场景，两人都挺伤感。儿子一天天长大了，总是一个劲儿地闹着要爸爸妈妈复婚。刘老二和前妻两个人心中爱的潮水有时候也会泛起波澜。

一天下午，王小莉来刘老二家里照顾生病的儿子。刘老二盛情挽留王小莉在家里共进晚餐。后来，天公作美，竟下起了雨来，而且愈下愈大。王小莉想冒雨离开，却又放心不下生病的儿子，着急地在屋里走来走去。刘老二觍着脸，极力挽留前妻，并一个劲儿地坏笑。就这样，王小莉半推半就地留下来过夜。

几天后，刘老二和王小莉高高兴兴地去民政局办理了复婚手续。这个支离破碎的家庭又变得完完整整了。

如果生活能够按照每个人的意愿去进行的话，那么这个世界将会是多么美好呀！那一定会少了很多纷争和眼泪，多了很多快乐和幸福。然而令人遗憾的是，生活总是不尽如人意。性格决定命运，一个人有什么样的品性和脾气，就决定了他日后的生活状态。刘老二和王小莉就是这么一对欢喜冤家。

复婚后，夫妻俩平静地度过了一段幸福快乐的日子。随着时光飞逝，生活日趋平淡，刘老二夫妻俩如同中了魔咒一般，又复制并粘贴了以往的矛盾和争吵。刘老二继续开启了喝酒打麻将的生活模式。王小莉也重新开启了对刘老二的不满和指责模式。夫妻俩之间的裂痕再一次凸显了出来，敌对状态与日俱增。王小莉埋怨老公不顾家，不管孩子的学习。刘老二也厌烦媳妇终日没完没了地唠叨。两人再一次走到了水火难容的地步，吵嘴打架又成了家常便饭。

终于在爆发了一场惊天动地的冲突后，两人都感到身心俱疲。王小莉说："这样的日子，我真的是过够了，太累了，咱俩还是散了吧。"刘老二也毫不示弱地说："反正已经离过一次了，再离一次也不多。我还真不信离开你就活不下去了。"第二天，夫妻俩又走进了民政局，出来时，已成为两个毫不相干的陌生人。就这样，这个家庭在复合后，艰难地维持了两年时间再次土崩瓦解。孩子和房子依旧归了刘老二。

　　拿到离婚证，在民政局门口，刘老二和王小莉都给对方撂了狠话："离婚了，就别来找我。谁找谁就会被天打雷劈！"

　　这话说得够硬气，可是想要把事情也做得这么硬气，谈何容易！毕竟，他们俩之间有儿子这根线牵着，剪不断，理还乱。

　　这次离婚后，刘老二和王小莉都试图寻找自己的新生活，但最终都没有成功。要想家庭稳定幸福，夫妻俩就得多付出爱的涓涓细流，才能汇聚成温暖的海洋。如果一味地计较爱的索取，那么家庭这个港湾的海水迟早都会枯竭。大多的失败婚姻是由于夫妻俩对配偶期望值过高，眼里只盯着爱人的缺点，对爱人的优点视而不见，拥有时不珍惜，这山望着那山高，等到分手后，才明白爱人的好处，此时已经物是人非。

　　在孩子中考那年，刘老二和王小莉因为照顾孩子生活和学习，又走得近了。在一次酒后，两人迷迷糊糊地行了周公之礼。自那以后，两人水到渠成地生活在一起，一家三口又团圆了。为了不给民政局的同志增添麻烦，两人都懒得再去办什么复婚手续，就这样过着吧。

　　虽然刘老二有时犯浑，会做出一些令世人惊掉下巴的事情，有点混世魔王的架势，但是他身上那种难能可贵的浩然正气，路见不平一声吼，该出手时就出手，这一点毫不含糊。这一身正气成就了他日后的英雄壮举。

　　一次，刘老二去康复路批发市场购物，看见一家鞋袜店门口围了一群人。他爱看热闹，便凑上前看。一个店主模样的壮汉正在恶狠狠地训斥一个男孩子："问好了价钱，你挑来拣去了半天却不买，你这是干啥呢？"那店主四十多岁，一脸络腮胡子，大酒糟鼻子塌着，小眼睛露出凶光，大声喊叫着，似乎要动手揍人。那男孩子像个大学生，戴着眼镜，很瘦弱，一副很害怕的样子，怯生生地说："我拿着一包袜子问你多少钱，你说十元。我以为就是这一包十元。你也没说清楚是一双十元呀！"那壮汉蛮横地说："袜子是我的。我说多钱就多钱，谁让你理解错了。"那男孩子因为紧张，脸红脖子粗的，说话的声音都有点发颤："你一双袜子卖十块钱，这一包就是一百块钱，那也太贵了，我不要了。"说完话，那男孩子就想走。"你走不成！"那壮汉伸手抓住男孩子的胳膊，威胁道："今天你不买我这袜子，你就别想走。"旁边几个看热闹的见要打架，没人上前劝说，反倒是一脸冷漠地纷纷往后退，生怕一会儿打起来伤到自己。那男孩子吓坏了，看着凶恶的壮汉，半张着嘴，说不出一个字来，两条腿微微地哆嗦着。

刘老二见这店主强买强卖欺负人，不觉怒上心头，走上前，一把扯开那店主的胳膊，脸上的横肉一跳一跳的，一双眼睛瞪着店主，说道："咋了？伙计，朗朗乾坤，你还敢欺行霸市不成？"随后对男孩子说道："没事，你嫌贵不想买，走你的。"那男孩如释重负，对他感激地笑了笑，迅速跑开了。

那壮汉自然不肯善罢甘休，随手抄起门口一把小木板凳，高高举起，骂道："你算弄啥的，狗拿耗子——多管闲事。我看你今儿个是皮松了，我来给你紧紧皮。"刘老二毫不畏惧，用手指着店主，骂道："你要是个牛娃，今儿个把爷动一下试试，看爷今儿个怎么收拾你！"看着刘老二杀气腾腾的恶相，不知道他是什么人，那店主胆怯了，把高举着的小板凳慢慢地放下来，脸上一阵红一阵白的。刘老二就这样大摇大摆地走了。望着他远去的背影，那店主用手背擦了一下额头的汗珠。

刘老二常教育儿子要做个正直的人，不要像他年轻时那样不学好。他跟儿子说："做人就要刚巴硬正，不要惹事，但遇事也不要怕事，话说软，事做硬。"这时候，儿子就会呆呆地望着爸爸，似懂非懂地点着头。

人一旦有了正气，就会像黄金、钻石一样可贵，时刻都能散发出耀眼的光芒。刘老二常常会为自己年轻时候的荒唐蛮横感到羞耻。他扪心自问：当年的我怎么就那么坏呢，怎么就沦落成了一个爱打群架、喜欢小偷小摸的小混混儿呢，当年那个整天惹是生非惹人嫌的坏小子，真的是我刘本正吗？他有时候会思考：什么样的人算好人，什么样的人又算坏人呢，我究竟该做个什么样的人呢？是胡作非为如同过街老鼠一样，人人喊打，还是让人怀念起来就肃然起敬呢？可怜的人啊！这些道理有时候一辈子都想不明白，也活不明白呀！

作为西北地区最大的国际化大都市，西安的气候却不太宜人，一年四季分布不均，冬夏两季特别漫长，春秋两季稍纵即逝。这不，九月中旬，西安还像火焰山一样热得人难以忍受，终日待在空调房里不敢出门，整个大地都像要着了火一样。国庆节后，一场连阴雨，才让西安有了秋意。习习凉风拂面而来，凉爽而惬意，褪去了人们心中的闷热和烦躁。街上火红的枫树似乎燃烧了起来。银杏树叶黄灿灿的，如同穿上了黄金袈裟一般。欣赏着街上的美景，人的心情不禁开朗起来，眉头都舒展了，脸上的笑容也灿烂了。

有一段时间，刘老二懒得出门，推掉了好几场酒局和牌局，静心在家陪伴老婆孩子。儿子现在读书很用功。媳妇对他温柔体贴，一日三餐尽给他换着花样做好吃的。刘老二都为自己能静下心待在家里而感到不可思议。他对媳妇说："这一天待在家里，看看电视、干干家务，陪你说说话，不是也挺好嘛。这一天过得也挺快的，几天不出门，也没见把我憋死！"家里的气氛异常和谐温馨。两口子都觉得现在这家才恢复了正常的状态。

儿子那天过生日。午饭后，王小莉就在厨房忙起来，又是炖鸡，又是油炸带鱼，打算晚上在家里面好好给儿子过生日。刘老二心情也格外好，他出门去蛋糕店给儿子订个生日蛋糕。

一路上，刘老二快活地哼着小曲，走到千达广场时，远远地看见一群人都仰着脖子，朝楼上看着，并不时地用手朝一扇窗户指点着。刘老二抬头一看，顿时惊得心悬到了嗓子眼。这是一栋二十九层高的临街大楼，低层是商场，五楼以上是住宅。在十一楼一家住户的窗户边，站着一个三十多岁的红衣女子，大声哭喊着，看样子是想跳楼。

见此情形，刘老二一边挥舞着双臂，一边朝楼上的女子大声呼喊："危险，快退回去，不要跳，不要做傻事！想想你父母和孩子，你死了，他们该多么伤心，还怎么活呀？"

那红衣女子依旧在号啕大哭着："我太委屈了，活够了，不想活了！"

刘老二忙拿出手机，拨打报警电话。这时候，他听到身边一个染着黄头发的年轻男子喊道："跳吧，快跳吧，我都等半天了。"

刘老二扭过头，看见那"黄毛"正嬉皮笑脸地仰脖子看着楼上，那副丑陋的嘴脸令人恶心。他顿时心中火起，上前一步，一把揪住那"黄毛"的领口，气愤地骂道："闭嘴！人家要跳楼，你还幸灾乐祸，你咋这么没人性！"随即一拳打在那人的脸上。"哎呀！"那"黄毛"惨叫一声，忙用手捂住鼻子，血顺着他的手指缝流淌了下来，像一条条红色的蚯蚓。挨打后，"黄毛"看了一眼气势汹汹的刘老二，嘴里骂了句脏话，就如同丧家犬一般，飞也似的跑开了。

"啊！坏了，坏了，坏了……"人群中突然传出惊叫声。

刘老二看见高楼上的红衣女子从窗口纵身一跃，如同一片在秋风中悠悠飘落的枯叶。刘老二想起自己小时候，就喜欢站在树下，张开双臂去接树上的落叶，每抓到一片叶子，他都会开心地蹦起老高。这片从十一楼落下的红色树叶是多么漂亮呀，可不能让她落在地上，那会弄脏她的，一定要把她稳稳地接住。刘老二伸开双臂，迎着那片红叶跑去。太好了，他把她接住了，不对，不是接住的，是他被击倒了。这不是一片树叶子，她太沉了，树叶子很轻的，没有这么沉，好像是炮弹。

在倒地的刹那间，刘老二看到一朵朵红色的云从红色的天上飘过来。他疑惑了：今天怎么了？平日里都是蓝天白云呀，今天这云呀、天呀的，怎么都变了颜色，都成了红云和红天？他觉得还是蓝天白云更好看一些。他想到儿子今天过十七岁生日，他要给儿子买生日蛋糕呢。这小子明年就要参加高考了，爸爸以后尽量少出门喝酒打牌的，得把你的学习成绩好好抓一抓。你可要努力读书，长大才会有出息，不能像爸爸一样，一辈子没文化，活得窝窝囊囊的。我要改改自己的坏脾气，以后不能再惹小莉生气了，好好和她过日子。唉！到现在还没有和小莉办理复婚手续，真是对不起她。我糊涂了大半辈子，做了太多错事，亏欠很多人，对不起父母，对不起儿子，可是我最对不起的人就是媳妇呀！亲爱的小莉，我以前对你不够理解、不够宽容，对你、对咱这个家庭照顾得不够好。这许许多多的亏欠，我该如何弥补呢？刘老二看见他们一家三口围坐在餐桌前。桌子上摆满了丰盛的饭菜，餐桌中间放着一个大大的生日蛋糕，雪白的蛋糕上面，用红色的奶油写着几个字"祝儿子十七岁生日快乐"。媳妇小心翼翼地在蛋糕上插了十七根细细的红蜡烛。刘老二用打火机点燃了一根根蜡烛。儿子戴着纸寿星帽，幸福地闭上眼睛许了个愿，随后噗噗噗几口气，就把蜡烛全吹灭了。一家人拍着手，齐声唱起了"祝你生日快乐"。刘老二和老婆孩子又唱又跳的，开心极了。

后来，眼前的一切都逐渐模糊了。

等到警车和救护车赶到现场的时候，地上躺着的一男一女已经死亡。

不久后，刘老二被追授为见义勇为先进个人，其家属获得三十万元奖励。

那一年，刘老二四十八岁。

退　婚

一

小霞又和他爹吵架了。

"这婚坚决不能退！"

王能老汉脸色紫红，瞪着一双血红的大眼睛，大张着嘴巴，好像要吃了女儿。他歇斯底里地喊叫着，鼻孔一张一翕，唾沫星子如雨点一般，劈头盖脸地喷向小霞。因为异常愤怒，所以王能老汉的五官都偏离了原本的位置，面目狰狞，好似凶神恶煞，着实吓人。

对于暴怒的父亲，小霞毫不畏惧。她杏眼圆睁，也扯起嗓门喊道："谁不退婚，谁就去和人家成刚结婚！"

"你告诉我，你嫌人家成刚哪里了？你三番五次地要退婚！"王能依旧怒不可遏。

"就是要退婚！"小霞小嘴噘得老高，粉嘟嘟的小脸生起气来，也是那么可爱，令人心疼，高耸的胸脯急促地上下起伏。由于激动，小霞的鹰钩鼻尖和饱满的额头上都渗出了一层白毛汗。她上身穿着一件黄色毛衣，下身穿紧身的蓝色牛仔裤。小霞挺直腰杆，诱人的身材不知道馋死了多少小伙子，让多少大姑娘羡慕嫉妒恨。难怪小霞在厂里被称为厂花，回到村里又被称作村花。

父女俩的争吵声几乎要把房子震塌。小霞的妈妈慧芳心疼地劝说女儿："霞呀，你跟妈说说，为啥要退婚？你和成刚这门亲事，咱早就订婚了。你看那成刚，人长得帅气，也很精灵，他和他爸经营着那么大的养猪场。就人家那经济条件，在咱这一带，也是数得着的。这么好的婆家到哪里找去？"

见女儿不作声儿，慧芳接着劝道："你长年在外打工，老不在家。人家成刚常来咱家，又是送钱又是送肉的，农忙时还帮你爹干活儿。我和你爹都喜欢这娃，早在心里面，都把他当女婿看待。你爹和成刚他爸是同学，两人这些年来，都以亲家相称，那关系好得没啥说的。咱两家人这都是多年的交情了，一直都处得好好的。你现在说要退婚，叫你爹咋给人家张口呢？这丢人事传出去，你叫我和你爹这老脸给哪儿放，还不叫人指脊梁杆子，以后还咋在村里做人？好娃呢，你好好想想。"

小霞看了妈一眼，又看看爹，一声不吭，扭头回自己屋子睡觉去了。

"唉……"王能老汉伤心地叹了口气，拿起一把小凳子，坐在小院里，点着一根香烟，抬头看着满天的星星，愁眉苦脸地抽着烟，满腹的心事无处诉说。

时节已过霜降，晚上十点多了，凉气袭人。小院葡萄藤上还有些许未落尽的叶子。微风吹过，葡萄叶子唰啦啦地响着。王能老汉禁不住打了几个寒战，忙把上衣裹紧了。现在，他不光是感到身体寒冷，心里面也是冰凉冰凉的。墙缝里的蟋蟀难耐这寒夜的寂寞，唱起了晚秋之歌。王能瞥了一眼女儿的房屋，里面的灯还亮着。他知道女儿此刻一定是辗转难眠。王能有一肚子的气，但不知道该怎么去发泄。今晚要不是他强压心中怒火，在心里面一次次地告诫自己"女儿是亲生的，亲生的，亲生的，再生气也得忍着，忍着，再忍着"，他真想给女儿几个大耳光子。

小霞是王能老汉的独生女，今年已经二十六岁了。在农村，这个年龄的女孩子已是愁人的老姑娘。王能两口子常为女儿的婚事着急。十年前，小霞初中毕业，没考上高中，就回家帮爹在地里干农活儿，帮妈在家里洗衣做饭。王能和慧芳商量着，得赶紧给女儿找个好婆家。

王能老汉家住在上王村。向北走三公里，就是仁成村。仁成村首富成公社是王能的初中同学。两人时不时地在一起聚会聊天，交情深厚。成公社脑子活泛，家底厚实，早年间承包了村里五十亩荒坡地，建了一个养猪场。那日子过得真叫滋润，富裕得直流油。村里人给成公社起了个外号叫"成百万"。成公社也乐于接受这个称号。

一次，王能和"成百万"吃饭时，两人聊到了各自的孩子。那时候，"成百万"的独子成刚已初中毕业，没有考上高中，就回家帮他爸管理养猪场。王能和"成百万"觉得两个孩子年龄和文化程度都相当，就想把两个孩子撮合在一起。

后来，两个孩子见了面。成刚长得高高大大、五官端正，浓眉大眼的，就是皮肤黑了点。小霞那时候才十六岁，懵懵懂懂的少女啥也不懂。面对找对象这么至关重要的人生抉择，小霞也说不出个所以然，一时拿不定主意，凡事都听爹的。那时候，小霞虽然模样和身段还没有长开，但正是豆蔻年华，已经出落得亭亭玉立，如一朵含苞待放的牡丹花。成刚看着小霞的俏模样，高兴得合不拢嘴，自然是万分满意。后来，按照当地风俗，两家人举行了订婚仪式。成公社给王能家送来了丰厚的聘礼，有衣物、布料、金银首饰，还送了五万元现金。"成百万"在家大宴宾朋，好吃好喝，抽的烟是"好猫"，喝的酒是"六年西凤"。在订婚宴席上，王能和成公社当众互相交换了喜帖。如此一来，这门亲事就算是定下来了。逢年过节时，成刚都会拿着丰厚礼品，上小霞家拜亲。但凡王能家里有个大事小情，不论是农忙干活儿时人手不够，还是家里谁生病住院，成刚闻讯后都会不遗余力地帮忙，该出力就出力，该出钱就出钱，连眼睛都不眨一下。成刚对王能夫妻俩非常孝顺，如同对待自己的父母一般。

接触的时间久了，王能夫妻俩对成刚这个未来女婿越来越满意。可是小霞那边呢，似乎对成刚并不上心。虽然两人时常交往，也用手机 QQ 聊天，但小霞一直对成刚热乎不起来。

在农村待了几年后，小霞感觉到整日在庄稼地里修理地球不光是又苦又累，而且枯燥烦闷，生活实在是无聊透顶，就跟父母说，想去外面打工，看看城里人是怎么生活的。王能夫妻俩本不想让女儿出门打工，想把女儿留在身边，眼睛看得见，手摸得着，觉得心里才安稳。外面世道是个什么样子，夫妻俩都说不清楚，总觉得女儿一人在外，太让人操心，怕遇到坏人，或者是难缠的事，但最终拗不过女儿，还是勉强同意了。

那一年春节后，小霞跟随本村的女同学王丽，来到西安南郊郭杜镇一家笔记本电脑生产企业打工。西安距离武功县不过七十多千米，小霞回家也方便。工厂里还有好几个同村的孩子。王能和慧芳两口子心里踏实了很多。

最初上班时，每逢节假日，小霞都会回家看望父母，每次都会把省吃俭用攒下来的工资交给慧芳。看到女儿很懂事，生活也很节俭，王能夫妻俩感到很欣慰。

后来，王能发现女儿慢慢地变了，变得让他越来越看不习惯了。小霞给家里交的钱越来越少，再后来就很少给家里拿钱了，自己花钱倒是越来越大手大脚了。有句话形容农村孩子进城后的变化，叫作"一年土，两年洋，三年忘了爹和娘"。小霞工作了一年多以后，就逐渐丢弃了农村姑娘特有的朴素气质，每次回家都穿着奇装异服，打扮得花里胡哨的，不是上衣太短，露着肚脐眼，就是裤腰太短，连屁股都捂不严实。最让王能看不顺眼的是，小霞今天涂抹着五颜六色的指甲，明天又变换着各种让人难以接受的发型。小霞这次回家，染着一头黄发，披头散发的，像个活鬼，等下次回家，又染了一头白发，看着就让人生气。

三年前，成公社就一直催促王能，说两个孩子都老大不小了，要早点把两个娃的婚事给办了。王能觉得这话在理，"女大不中留，再留是冤家"。可是他每次一和女儿说这事，小霞就推三阻四的，说人家城里人过了三十岁还不结婚都很正常，过几年再说。

"张口闭口城里人城里人，你这才进城打工几年，就忘本了？别忘了，咱是庄户人。他城里人爱咋样就咋样，跟咱有啥关系？咱是啥人，能学人家城里人的样子吗？"王能最烦女儿说这样的话，不由得火冒三丈。

"谁爱结谁结去，反正我现在还不想结婚。"在她爹面前，小霞从小就这么拗的。

"唉！女大不由娘呀，更别说爹了。"对于这个从小就娇生惯养的独生女儿来说，王能老汉感到真是拿她毫无办法，打又舍不得打，骂也舍不得骂，只能是自己生闷气。

女儿不同意和成刚办喜事，那谁也没有办法。婚事就这样拖了一年又一年。今年春节回家时，小霞突然提出来要退婚，说是和成刚不合适。这犹如一个晴天霹雳，打在王能老汉的头上，搞得老汉手足无措。王能真的是很喜欢成刚这小伙子，对他的家庭经济状况也很满意，坚决不同意女儿退婚。为了这件事，这都闹了好几次了，父女俩吵了多少回，闹得跟仇人似的，搞得家里鸡犬不宁，简直乱成了一锅粥。

二

这次女儿休五天年假，一进家门，又提起要跟成刚退婚的事，你说气人不气人。一想起这件烦心事，王能的心简直就像猫抓、火烤一样难受。

这时候，慧芳走到王能身边，轻声地说道："他参呀，院子冷，回屋里吧，暖和。"

"真不该让她去西安打工。这才出门了几年，你看她变成啥样子了，穿衣服也没个正经，不是露腰，就是露屁股，一天天打扮得妖里妖气的，哪里还有个姑娘的样子，都不嫌丢人！"一提起女儿，王能就气得肚子疼。

王能回屋躺在暖和的火炕上，身上的寒意很快就消散了。晚饭后，慧芳给炕洞里塞了不少大蒜秆子，把火炕烧得热烘烘的。看到老伴儿的脸气得铁青，一丝悲哀涌上慧芳的心头。

陕西关中农民的日子很清苦。王能夫妻俩都是干过苦力的人，没少在庄稼地里出力流汗，因而面容显得比实际年龄要苍老很多。王能今年五十六岁，已经头发花白、腰弯背驼，脸上的皱纹一道一道的，深似沟壑，记录了他一生的辛劳和艰难。慧芳今年五十三岁，虽然没有白发，但是额头、眼角、嘴角也爬满了密密麻麻的皱纹。对于那些城里人来说，五十多岁的男人可能身体还很硬朗，头发还是又黑又密的；五十岁的女人可能天天跳广场舞，没准腰身还灵活得像风摆杨柳一样。

王能身子靠着炕墙半躺着。被窝里太热了，他把两条腿放在被窝外面，吧嗒吧嗒地抽着烟，从鼻孔里急速喷出烟雾，呆呆地看着烟雾袅袅地飘向屋顶。这是一间土木结构的大瓦房，密封得并不严实，屋门和窗户上面的缝隙很大，因此烟雾很快就飘散出去了，并不呛人。房屋的顶棚是用彩条布做的。不时地，从彩条布里传出来窸窸窣窣的声音，几只老鼠在里面奔跑。这声音让王能夫妻俩感到很厌烦。

王能大声咳嗽了几声，彩条布里面很快便安静下来。"哪天把咱家的猫放进顶棚里，把这群害人的老鼠都吃了。"王能恨恨地对老伴儿说。

慧芳点点头。这几天，小霞把一家人弄得心烦意乱，实在是没有心思让猫逮老鼠。慧芳叹了口气，难过地说："也不知道霞是个啥心思，从过年到现在，一直嚷嚷着要退婚，咋劝都不听，油盐不进，跟中了魔怔一样。"

"成刚他爸都跟我提了好几次了，让两个娃早点登记结婚，把喜事办了，好几回都要把银行卡给我，说要我先收下十万元彩礼钱，都被我拒绝了，都是那死女子不同意和成刚结婚。人家成刚娃老给咱家跑，又是送这送那的，又是帮咱干活儿。这些年，咱两家关系处得不错。村里人谁不知道咱两家的婚事？你让我咋好意思给人家张口提退婚。你说退婚吧，咱总得有个理由吧，不能光说两个娃不合适这一句话就完了。人家成刚今年都二十九了，要不是等小霞，就人家娃那家庭条件，啥样的媳妇找不到？人家娃早几年都结婚了，孩子没准都会跑了。小霞把人家娃耽搁到这么大年纪。你让我咋好意思给人家张口说退婚的话，人家还不把口水唾我脸上？"王能一个劲儿地摇头。

慧芳也一脸凝重："咱就小霞这一个女子。咱不是也想给娃找个好婆家吗？娃都二十六岁的人了，咋还这么不懂事？都怪咱把娃从小就惯坏了，没吃过啥苦，不知道没钱过苦日子的难肠。谁给娃找婆家，不想找个有钱的，家底厚实的？谁嫌弃吃香喝辣的生活，难道还想吃苞谷糁搅团玉米面馍？"

"唉……"慧芳叹了口气，接着说，"想不明白小霞为啥看不上成刚。前几年，两个娃不是还好好的嘛，这不知咋了，今年一个劲儿闹着要退婚。你说她是嫌咋，是嫌成刚人不机灵吗，还是嫌人家穷？你说成刚娃咱也是看着长大的，家里那么有钱，娃又老实本分。人家娃就是初中毕业，文化程度低些，可咱小霞也是初中文化，两个娃也般配着呢。谁都不要嫌弃谁。再说咱家这经济条件，和人家成刚家简直是一个地下，一个天上，实在是没法比。人家都不嫌咱家穷，咱咋还敢嫌人家富呢？小霞要是嫁过去了，吃穿几辈子都不用愁，还不是掉福窝去了。你说她现在非得要退婚，这不是把上门的福气拿脚踢吗？多少人都眼红咱娃的婚事。过了这村，可就没有这店了。"

老伴儿的话，一下子说到王能的心窝里去了。王能不住地点着头。

这一夜，王能两口子说了半宿话，后来困得眼睛实在睁不开了，才迷迷糊糊地睡着了。

三

　　第二天清早，王能两口子就起床了。虽然昨晚睡得晚，但是庄户人多年养成了早起的习惯，天一亮就再也睡不着了，大睁着双眼躺在炕上怪难受的，干脆起来活动活动筋骨。

　　洗漱干净后，慧芳便在厨房里忙活起来。王能老汉拿起一把大扫帚，打扫起大门前的枯枝烂叶。

　　上王村在武功县城的东南方向，距离县城不到十公里。村子挺大的，有一千六百多人，人均耕地不到一亩。村里没有企业，大部分农民世代以耕种粮食作物为生，一年种两茬庄稼——小麦和玉米。少数农户种植大蒜、猕猴桃等经济作物。

　　这些年来，国家政策倾向农业和农村发展，极大地减轻了农民的经济负担。农民种地不但不用交公粮，每年还可以领取粮食直补款。农民还可以参加农村合作医疗，看病也可以像城里人那样报销医疗费。这些好政策都是千百年来，中国农民从来没有享受过的福利待遇。

　　现在村里的大部分青壮年劳力都进城务工了，留守在农村的大多是老人、妇女或者孩子。平常村子里格外冷清，只有在春节时，那些在外务工的青壮年才返乡，村子里才能热闹几天。

　　上王村街道规划得很整齐。自北往南，共有七条街道。街道的南北两侧，规规整整地修建着两排房屋。每条街道有六十多户人家。每家的宅基地面积一样大，都是两间宽。每户人家都是相邻建房。前屋基本上都是横向盖着两间宽的两层小洋楼，向屋里走进去，纵向修建着好几间平房，留出来一小块院子。每户人家房屋外观和构造都基本一致。不常登门的客人想要找到主人家，非得仔细打问一番，否则很难找准门。

　　在这一栋栋小洋楼中间，间或有几户人家的房屋是低矮的土木瓦房，显得那么孤单，那么不协调，其中就包括王能家。他家前屋横向盖着两间宽的大瓦房，土木结构。进了大门，在大瓦房的大梁下，用砖砌了一道墙，留有门窗，将大瓦房一分为二。左边隔出一间大房子，是王能两口子的卧室。右边是通向院子的过道。向院子里走，紧挨着大瓦房，和西户的邻居共用一面伙墙，纵向半边盖着三间厦子房，呈三角形，西边高，东边低，有近三米的落差，便于雨水流进自家院子。其中一间厦子房当作厨房，另外两间是卧室。女儿小霞住一间房子。另一间房子闲置着，放着粮食和杂物。这大瓦房和厦子房都是在王能他爹还在世的时候盖的，至今已经有二十多年的房龄了。

看着邻居们都盖起了气派的二层楼房，王能老汉心里也着实不太舒畅。前几年，他就有心思拆掉旧瓦房盖新楼。可是前些年，慧芳身体一直不太好，病恹恹的，结核性腹膜炎刚好没几年，又患上了肠梗阻，接连住了几次医院，总算是捡回条命，却给家里闹下了大饥荒。为了给慧芳治病，王能不但花光了家里的所有积蓄，包括小霞攒的工资，还欠下了一屁股债。几年下来，家里经济状况就紧张得不行，始终翻不过身，别说盖房子，能勉强维持生活已属不易，多亏了小霞时常救急，才没有到日子过不动的地步。后来，王能也想通了盖房子这件事情。自己只有一个女儿。小霞嫁人是不用花钱的。老房子暂时还能住，不透风，不漏雨，也没有必要非得盖新房。王能也就去掉了盖新房的心思。

早上九点多钟，慧芳已经做好了早饭。她蒸了一大锅花卷，面饼雪白，一层层的辣椒油红艳艳的，香气扑鼻，令人垂涎三尺。慧芳又熬了一锅苞谷糁稀饭，炒了一大盘酸辣土豆丝。

这时候，慧芳喊女儿起床，可是过了半天，也不见女儿屋里有啥动静。

"惯出坏毛病了，回家就知道睡懒觉，也不知道帮你妈妈做饭。饭做好了，还跟爷一样，三声五声都叫不起来，不想吃饭了别吃，饿着去！"见女儿迟迟不出房门，王能一肚子气，高声骂道。

小霞依然没有任何回应。

王能给老伴儿使了个眼色。慧芳立刻明白了老伴儿的意思，忙去推女儿的房门。门并没有从里面反锁。慧芳轻轻推开房门，走进屋子，看到女儿背朝外躺着，有抽泣的声音。她知道女儿为退婚的事情正伤心呢，便坐在炕沿上，轻轻地拍拍女儿的肩头，细声说道："霞，起床吃饭了。"

小霞没回头，继续抽泣着。

慧芳又好言相劝了一会，见女儿一直没有反应，就退了出来。

"咋了？"见老伴儿没有把女儿叫出来，王能疑惑地问道。

"还在哭呢，不愿意起床吃饭。"慧芳摇摇头。

"不吃好，饿死算了！"王能对着女儿的屋子，大声喊着。

"我就不吃饭，饿死才好。不退婚，不活了！"屋子里传来小霞的哭声。

王能张开嘴，刚想骂女儿。未等他出声，慧芳用严厉的眼神制止了他。王能只好极不情愿地闭上了嘴巴。

夫妻俩闷闷不乐地吃着早饭。平日里香喷喷的花卷、苞谷糁稀饭，今天吃起来，没有一点味道。

吃罢早饭，收拾好锅灶，慧芳和王能拉着架子车，去地里拔萝卜了。小霞一直在屋子躺着，没有起床。

王能家的责任田就在村子边，没多大工夫就走到了地里。今天是个阴天，有点冷，地里的杂草上、小麦苗上有一层薄薄的霜，还没有融化。关中平原一马平川。庄稼地一望无际，肥沃平整。放眼远望，庄稼地里如同落下了一层薄薄的白雪，白皑皑的一个天地，干净肃穆。由近及远，天地间的万物逐渐模糊起来，朦朦胧胧的，就像电影里的童话世界一样，如梦如幻，美妙极了。

王能没有心思欣赏这样的美景，弯腰拔起了萝卜。这是青皮白萝卜，又粗又长。露出地面的萝卜皮翠绿翠绿的。这大萝卜就是要等霜打之后才又脆又甜。这时候正是拔萝卜的最佳时机。王能今年种的萝卜不多，只有两三分地。自家一个冬天是吃不完的，可以送给亲戚和邻居吃。

前两天刚下过一场雨。地里的泥土很黏鞋，走一步抬起脚，鞋上就黏了一大块泥巴，鞋就要被扯掉，就得使劲儿甩掉鞋上的泥巴。在这样的泥地里走路都费劲儿，更别说是干活儿了。长在土里面的萝卜根很浅。王能不费力气，轻轻一拔，整个大萝卜就出来了。

慧芳把老伴儿拔下来的萝卜一堆堆摆放好，把揪掉的萝卜缨子也整齐地放到一边。

庄稼活儿就是脏。没多大工夫，王能和老伴儿浑身上下都溅满了黄泥巴。他俩顾不上清理泥巴，弯着腰，卖力地忙着手里的活儿。庄稼人不怕脏、不怕苦，就怕地里产的粮食和蔬菜不值钱，没人要。

两个多小时后，王能把所有的萝卜都拔完了。泥地里寸步难行，慧芳身体不好，累得直喘粗气。王能心疼老伴儿，就让她回家休息去了，自己一个人整理萝卜。这时候，他心里不禁埋怨起女儿来。这孩子真是越来越不像话了，回家就知道惹大人生气，一点都不知道心疼爹妈，既不到地里干活儿，也不在家里帮妈妈洗衣做饭。

王能越想越气，一边用力揪着萝卜缨子，一边骂着女儿："惯出坏毛病了，惯出坏毛病了，惯出坏毛病了……"

把萝卜和缨子一堆堆都整理好，王能感觉到肚子饿了，腿有点打弯儿，腰也累得直不起来，就拉了一架子车萝卜回家了。

慧芳已经换上了干净衣服，正在灶房的大案板上擀着面条。关中人喜面食，家家户户的案板都很大，方便擀面条。慧芳家的案板长约两米，宽约一米五，就像一张大木板床。擀面杖也有一米二长。面团揉好后，慧芳把它擀成了一张大面饼，整张面饼摊开，几乎占去了小半个案板。慧芳在面饼上撒了一层玉米面粉，用手涂抹均匀，然后用擀面杖卷起面饼的一头儿，一边往里面卷，一边用双手使劲儿按压卷在擀面杖上的面饼。面饼全部卷在擀面杖上之后，再将面饼摊开，撒上玉米面粉后，继续边卷边按压面饼。经过这样反复操作之后，案板上就铺了一张雪白而又巨大的面片，薄如蝉翼、光滑如丝、柔韧筋道。慧芳在这张大面片上均匀地撒上玉米面粉，把它一来一回折起来，叠成一层层宽约一尺的面片，然后，自上而下，用菜刀切成韭叶宽的细面条，拿起面条的一头儿抖一抖。细细长长的手擀面条便铺满了整张案板。

等到大铁锅的水烧开后，慧芳将长面条下入锅烧开了水，往锅里扔几把黄豆芽儿和菠菜，添两次凉水烧开后，这一锅面条就熟了。慧芳拿来三个大海碗，从大锅里捞出长长的面条，浇上一大勺西红柿鸡蛋臊子，倒几滴芝麻香油，多放醋和油泼辣椒，再给碗里夹几筷子煮熟的黄豆芽儿和菠菜。你看这一碗手擀面，那白生生的面条、绿油油的菠菜、红艳艳的西红柿、黄灿灿的豆芽儿和鸡蛋，真是五彩缤纷，看一眼，就能把人肚子里的馋虫勾出来，再闻闻味道，香气扑鼻，又忍不住流出了口水。

下午还得去地里干活儿，王能懒得脱下那一身满是泥巴的脏衣服，就那样端起大海碗，蹲在院子墙角下的一块大石头上，用筷子夹起面条，就往嘴里送。王能刚吃了一口，突然停下来，对着女儿的房间，向老伴儿努努嘴，小声问道："还不起床吃饭吗？"

慧芳轻声说："我上午从地里回来后，叫她起床。她就是不起来，说咱俩要是不答应退婚，她就不吃不喝饿死算了。"

"你再去叫她，就是不吃饭，她总得起床吧。"王能对女儿还是有一肚子的怨气。

"我再试试。"说完话，慧芳走到女儿房门口，用手推门，门纹丝不动。她又使劲儿推了几下，还是没有推开门，知道女儿从屋里把门反锁了，便轻声喊道："霞，中午饭好了。妈妈做了你最爱吃的西红柿鸡蛋面。"

屋里没有任何动静。慧芳从玻璃窗往屋里看，里面拉着厚厚的窗帘，啥也看不到。她只得用手敲起了门，提高嗓门喊道："霞，吃饭了。"屋里依然没有任何反应。

慧芳又喊了几声，小霞仍然没有任何回应。王能心中的火苗子一下子冒出了三丈高。他放下饭碗，走到女儿窗前，大声骂道："真是惯得没一点眉眼了，没一点眉眼了！你还长本事了，学会绝食了。真是三天不打，上房揭瓦。你要真有本事了，你就永远别吃饭……"

这时候，屋里突然传来女儿撕心裂肺的哭喊声："来，来，来，给你打，打死才好！"

慧芳忙走到老伴儿面前，把他往院子拉，劝道："你就别说了。娃心里难受着呢。"

王能端起大海碗继续吃饭。刚才还香喷喷的面条，现在吃起来索然无味。他不知道女儿究竟是个啥心思，她到底是对成刚哪里不满意，为啥整天喊着闹着，非得退婚呢？就算女儿有啥想法，为啥不肯说出来？就是不愿意跟他这个爹说，为啥也不告诉她妈呢？这个不省心的姑奶奶呀！不知道一天胡闹的啥呢，都二十六岁的大姑娘了，咋还这么不懂事，还要让爹妈给她把心操到啥时候去呢？

下午，王能和慧芳拉着架子车去地里了。两口子要把上午规整好的萝卜和缨子拉回家。

架子车在粘泥土地里，根本拉不动。王能和老伴儿各提一个大笼，装满萝卜，再一笼一笼地倒进架子车里面。这时候，王能又想到女儿的好处，如果小霞能来地里帮忙干活儿，替他们分担，那么他和老伴儿也能轻松一些，这活儿也就干得快了。可是，女儿现在闹起了绝食，是指望不上了。王能又想到了成刚，这个孩子真是不错。家里那么有钱，又是独生子，但丝毫没有娇生惯养的坏毛病，每次来家里，抢着干这干那的，不嫌脏、不怕累。小霞要能和成刚结婚了，那可真是一桩再好不过的婚姻。且不说成刚家庭富裕，女儿这一辈子肯定是不缺钱花的，就说这两个村子离得也近，家里有个啥事，女儿回娘家帮忙也方便。自己这个老丈人可不就等着享福吗？唉，这个不知好歹的死女子，真是身在福中不知福呀，把福气拿脚踢呢。

天快黑的时候，王能把最后一架子车萝卜缨子拉回家，倒在院子里。萝卜和缨子分别垒成了两个小山包。

和上午一样，慧芳提前回家了，馏了几个大花卷，熬了一锅苞谷糁稀饭，凉拌了一盘青萝卜丝。

吃晚饭时，慧芳又喊了几遍小霞，让她吃饭，但女儿还是继续绝食。

王能恨恨地说："不吃就不吃，给咱把粮食省了。她不吃，那说明不饿，饿到了自然会吃饭。"

慧芳白了他一眼："你说的啥话嘛！那可是你亲生的女儿。你光图省粮食，就不心疼把你女儿饿坏了？"

"唉……"王能无可奈何地看了一眼老伴儿，说道："我也就是说气话呢。我咋能不心疼娃，可是她这么犟的，谁倒是有啥办法？都是你把娃惯坏了。"

慧芳不服气地说："我惯坏的，你没惯娃？娃从小到大，你倒是打过，还是骂过？"

这话戳中了王能心中的痛处。他不禁心里一阵酸楚，想起了女儿小时候是那么的乖巧可爱。他每次从地里干完活儿回家，累得连话都不想说。女儿见到他，嘴里含糊不清地喊着"爹，爹"，就扑进他的怀里，用小手抠着他衣服上的泥巴。那个时候，他的心都要被女儿那一声声呼喊融化掉了，疲惫不堪的身体重新焕发了勃勃生机。他最喜欢和女儿玩的游戏就是抱着女儿，用脑袋在女儿胸前轻轻地拱，并且鼓励女儿："快打爹，快打爹。"女儿用一只小手揪住他的耳朵，另一只手在他头上、脸上轻轻拍打。这时候，王能就会乐得像孩子一样手舞足蹈。

女儿从小到大都很听话，从来不和父母顶嘴，唯一的缺点就是对学习不上心，尽管学习很努力，但是成绩一直不太好。那一年，小霞初中毕业，没有考上高中，就不想再读书了。王能也没有责怪女儿，只是说了声："和爹一样，不是念书的材料，那就当农民吧。这也没啥丢人的，天底下的农民千千万万，当农民照样能活人呢。"

女儿长这么大，王能舍不得打一巴掌。父女俩的感情一直很深厚，谁能想到这大半年来，因为女儿要退婚的事，父女俩闹得跟仇人似的，一见面就吵架。

"唉……为啥会这样呢？"想起以往和女儿在一起的快乐时光，王能忍不住伤心地落下了眼泪。女儿在他心中，占据非常重要的位置。女儿就是他的心肝宝贝，也是他的生命。任何屈辱、任何苦难，王能老汉都能承受。他唯一不能忍受的，就是女儿受一点委屈。现在，他的心肝宝贝却用绝食与他对抗。这怎么能不让王能老汉感到心疼，感到难受呢？生活没有压垮这个坚强的老农民，但女儿的叛逆、女儿的眼泪，却轻易地击倒了他。

见老伴儿情绪这么低落，慧芳也不禁轻声啜泣起来，眼泪如断了线的珠子，吧嗒吧嗒落个不停。

只要你想过好日子，不偷懒，家里、地里永远都有干不完的活儿。第二天，王能和老伴儿在家里收拾萝卜，先是把要送给亲戚和邻居的菜分出来。之后，慧芳把留给自己家的萝卜分成三份。一份腌了一坛子咸菜，另一份切成薄片，用细绳子串起来，挂在墙上晾干，做成萝卜干。王能把剩余的萝卜垒成一堆，放在墙角，用土埋起来，等到冬天想吃时，从土里刨出来，还跟新鲜的一样，一点都不糠心。

萝卜缨子也是这样处理。一部分送人，另一部分做了浆水菜，还有一部分捆扎起来，用铁丝挂在院子里晾晒干，以后随时可以当干菜吃。

农民过日子就得这么仔细。看着普普通通、一点都不稀罕的东西，在巧妇的精心加工下，就成了城里人羡慕的农家美食。

今天是小霞绝食的第二天，女儿没有吃午饭。王能还没有理会这事，因为他还在生女儿的气。等到了晚上，女儿还不吃饭。王能就有点坐不住了，这都连续绝食两天了，会不会把孩子饿坏了？王能虽然嘴上没说什么，但是在吃晚饭的时候，他一个劲儿地催促慧芳去劝女儿吃饭。慧芳能感受到老伴儿在着急、在心疼女儿。

当晚，王能夫妻俩躺在炕上，都在连声叹气。

慧芳说："霞都两天没喝一口水了。这样下去，可不是个事。"

王能也焦急地说："是呀，俗话说'人是铁，饭是钢，一顿不吃饿得慌'。小霞这都多少顿没吃饭了，这可咋办呢？"

过了许久，慧芳说："他爹，你看这样行不？"

王能看着老伴儿，等着她说出好办法。

慧芳说："要不你明天给成刚打个电话，告诉他小霞回来了，让他带小霞去哪里逛逛，散散心，让两个娃好好谈谈，有啥误会了，早点解开。"

王能觉得老伴儿说得很有道理，点着头说："这是个办法。"

慧芳又说："你明儿个早上给霞说句软和话，别太强硬了，也该听听孩子的意见。婚姻大事，咱不能包办。这事成不成的，还得由孩子自己做主。"

王能若有所思地点点头。

四

第二天大清早，王能就给成刚打电话。成刚满心欢喜地说他中午就开车来接小霞出去玩。

王能走到小霞房间的窗口边，语气柔和地说道："小霞，昨天晚上，你妈劝爹要尊重你的意见。这件事情，爹想了一晚上，也想明白了。爹也是希望你能找个好人家，以后过上好日子，但这婚姻大事毕竟是你自己的事情，嫁谁不嫁谁的，还得由你自己拿主意。爹只是给你个参考意见。不管咋说，你都要爱惜自己的身体，不能不吃饭呀！我的乖女儿，不吃不喝，你这是要成神变仙呀？你妈把饭早都做好了，你快起床吃饭吧。我刚给成刚打电话了。他一会儿就来咱家。你有啥想法，当面跟人家娃好好说清楚，也不要把人家娃耽搁了。"

"咯咯咯……"屋里传来小霞的笑声。

王能老汉也咧嘴笑了："看这瓜女儿，拿绝食降服爹。唉……"

不大一会儿，小霞就高高兴兴地开门出来了，似乎这两天什么不愉快的事都没有发生过，乐呵呵地去洗漱梳头。

慧芳已经把早饭摆放在院子里的四方小餐桌上。

小霞提着一把小凳子，坐到餐桌前狼吞虎咽地吃起饭来，看样子是饿坏了。王能看到女儿眼睛红肿着，黑眼圈很明显，知道女儿这几天一直在哭，肯定没怎么睡觉，顿时心软了，不再说什么。

吃罢早饭，小霞帮妈收拾碗筷，刚把厨房收拾利索，就听到大门口传来汽车的响声。王能知道是成刚来了，忙出门迎接。成刚将他的银色普拉多汽车停在小霞家门口。这是一辆崭新的越野车，刚买了几个月，很适合在农村的土路上跑。成刚下车后，从车里拿出了七八盒礼品，有牛奶、各种时令水果等等。王能满脸堆笑，推辞不过，只好接过礼品，将成刚朝屋里让，并大声喊道："小霞，小霞，快出来，成刚来了！"

听到爹的喊声，小霞皱了一下眉头，待在自己房里，身子没有动一下，装作没听见。

慧芳和成刚打了招呼后，就急忙跑进小霞屋子，把女儿往外拉，轻声劝道："霞呀，有理不打上门客。人家成刚都上咱家门找你了。你就客气一点，别给人家拉个脸，让人下不来台，多不礼貌。"

听了妈妈的话，小霞才扭扭捏捏地出了房门，对站在院子里的成刚勉强笑了一下。见到小霞，成刚立马咧嘴笑了，心里跟喝了蜜一样甜美。看得出来，成刚今天是精心打扮了一番才来见小霞的。成刚除了皮肤黝黑之外，五官还算端正，留着运动式的发型：头顶部又黑又浓密的头发比平头稍长，周围轮廓上部呈球形，虽然是短发，却有着长发的感觉，看起来很精神。成刚上身穿着咖啡色的休闲夹克，里面是蓝色的羊毛衫，下身穿着蓝色的紧身九分裤，带着浅浅的黑色花纹，脚上穿着一双浅棕色的阿迪达斯运动鞋。成刚打扮得跟城里年轻人一样新潮，显得那么干净利落。小霞忍不住多看了他几眼，微微一笑，但随即又阴沉了脸。

成刚对自己今天的打扮也很满意，看到小霞的眼神里多了几分关注，心里更是乐开了花。他诚恳地对小霞说："我开车带你出去兜个风吧。"

小霞本来想拒绝，但是看到父母那期盼的目光，容不得她说不，就只好把张开的嘴巴微微动了动，又合上了。她犹豫了一下，点点头，回房穿了件米白色的休闲西服，就跟随成刚出了门，坐在了汽车的副驾驶位置。

汽车慢慢驶出村口。成刚问道："你想去哪里玩？"

"随便。"小霞不冷不热地说道。

"普集站还是去兴平市？"

武功县当地人都把县城叫作普集站。

小霞摇摇头说："太远了，不去。"

"那你说去哪里，我都没意见。"

小霞想了想说："去静园吧。"

"那里呀？这就在家门口，太近啦……"成刚很不解，小霞为啥不愿意去稍微远一点的地方玩。他哪里知道，姑娘的心思早已经不在他的身上了。他还是乐乐呵呵地开着车。

静园是个小公园，在镇政府的马路对面，距离上王村不远。静园占地面积有五十多亩，栽了很多树，树种多样，树木高大，有枫树、白皮松、柳树、槐树，最多的是银杏树。

成刚开车不到十分钟，就来到了静园。两人下车后，沿着小道慢慢往前走着。在这深秋时节，天气转凉。庄户人一般很少有闲情逸致逛公园，因而静园里面格外安静，偶尔有几个学生模样的年轻人在银杏树下嬉闹。一排排银杏树干粗大，金黄色的树叶子铺了一地，犹如一张巨大的黄地毯。凉凉的秋风拂过，树枝上的黄叶沙沙作响。不时地，一些黄叶随风摇曳，悠悠飘落，如同翩翩起舞的黄色蝴蝶。树下的青年男女纷纷张开手臂去接落叶。咯咯咯的笑声在公园上空荡漾开去。

在一棵老槐树下，有一把木质长条椅。这里非常幽静。小霞用手指了指长椅，和成刚坐下了，又把身子向旁边移了移，和他拉开距离。

成刚满脸堆笑地看着小霞，急切地想和她说话。小霞却把脸扭向旁边，望着远方的树林，不看成刚一眼。

成刚几欲开口说话，看到小霞表情冷漠，一时语塞，不知道从何说起。

两人就这样相对无言地坐着。成刚一直在注视着小霞，希望她能回头看自己一眼，给他一些说话的勇气，但是他失望了。

又过了片刻，成刚忍受不了这种尴尬的沉默气氛。他终于鼓足勇气，向小霞身边挪了挪，轻声问道："嗯……你这次回家，待几天呀？"

"没几天，我只有五天假。"小霞还是很冷漠。

"哦，这样呀……"

两人又沉默了。

成刚再次打破了沉默，吞吞吐吐地说道："小霞，我……我……有句话憋在心里快一年了，一直都没有机会对你说。我想……我想……说出来，请你别生气……"说完这句话，成刚眼睛定定地看着小霞。

小霞点点头说："没事儿。你说吧。"

成刚犹豫了一下，结结巴巴地说道："今年春节以后，我感觉……感觉你变了……变了，对我很冷淡，总是躲着我。我给你打电话，你总是……总是不接……我给你发微信，你也很少……回复我。我不知道你心里头是个啥想法。"

听到这话，小霞心里一颤。她知道成刚已经感觉到自己的态度了。她之所以向父母提出来退婚，不愿意当面向成刚说，就是怕伤害他。她认识成刚已经有十年了。这些年来，她能感受到，成刚是真心真意喜欢她的。不管怎么说，两人多多少少还是有一定感情的，让她对他说分手，她真的张不开口。在她进省城西安打工之前，她觉得成刚这个男娃还不错，倒也是个可以托付一生的好对象。虽然说她对成刚并不是一见倾心，但也挑不出成刚啥大毛病。成刚家庭富裕，却没有富二代身上那种令人厌恶的铜臭味，对她也是一心一意的，对她也很尊重。这些年来，两人在一起时，成刚虽然有时候看她的眼神，有点像饿狼一样饥渴，令人感到心惊肉跳，但是从来都没有对她动手动脚，别说拥抱接吻，就是连她的手都没有摸一下。从这一点上看，成刚堪称正人君子。

五年前，小霞进城打工后，那可真是大开眼界，才知道大城市人是怎么生活的。那真的是农村人想都不敢想的。西安这个国际大都市真的是个花花世界，大影院、大商场、大公园、大公司比比皆是。鳞次栉比的高楼、繁花似锦的街道、五光十色的夜景，让小霞这个土生土长的农村姑娘目不暇接、眼花缭乱。

小霞进厂后，一直住在集体宿舍里。一个宿舍住十二个人，虽说拥挤了点，但是宿舍夏天有空调，冬天有暖气，冬暖夏凉的。每个宿舍都有一个独立的卫生间，上厕所也方便，里面有热水器，二十四小时随时可以洗澡。工厂做东芝笔记本外壳加工。小霞所在的车间是做笔记本外铝板拉丝的。小霞在车间里工作，日头晒不着，风吹不着，雨淋不着。她的工作是把未加工的铝板保护膜撕掉，然后放进机器拉丝。小霞每天工作十二个小时，其中有四个小时算作加班，有加班费的。一天的工作量是两千到三千片。工作难度不大，就是在流水线上操作，总是重复那几个同样的动作，时间久了，工作难免有点单调枯燥。小霞每天起早贪黑地忙碌，有时候也觉得自己像个机器，天天在做着同样的工作，虽然有点厌烦和劳累，但和在农村种地相比，干净卫生不说，劳动强度还是轻松多了，而且收入也不错。如果是旺季活儿多，小霞每个月能挣四五千元。这比家里自留地全年的收入高多了。就连爹都常夸小霞比他有本事，会挣钱。小霞每周休假一天。休假时，她会和朋友结伴进城游玩。

在小霞看来，和城里人的生活相比，家乡农民过的日子真苦呀！虽说现在农村发展快了，农民负担轻了，日子也好过了，吃穿不愁，可那毕竟还是农村，一时还难以从根本上改变。初中毕业后，小霞当了几年农民。对农民的辛苦，她感触很深。干农活儿又脏又累这都不用说，关键是挣不来钱。种粮食不值钱，有吃的，没花的。种大蒜吧，价钱又不稳定，连续贱卖好几年，也许会有一年碰上个好价钱。

那一年，爹种的大蒜丰收了。蒜头个个都跟小苹果似的，红皮大瓣的，长得那叫个喜人。爹本想着大蒜丰收了，能多卖点钱，把欠的外债还一部分，谁料想那年大蒜滞销。小霞和爹拉了满满一架子车大蒜，有十来蛇皮袋子蒜头，垒得像小山包一样高。结果到了镇上，好几个客商对大蒜挑三拣四的，不是嫌蒜头小了，就是嫌蒜秆留长了，想收不想收的，每斤大蒜只给四五毛钱，后来总算卖出去了，一架子车大蒜只卖了不到三十元钱。回家的路上，爹伤心地流泪了。

虽然说现在农民种地比以往轻松多了，小麦成熟夏收时，有大型收割机割麦子，节省了劳动力，可是晒麦子、去地里锄地，那都要顶着烈日干活儿。火红的太阳能把人的皮肤烤化，又热辣又痛。

秋收掰玉米，那也是个下苦力的活儿。爹用小锄头把玉米秆砍倒，小霞和妈在后面把玉米一颗颗掰下来，再用架子车拉回家，还要把玉米棒子剥皮拴成一把一把的，架在椽上晾晒，冬天等玉米棒子干透后，再剥成玉米粒。为了把地腾出来种小麦，她和爹妈把一捆捆又湿又沉的玉米秆捎到地头。壮小伙子干这活儿都累人，更别说她一个女孩子了。肩膀压得钻心疼，碰都不敢碰。玉米叶子在脖子上、胳膊上划出一道道血口子，疼痛难忍。如果不小心被玉米叶子上的小毛虫蜇一下，那可真是要了命了，四五天都痛痒难忍。

对于没有体验过城里人生活的王能夫妇来说，农村现在有吃有穿，又不用像城里人上班那样，一天啥时候想去地里干活儿都行，不想干活儿就睡大觉，自由自在多好的，也不用看谁脸色干活儿。王能和老伴儿对目前的生活，还是很知足的。可是小霞不这么认为。她在省城工厂打工五年，已习惯了城市生活，再让她回到农村的生活状态，已经是不可能了。

农村的一切，对于她来说，已经不再美好了。庄稼活儿又脏又累，那一眼望不到头的庄稼地不是迷人的风景，而是洪水猛兽，年复一年地在榨干着父母的血汗。日出而作、日落而息的生活方式，对于小霞来说，不是惬意自然，而是枯燥无聊。脏乱的街道、破旧的房屋令人生厌。夏天哪里都热，躲也没处躲，藏也没处藏。家里开着风扇，热风吹到人身上，立马冒出一层热汗。更讨厌的是，白天苍蝇爬满锅灶案板。你吃饭时，右手拿筷子，左手要不停地赶苍蝇，稍不留神，苍蝇就一头扎进饭碗里。晚上蚊子如轰炸机，蚊帐也挡不住，半夜总是被蚊子咬醒，一身的疙瘩，又痛又痒，就算抹上花露水，也老半天痒得睡不着。冬天西北风一吹，尘土飞扬，人一张嘴就是满嘴灰尘。那西北风一个劲儿地往脖领、袖口和裤腿里钻，真是奇冷无比，就算你穿着棉衣棉裤，还是会冻得浑身哆嗦，上下牙直打架。

在西安打工这些年，小霞已经习惯了城里随时可以洗澡、上厕所有抽水马桶的生活。每次放假回老家，最让她不能接受的就是洗澡和上厕所这两件事情。夏天洗澡倒还方便些。到了冬天，洗澡就只能去镇上的公共浴池，否则就只能三五天不洗澡，等回到西安再洗澡。说起在家里上厕所，小霞更是头疼。

前些年，爹在后院修建了一个厕所，但没有抽水马桶，又脏又臭。夏天，一条条乳白色的蛆虫在厕所里肆无忌惮地爬来爬去。去一趟厕所，毫无立足之地，简直恶心得要吐出五脏六腑。冬天，白天上厕所还勉强可以对付，到了晚上，寒风凛冽，院子黑灯瞎火的，上厕所是一件令人恐惧的事情。她要穿半天衣服，从前院卧室走到后院厕所，然后回房睡觉，再一件件脱下衣服。每晚折腾这么几次，都不瞌睡了。为了方便，她只能在屋子里放个尿桶，不但臭，而且看着恶心。在她眼里，这样的生活一天也不能忍受。

小霞向往城市的繁华与文明，渴望过上城里人那样的舒适生活。她不敢想象自己像父母那样，一生在土里刨食，撅屁股修理一辈子地球。那样的生活，真是太可怕了，简直是生不如死。对于她来说，春暖花开之时，或者秋高气爽之际，来农村旅游踏青，体验一下田园生活尚可，若要她年年月月、日日夜夜在此生活，那是万万不可的，那真能要了她的命。做个城里人，永远脱离农村，是她最崇高的理想。

小霞以前也多次和成刚提说过，让他和自己一起进城打工，可是成刚的想法和她不一样。成刚认为农村大有作为，年轻人没有必要非得进城打工。他宁愿待在农村养猪，也不愿意进城打工。这让小霞很失望。

每次小霞一提起进城打工的话题，成刚总会说："现在我爸年龄大了，一个人管理养猪场，实在是力不从心，需要我协助工作。再说现在政府出台了很多优惠政策，积极推进新农村建设。农村天地广阔，需要有理想、有抱负的年轻人扎根农村，用自己的聪明才智和青春力量去发展农村经济。建设新农村就好比修建一栋大厦，经济建设就是这栋大厦的基础。如果这个基础不牢靠，那么这栋大厦就无从建起。如果年轻人都去打工，没有人愿意留在农村建设家乡，那么农村的经济怎么发展？经济不发展，再美好的蓝图也无法变成现实。"

小霞奚落他："就你思想境界高，就你死守在农村才是有理想，就你有抱负。别人进城打工都是碌碌无为吗？"

成刚不服气地说："年轻人都不热爱自己的家乡，不愿意留在农村，农村靠啥发展？难道不出门打工，就真的过不上好日子吗？"

小霞涨红了脸，争辩道："我知道你家的日子富裕，吃穿比很多城里人都好。可是你去过大都市吗，你体验过城里人的生活方式吗？你再有钱，就算你家盖了别墅洋楼，夏天有空调，冬天有暖气。可是在农村，你购物有大商场吗，游玩有大公园吗，看电影有大影院吗？城市生活的舒适和文明环境，你感受过吗？"

"只要你人勤快，热爱劳动，就一定会过上好日子，不论是在农村，还是在城市。我相信，以后农村建设好了，农民有钱了，生活富裕了，乡村文明建设肯定也会蓬勃发展。城里人有的生活，咱农民也绝不会缺少。况且农村视野开阔、空气清新、没有雾霾，生活压力小，自由自在、无拘无束，人都能长寿。为啥非得争着抢着进城做打工仔呢？"对于农村的未来，成刚显得很有自信。

小霞不以为然地问："既然农村这么好，为啥那么多年轻人要进城打工呢，他们都没有你聪明吗？"

"那是他们没有在农村找到发家致富的产业。正因为那么多的年轻人都离开了土地，这就更需要有一部分年轻人留在农村去奋斗、去建设。"成刚说得理直气壮。

"你家有钱，自然日子过得好。我家穷，我没有看到农村生活有啥好的。"小霞讽刺道。

每当这个时候，成刚就沉默不语了。他不想为这点事和小霞争吵。他怕心爱的姑娘生气。

五

以往和成刚争吵后，小霞并没有认真考虑过两人的三观是否合拍，只是认为成刚家境殷实，不愿意进城打工可能是怕吃苦。直到三年前，成刚向小霞求婚。成公社也多次向王能提出尽快把两个孩子的婚事办了。小霞这才认真地考虑起来自己和成刚的婚事。按说，成刚家业兴旺，在方圆一带都是数一数二、出了名的富裕户。成刚人品也没啥问题，是个有理想、有抱负的好青年。像小霞这样，穷家薄业的农村姑娘，能找到这样的好婆家，应该心满意足了。但是小霞总觉得她和成刚不是一路人。她渴望大都市的生活，成刚却对农村生活很满足。像他们这样，两个思想观念完全不搭调的人，怎么能生活在一起呢？这也是小霞一直拒绝和成刚结婚的根本原因。但她那时候还没有想到退婚。在农村，传统观念很浓厚。从某种意义上讲，订婚是和结婚一样庄严的事情。青年男女一旦订婚了，那结婚就是板上钉钉、迟早的事情，没有天大的理由，是不能随意解除婚约的。农村人退婚，甚至比城里人的离婚影响还要大。

直到两年前，车间里来了大学刚毕业的李飞，让她心里起了波澜，也让她和成刚的婚事出现了危机。

李飞是厂里的技术员，老家就在西安市长安区的一个村子，在西安读的大学。小霞至今记得，李飞第一天来车间上班的情景。那是七月份的一天早上，当时车间主任领着一个清瘦的小伙子来到车间，向大家介绍说他是厂里的技术员李飞。李飞很有礼貌地给大家深深鞠了一躬，友好而又谦虚地对大家说道："各位兄弟姐妹，我刚从学校毕业，啥都不懂，还请各位以后多多关照、多多指教。"之后，车间主任把每位同事介绍给李飞。介绍到小霞时，李飞紧紧地握住小霞的手说道："美女好！你是咱厂的厂花吧？请多多指教。"小霞感觉到李飞的眼神火辣辣的，想把手抽回来，可是李飞把她的手握得很紧，都有点疼了，就是不肯松手。在此之前，从未有人把小霞叫作厂花。

"厂花……厂花……"一些男工友顿时起哄道。

小霞从来没有遇到这样尴尬的场面，霎时羞得满面通红，使出很大力气，才把手从李飞手里挣脱出来。这个男孩子胆子太大了，给她留下了深刻的印象。她记得当时李飞还没有穿工作服，上身穿着白色带格子的短袖，下身穿着天蓝色的休闲长裤，脚上穿着一双黑色的凉皮鞋，虽然个子不高，但是五官清秀，大眼睛、高鼻梁、薄嘴唇，一头短碎发乌黑油亮，两边鬓角又短又齐，不长的刘海从左向右微微倾斜。李飞从头到脚都给人一种很清爽的感觉，如同酷暑难耐时，喝下一瓶冰凉的冰峰牌饮料，让你从外到里，都感觉到清爽。

这第一次的相见，李飞给小霞留下了深刻而又美好的印象。此后，小霞的厂花外号便在厂里传开了。每当同事们喊小霞"厂花"的时候，她就会情不自禁地想起李飞那张调皮的脸，都会让她脸红心跳。

与小霞相识后，李飞就对小霞展开了热烈追求。每当在大食堂吃饭时，李飞打了饭就会坐到小霞旁边吃饭，问这问那的。晚上下班休息时，李飞会不停地给小霞发信息，问东问西的，对她很是关爱。小霞有时候懒得回复信息。李飞并不气恼，依旧是频频发信息，嘘寒问暖的。一到休假日，李飞便会约小霞去城里玩。小霞起初一再拒绝。李飞依然执着相约。小霞在西安厂里上班，远离父母，有时候难免感到寂寞无聊，也渴望得到别人的关心。她对李飞并不反感，但最初也没有往感情这方面想。她是有自知之明的，知道自己虽然比别的姑娘长得漂亮，但毕竟文化程度不高，又来自农村，只是个来城市里打工的农民工。人家李飞可是个大学毕业生，又是技术员。两人在身份、学历各方面差距悬殊。自己根本就配不上李飞，又何必徒生烦恼呢？

在拒绝了多次之后，见李飞是诚心诚意地约她，小霞动摇了。在去年清明节休假时，小霞终于答应李飞邀请，去乐游原上的青龙寺赏樱花。那次，为了自身安全，也为了避免两人单独相处时的拘束，小霞特意叫上了同村姑娘王丽陪她同行。早上出门时，天气还有点凉，小霞穿了件粉红色的衬衣，外面套了一件米白色的休闲西服，下身穿一条深蓝色的牛仔裤，脚上穿一双黑色的休闲皮鞋，显得干练大方。虽然小霞未施粉黛、素面朝天，但是"清水出芙蓉，天然去雕饰"，愈发显得漂亮迷人。

见到小霞，李飞被迷得有点发呆，痴痴地望着眼前这个天仙似的大美女，一步路也走不动了。直到小霞把王丽介绍给他时，李飞才回过神来，礼貌地对王丽点头笑着说："欢迎赏脸同行。"

李飞虽然心中不悦，很不乐意带着"电灯泡"王丽，但他并没有把任何不满情绪流露在脸上，对小霞和王丽同样热情。

工厂距离青龙寺挺远的，有十七八公里。他们三人先是坐公交车，然后倒地铁三号线，用了一个小时，到达铁炉庙村，远远就望见青龙寺门前排起了一条长龙，打听后得知是要排队领门票。三个人只好跟在队伍后面，像蜗牛一样慢慢向前移动。

时节虽是清明，但已经热得让人受不了。早上十点多，大太阳火辣辣地炙烤着大地。雁翔路正在修建地铁，人行道路两边的大树都被移走了。光秃秃的马路上无遮无拦，排队的人无处躲藏，任凭太阳直晒在身上。小霞三个人出门都没想到带伞。不一会儿，三人的额头上便冒了汗珠子。小霞脱掉了外套，看到李飞的目光飞快地从她的胸前滑过，那里已经饱满得如同十月的石榴一般。小霞的脸一下子红了。

刚出地铁站时，李飞注意到地铁站出口有几个小商贩在卖遮阳伞。他便对小霞说了一声："等我一下，很快就回来。"

李飞说完就快步跑向不远处的地铁站口。

没有多大一会儿，李飞就回来了，带着三把遮阳伞。撑开伞，三个人方觉得凉爽了许多。

等了足足有一个半小时，三个人终于领到了票，走进了青龙寺的大门。

青龙寺是中国唐代佛教密宗寺院，建于隋，极盛于唐代中期。当时有不少日本僧人来此学习密宗真谛。青龙寺是日本佛教真言宗的祖庭。北宋时，寺院废毁，地面建筑无一留存，殿宇遗址深埋于地下。

自一九六三年起，经过多年考古发掘，在遗址上建起新的青龙寺。这里也是许多日本游客神往的观光胜地。

二十世纪八十年代，青龙寺从日本引进了六百余株名贵樱花树。每年清明时节，樱花盛开，花色大小各异，千姿百态、争奇斗艳，引得无数游人来此赏花拍照。正如唐张籍的诗云："昨日南园新雨后，樱桃花发旧枝柯。天明不待人同看，绕树重重履迹多。"

游客奇多，简直比树上的花朵还要多，人挨人、人挤人，摩肩接踵的。女士们摆出各种姿势，男士们忙不迭地用手机或者照相机拍照。小霞和王丽在人群中穿梭，欣赏着各种颜色、各种花形的樱花，快活得像两只小鹿在森林里奔跑，直急得李飞一边对着她俩拍照，一边喊道："别走别走，我还没有拍好，再来一张！"

李飞很体贴人，肩上背着大背包，里面装着很多吃的喝的，手里还提了一个大袋子，里面装着三个人的外套。他不知疲倦、跑前跑后地给两位美女拍照，还不时地给她们递水送吃的，很是殷勤卖力。

等到下午回到厂里，三个人都快要累死了，各自回到宿舍，躺在床上，都懒得动一下。

这次游玩，李飞虽然和小霞交谈不多，但给她留下了很好的印象。李飞这个小伙子的体贴关心，让她感到心里热烘烘的。

在以后的约会中，小霞就不再带王丽了，完全沉醉到她和李飞的二人世界里去了。西安的大街小巷、各个名胜古迹，都留下了他俩的足迹和欢笑声。

两人接触时间久了，小霞了解到李飞的家庭状况和自己相似。李飞也是穷苦出身。他的父母是农民。李飞有个姐姐已经出嫁了。从李飞的言行中，小霞能看出来他是一个没有世俗偏见的人，不在乎恋人的出身、学历这些东西，同时也能感受到李飞对她炽热的爱。

最让小霞感动的是，去年小霞生日那天晚上八点多钟，当时小霞正在二楼的宿舍里休息，突然听到楼下传来了熟悉的喊声："小霞小霞我爱你，就像老鼠爱大米！"

"又是他，快来看！"同宿舍几位女工一边趴在窗口看着，一边喊着小霞。

小霞看到宿舍楼下的一片空场地上，有一圈已经点燃的蜡烛围成了一个大大的心形图案。李飞手捧着一大把玫瑰花，在一遍又一遍地大喊着："小霞小霞我爱你，就像老鼠爱大米！"旁边已经围了一大群工友，高声起着哄："大米大米快下来，老鼠等着来吃你！"

小霞这个质朴的农村姑娘，活了二十多年，哪里遇到过这种令人脸红心跳的阵仗，早已羞得手足无措，不知道该怎么办才好。

在一群舍友的簇拥下，小霞大脑一片空白，稀里糊涂地被人连拉带拽拖下楼。小霞站在李飞面前，满面绯红，狼狈地用双手搓着衣角，嘴一张一翕，不知道说什么好。

"在一起，在一起……"周围的工友们继续起着哄。

这时候，李飞单膝跪地，双手捧着玫瑰献给小霞，双眼脉脉含情地望着她。

小霞大脑还是有点发蒙。她不记得自己怎么接过了花，李飞是怎样和她深情拥抱的。她只记得自己手捧鲜花，慌慌张张地跑回宿舍，留下那个幸福的小伙子在凛冽的西北风中瑟瑟发抖，不知道是因为寒冷，还是因为激动。

爱情之火就这样在这两个年轻人心中熊熊燃烧了。

李飞的热情似火、善解人意、渊博的学识、处理问题的沉着冷静和果断利落，都让小霞着迷。这些都是她以往从来没有从任何一个异性那里感受到的。她体验到了爱情的美妙和幸福。

自从爱上李飞后，小霞的内心就处在深深矛盾之中。在夜深人静时，她常常会情不自禁地想到成刚，并且把他和李飞进行比较。成刚家庭富裕，的确能给她提供优越舒适的生活，但成刚不愿意进城生活，性格也木讷。和成刚在一起，她总感觉缺少点什么。以前总是想不明白，现在想明白了。成刚能给她物质财富，却给不了她精神快乐。和成刚相比，李飞就像冬天里的一把火，给她温暖，给她激情。在李飞面前，成刚顿时黯然失色了。可是她又想到爹和成刚的父亲是世交，自己和成刚订婚十年，成刚等了她十年。如果不是等她，以成刚的家庭情况，肯定早就结婚了。她现在向成刚提出退婚，莫说爹这一关过不了，就是自己的良心也觉得不落忍，毕竟是自己把成刚耽误到现在的。每当想到这个难缠问题的时候，小霞的心就乱成了一团麻，难受得整夜整夜睡不着觉。

很快，细心的李飞就发现了小霞的心事。在李飞的再三询问下，小霞把成刚的事情告诉了他。一开始，小霞还担心李飞心里面会忌讳这件事情，没想到李飞大度地对她说："这多大点事儿呢！你十年前订婚，那就是农村的包办婚姻，是陋习。只要你没有结婚，我就有权利追求你。我相信你能把这件事情妥善处理好。"李飞的信任，让小霞很感动。

春节放假回老家后，小霞终于下定决心，开口向爹妈提出来退婚。

不出所料，小霞的要求遭到了爹妈一致反对。

这事就这样拖了近一年，始终没有解决。父母也常问她退婚的理由，她始终不愿意说出李飞的事情，怕思想保守的爹妈骂她订婚了还不检点，乱谈对象，只想等退婚后，再告诉爹妈她已经有了心上人。

六

如今，和成刚坐在静园的长条椅上，小霞决定把话跟他说明白。她不想再这样耽搁下去了。这既对成刚不负责任，也会耽误自己的青春。

"成刚，对不起你，我耽误了你这么多年。"小霞用满怀歉意的眼神看着成刚说道。

成刚不解地看着小霞："没关系，我愿意等你。哪怕是用一生去等待，我都愿意。"

"成刚，你还不明白吗？你不用等我。"

成刚吃了一惊，嗫嚅道："为……为什么？"

"我知道欠你很多，我家也欠你家很多。可是，我们俩不合适。"小霞激动得小脸憋得通红。

成刚依然嗫嚅道："为……为什么？"

"我俩不是一个世界的人。你喜欢农村的田园生活。我向往大都市的繁华文明。我俩不是一路人。"

成刚也着急得脸红脖子粗："这不是问题。只要你愿意，我可以在县城买房。咱俩都住县城，离家也不远，回家也方便。你看这样行吗？"

小霞苦笑了一下："咱俩真不是一个道上的人。你的目光离开了农村，最远只能看到县城。"

"那你说在哪里买房？"成刚急迫地问。

"咱俩的问题不是在哪里买房。"

"哪是啥？"

小霞摇摇头说道："咱俩的问题不是买房住在哪里，而是把各自的心安放在哪里。"

成刚愣愣地望着小霞："你说的啥意思？我不懂……"

"你不会懂的。"小霞看着成刚，真诚地说，"你是个优秀青年，家境也富裕，一定能找到比我更年轻、更漂亮、更懂你的好姑娘。"

成刚激动地喊起来："不，我谁都不要，就要你！就要你！就要你！"

"我真不是你的菜。"小霞站了起来，轻声说，"我俩彼此都不是对方的菜。"

小霞提出来想回家。成刚要开车送她。小霞拒绝了："我想一个人走一走。"

小霞回到家里，看到爹蹲在门口的大碌碡上抽烟，妈正在拌猪饲料。看到女儿回来了，王能老汉和老伴儿慧芳慌忙围上来，问道："和成刚谈得咋样，没说啥时候结婚的事情？"

小霞走到院子，轻松地对父母说："我和成刚说了，我和他不合适。我俩的事情结束了。"

老两口当下就惊了。王能愁苦地一屁股坐在小木凳子上，身子弯下去，像个大虾米，轻声叹着气："完了，这下完了，多好的婆家呀！咱就是打着灯笼也找不到呀！"

慧芳急切地问："成刚他啥反应，他同意吗？"

小霞冷冷地说："他同不同意是他的事。我反正一定要退婚。"

慧芳问："霞呀，你给妈说句实话。从今年春节到现在，你这三番五次地非得要退婚。这究竟是咋了，是不是你找到自己可心的人了？"

王能也抬头看着小霞，说道："爹就你这一个女儿，还不是盼着你寻个好婆家，以后不愁吃、不愁喝的。这成刚家要是个火坑，爹还能把你往火坑里推吗？你如果自己真找到好婆家了，爹也不为难你。"王能见女儿为了退婚，都闹腾了快一年，心想着和成刚这婚事，硬来怕是行不通的。女儿不开心，他的心里也不好受。

见爹娘口气松了，小霞想着如果再把她和李飞的事情隐瞒下去，那么她和成刚退婚这件天大的事请，估计爹娘很难从心里面过这道坎儿。于是，小霞就把她和李飞相爱的事情一五一十说给了爹娘听。

王能静静地听着女儿的讲述，不时地摇着头。

慧芳倒是越听越高兴，不住地点头："李飞大学毕业，有文化，那感情比成刚好。成刚家再有钱，他也是个农民，养猪的泥腿子。"

小霞把李飞的情况跟父母说清楚后，看着爹妈，等待着他们的意见。

王能还是摇着头说："李飞好是好，可这事能成吗？人家大学毕业，啥样的媳妇找不到，干吗非要找你这个没啥文化的农民？"

慧芳对老伴儿说法很不满："你这是啥话？咱小霞虽然文化程度低点，可是人长得好看。你看咱家小霞这皮肤又白又嫩，这身材又高又苗条，性格又温柔，心地也善良。我看找个大学毕业的合适，别人配不上我闺女。"慧芳越说越来劲儿，惹得王能一个劲儿对她吹胡子瞪眼："就你看自己闺女好，再夸她就披着被子上天——张狂得没领子了。"

慧芳喜滋滋地拉着女儿的手说："霞呀，啥时候把李飞领回家，让妈看看，给你把把关。"

见妈对李飞这么有兴致，小霞一颗悬着的心总算落了地。

王能还是很担心，问道："这事能靠得住吗？我总觉得小霞和人家不般配。咱就是普通的庄户人家，那高枝可别想攀，还是找个本本分分的庄户人家比较稳妥。我看成刚就挺好。那李飞是什么样的人呢？虚头巴脑的，我看不实在。"

慧芳气恼地说道："你那都是旧观念了。现在是啥年代了？只要两个娃互相喜欢，户口呀、身份呀什么的，都不算个啥。霞，你说妈说得对不对？"

小霞笑着点点头，说道："还是我妈思想开放，不封建。"

王能见老伴儿和女儿态度这么坚决，也不好再反对什么了，只是喃喃自语道："成刚和他爸这些年对咱家照顾得不错，把人家娃闪到快三十了，现在提出退婚……这让我咋开口呢？这话不好说呀。再说人家订婚时，给了咱五万块钱，这些年，零零碎碎地送这礼，送这礼，折合成钱也不少。就算退婚，这一大笔钱，咱拿啥给人家退呀？"

见到爹愁眉不展的样子，小霞心里一酸，安慰道："爹，只要能退婚，咱欠成刚家多少钱，咱都一分不少地还给人家。打工这几年，我也存了些钱，回头和李飞商量一下，把成刚家的钱都给人家还清。"

"就算还清了钱，可是欠下成刚家的人情债，可咋给人家还呢？"王能愁得腰弯得更厉害了。

五天的年假很快就结束了。假期最后一天的中午，爹妈送小霞坐上了去西安的长途客车。小霞感到从未有过的轻松愉快。她急切地想尽快回到单位，尽快见到那个心爱的人，把父母同意退婚的好消息当面告诉他。她想象着李飞听到这个好消息后会是怎样的快活和兴奋。

看到女儿坐车走远后，王能和老伴儿往家里走。

一路上，王能没有说一句话。他心情很沉重，一直在想着怎么张口跟成刚家说退婚的事情，低着脑袋向前走着，边走边摇头……

冬　至

一

西安多少年都没有下过这么大的雪了。

大雪下了一周，还没有丝毫要停歇下来的迹象。天地间的一切都被白雪覆盖了，钟鼓楼明城墙、秦砖汉瓦无不银装素裹。粗壮的树枝被厚厚的积雪压弯了，不时有大块的雪团松松垮垮地掉下来。漫天飞舞的雪花让整个世界变得朦朦胧胧。西安这个现代化气息浓郁的十三朝古都，又一次华丽转身为素洁典雅的大长安城。

王晓萍走在街心公园的小路上。大清早的，天很冷，小路上厚厚的积雪平平整整的，没有一个脚印。王晓萍虽然辞职近一个月了，暂时还没有找到新的工作，但是这个漂亮开朗的姑娘心情却一点都不坏，反而有些小欢喜，因为她早就不想在那家公司干了，早一天辞职，就可以早点摆脱那个流氓的纠缠。她今天就要与那个令她厌恶的公司和那个下三烂彻底断绝关系。

前一天下午，公司的财务人员李红打电话，通知王晓萍今天早上到单位结算工资，办理辞职手续。

王晓萍本来不想去那个地方，可是公司拖欠着她十一月份的工资，还有一千元的押金。

王晓萍问道："能不能把上月工资和押金打到我银行卡上，或者给我微信、支付宝转账呢？"

"这不行，你明天必须来公司一趟，因为你上月的工资要当面核算，还有你要把那一千元的押金条拿过来，才能给你退钱。"

王晓萍沉默了片刻，问道："刘总明天早上在办公室吗？"她真的不想再看见那个无耻之徒的丑恶嘴脸。

李红在电话里说："刘总当然要在，发工资必须他签字。"

王晓萍犹豫了，她宁愿不要工资，也不愿意看见公司老总刘利丰。在王晓萍看来，这个人简直就是个流氓，别说见面，就是一提起他，她都觉得反胃。

电话那边传来李红的声音："王晓萍，明天早上你能过来吗？"

王晓萍转念一想，工资和押金本来就是自己的辛苦钱，凭啥不要？不要，岂不是便宜了那个混蛋。

于是，她对着电话说道："好的，我明天早上一定来。"

"你明天早上十点之前来吧，不要太晚了，记着拿上押金条。"

这天是冬至。王晓萍想着等领了工资，中午就去吃饺子，俗话说"吃了饺子不冻耳朵"。

她很喜欢在这干干净净、一尘不染的雪地上行走。积雪在她的脚下发出咯吱咯吱的响声，就像是一首动听的轻音乐。

上大学时，集体宿舍有一些嘈杂。她只要躺在床上，戴上耳机，用手机播放班得瑞乐队的轻音乐《寂静山林》《清晨》《童年》《自然之声》，她就会心静如水，浑身十分熨帖，仿佛置身于瑞士阿尔卑斯山脉的少女峰，在罗春湖畔、欧洲田野中自由漫步。那大自然的风雨声、虫声鸟鸣、水流花落，都是那么沁人心脾、令她灵魂出窍。那种美妙的感觉常会让她忘掉自我，暂时忘却了每年向学校申请贫困补助带来的羞愧和自卑。

王晓萍来自陕西省咸阳市武功县的上王村，是穷乡僻壤飞出来的一只金凤凰。四年前，她以优异的成绩考上了西北大学——全国重点综合性大学，给一生都窝窝囊囊的农民父母争了很大的脸面。她觉得只有努力读书，才是对父母养育恩情的最好报答。

王晓萍兼美貌与智慧于一身，既长相甜美又聪明好学，虽说是土生土长的农村丫头，浑身上下却散发出一种与众不同的高雅气质，而且是越长越水灵，白嫩的小脸总是笑得很迷人，两个浅浅的酒窝摄人魂魄，如皎洁夜空中的明月，又如清澈见底的潭水。当初在农村老家读中学时，不用打扮，一身粗布烂衫也遮挡不住她的美丽；待进西安城读了大学，换上得体的衣服，再用漂亮的头绳随意扎上马尾辫，王晓萍可就更加光彩照人、娇艳欲滴了，把众多从小在大城市里长大的女同学都比下去了。

王晓萍走到哪里，都是男生瞩目的焦点。给她献殷勤、写情书的男生如同苍蝇一样烦人，赶都赶不走。对于男生的示好，王晓萍不为所动，要么婉言谢绝，要么置之不理。她深知自己出身贫寒，父母都是老实巴交的关中农民，现在大学生就业压力山大，在她这样一个无权无势的家庭背景下，以后的就业全得靠自己努力读书。

王晓萍是一个生理和心理都非常健康的年轻姑娘，对爱情充满了渴望，也想得到异性的关爱，盼望着能找到彼此深爱的人生伴侣，但理智告诉她，现在还没到她谈恋爱的时候。

她来自农村，知道父母辛苦地挣钱不容易，不能和那些城里同学相比。她每学年的学费、住宿费加上生活费将近两万元。这一分一毛钱都是父母靠汗水换来的。虽说农民现在种地不需要交公粮、农业税，政府还给粮食直补款，但农业生产成本太高，种子、化肥、耕地、播种、收割样样都在涨价，唯独粮食价格原地踏步，种庄稼根本就挣不来钱。

王晓萍的哥哥叫王立方，已经结婚，在西安给人装修房子，当水电工。哥哥有一儿一女两个孩子。妈妈华素和嫂子艾米在农村老家一起生活，照看孩子。王立方对妹妹很好，常背着媳妇，偷偷给妹妹塞些生活费。

艾米嘴皮子厉害不饶人，不吃亏、爱计较，嫌弃王晓萍上大学花钱多，心里有气，不好当面对小姑子发作，便常把气撒在男人王立方和婆婆身上，动不动就吵闹着要分家另过。

在农村，当家的都是媳妇。王立方和他妈怎么敢得罪艾米呢？何况人家这才结婚几年，就接连给王家生了一儿一女，那可是立了多大的功劳呀！

每回只要爹爹王琼老汉给了王晓萍学费或者生活费，艾米那脸就吊得有一尺长，简直能挂二斤猪肉，没事找事跟王立方找碴儿吵架。

艾米骂起男人来，真是比唱戏还热闹，骂得词语丰富、花样翻新，只见她两手叉腰，一蹦三尺高，还在自己头发上抓几把，弄成披头散发的样子。外人看了，还以为她受到了家暴。艾米越骂声越高，越骂越来劲儿。

　　艾米骂自己男人的时候，总是要捎带着公婆。这时候，王立方就会蹲在地上，双手抱着脑袋，一声不吭，直到艾米骂够了、骂累了为止。艾米一开骂，华素就会拉着孙子孙女躲远，之后会劝儿子："你媳妇要骂就让人家骂去。反正再咋骂，你也少不了个啥，可千万别和人家闹。她一回娘家，两个娃咋办？你没媳妇可到哪儿去找呀！"

　　王晓萍知道哥哥的难处，每次哥哥给钱，她都会小心翼翼，生怕让嫂子知道了，家里就不得安宁。

　　王琼老汉已过知天命之年。女儿考上大学，是他的荣耀。为了供女儿上大学，也是不想待在家里看儿媳妇的脸色，出门还能躲个清静，他就去西安的建筑工地做工，挣个辛苦钱。

　　一想起父母供养自己上大学的难处，王晓萍心里就不好受，告诫自己一定要排除一切私心杂念专心读书，不是她享受风花雪月、浪漫爱情的时候。也许是因为从小在农村长大的缘故吧，在对待两性关系这个问题上，她还是比较传统的。她非常看不起那些花着父母的血汗钱，在大学校园里和男生花前月下玩爱情游戏的女生。她更看不起那些女生只要和男生谈恋爱了，就吃人家、穿人家，好像找到了一张长期饭票一样，不住校园里的大学集体宿舍，在校外和男朋友租房同居。她认为这种女生就是对自己不负责，对自己将来的丈夫不负责。

　　对于那些把爱情当饭吃，动不动为了爱情闹得死去活来的女同学，她认为很幼稚很可笑。她是个很现实的姑娘。西北大学是面向全国招生的重点大学。同学们来自全国各地，毕业后也会走向五湖四海。男女同学谈四年恋爱，假如毕业后不能在同一个城市工作，那么想要结婚就不太现实。果真到了那一天，除了平添失恋的痛苦之外，这场没有结果的恋爱并不能给谁带来任何好处。况且，作为大学生，努力学习才是正事，等大学毕业后，工作稳定了，那时候再恋爱结婚才是切合时宜的。

　　在承受感情挫折和社会舆论的抗击打能力上，女生往往不如男生。这个社会在很多方面对女生不公平。男生谈几次恋爱，在别人看来很正常；女生则不同，谈几次恋爱都没有结果，就会被认为是轻浮不自重。

看到身边的女同学一个个都找了男朋友，出双入对的甜蜜幸福样子，王晓萍有时候也会羡慕。尽管她不缺追求者，其中不乏品学兼优的高才生，有时候也会让她那颗女儿心微微颤动，但冷静下来，她都会将男孩子拒之门外。若是一般姑娘，恐怕早就做了俘虏，但是王晓萍毫不动心，坚定信念，上学期间绝不谈恋爱。同宿舍的女生和她开玩笑说："你这么好的一棵白菜，愣是不让猪拱，不知要急死多少头猪。"

二

锦业路位于西安市高新区西南，靠近南绕城。这片繁华区域是大西安的城市新名片，也是西安市超高层大楼最多的地方。高耸入云的写字楼鳞次栉比，其中国瑞西安金融中心是目前西安市的第一高楼。锦业路周边早已建起了很多大型成熟小区，汇聚了绿地笔克国际会展中心、省游泳中心、永阳公园等众多城市基础配套设施。

往日里，大街上车如流水马如龙，人行道上人流如织、摩肩接踵，热闹得如同集市一般，人行走都困难。这场绵绵不绝的大雪让整个街道变得冷冷清清。三三两两的行人都迈着企鹅步慢慢悠悠、小心翼翼地在雪地上彳亍。街心公园的广场上，一位老大爷和他的小孙女正在快活地打着雪仗。一场大雪似乎让整个城市的生活节奏都变慢了。这种天气，最忙碌的就是市政工作人员了。他们开着铲雪车、撒盐车、运雪车，还有除冰车在清理着路面。身穿黄马甲的环卫工人大多是一些头发花白的老人，在打扫着人行道上的积雪。

沿着锦业路向东走，距离丈八一路不远处，就是王晓萍之前工作的那家公司，大老远就看见了门头上醒目的公司牌匾。

走到门口时，王晓萍迟疑了一下，她真的不想跨进这个让她感到厌恶的大门，但最终还是鼓起勇气，走了进去，见办公室大门紧闭，她推了一下，门锁着，就掏出钥匙打开门，里面没人，张爱民主任不在单位。王晓萍找了个大纸箱子，把自己所有的东西都收拾好，装进里面，把纸箱子抱到办公室门外，又回身，掏出单位大门和办公室的两把钥匙，放在张爱民主任的办公桌上，随后拿出纸和笔，写道：

张主任：

您好！

我今天来办理辞职手续，把单位的两把钥匙放在您的办公桌上，请收好，感谢您在这段时间里对我的无私帮助和谆谆教诲，后会有期。

王晓萍

十二月二十一日

王晓萍把两把钥匙压在纸条上，锁上门来到业务大厅。

不知何故，今天大部分同事，包括张怡、马鸣，还有吴丽几个人都不在，只有两三个人低着头，盯着电脑屏幕看，没有人注意到她。她想先不和谁打招呼，等一会儿办完辞职手续临走时，再和大家告个别致个谢，便径直走进隔壁的财务办公室。

看到李红正在整理资料，便笑着说道："李姐，你好！我来办理辞职手续。"说话间，王晓萍从包里取出押金条，递给李红。

李红也对她笑笑，说道："请稍等。"李红接过押金条，看了看，从桌子一旁的订书机下取出来一张纸条，递给她说："这是你上个月的工资单，还有一千元押金。你看看，如果没啥问题，去刘总办公室，让他签个字，过来领钱。"

王晓萍接过工资单看了一眼，惊呆了，简直不敢相信自己的眼睛，惊讶地问道："李姐，这工资不对呀！除了押金一千元外，怎么工资只有二百五十元，我每月工资不是三千五百元吗？"

李红用手向门外指了指，轻声说道："刘总专门交代了你的工资。他说你有啥问题就去找他，他现在就在办公室里。"

王晓萍很生气，脸憋得通红，气愤地说："这二百五十元工资不是骂人吗？"

王晓萍想起在省体育场大学生招聘会上应聘的情景。

三

春节后，她就一直奔波在求职的道路上，深切地感受到就业的艰难。大四最后一个学期，老师们都能体谅学生就业的困难，基本也没什么课了，让大家多用心思去寻找工作单位。本科生现在太多太普通了，想找个称心如意、专业对口的工作真不容易。为了能提升自己的学历，谋取一份比较稳定、收入还不错的工作，和班里的其他同学一样，王晓萍参加了考研和公务员考试，可是报考的人实在是太多了，竞争太过激烈，她的成绩不太理想。其实，说心里话，她并不是很想读研究生，而是想早点就业。她读了四年大学，省吃俭用，还是花了七八万元，把爹妈的血汗钱都榨干了。爹长年在建筑工地干活，累得又黑又瘦，不顾死活地卖命挣钱，都是为了供她上大学。妈为了她，在家里净看嫂子艾米的脸色，没少受嫂子的气。

那一年，学校国庆节放七天假。王晓萍准备回家，在去公交车站途中，看到一家水果摊上面黄澄澄的大橘子很诱人，就买了一大塑料袋子，想着拿回家给妈妈吃。回家后，嫂子见了她，嘴噘脸吊的。她想着自己总是要出门嫁人的，以后就是这家里的客人，嫂子艾米才是这家里的主人，和嫂子搞好关系，也是想让嫂子能给妈一个好脸色，便主动赔着笑脸，低声下气地把那袋子橘子递给艾米尝，嘴里嫂子长嫂子短叫得亲热："嫂子，你在家照顾妈，都是替我尽孝呢，你最辛苦，你先尝。"谁知道艾米鼻子哼了一声，看都没看她，扭过脸，边走边说："你是大学生，我是个粗笨人，咋配得上吃你买的东西？这还不知道是不是那傻瓜立方给的钱，叫你耍人。"

王晓萍当时就红了脸，眼泪夺眶而出。妈妈走过来，心疼地拉走了女儿。

没考上研究生不要紧，没考上公务员也无所谓，反正大多数人都考不上，又不是她一个人考不上。这本来也不是啥丢人的事。她怎么能忍心让父母作难，自己舒舒服服地坐在教室里读书呢？

王晓萍最想去行政或事业单位工作，稳定轻松又体面，待遇还丰厚，可这只能等以后有机会了，再考公务员吧。眼下对于她这个普通的本科生来说，要面对现实，最好还是先找份普通的工作干着吧。

王晓萍给好几家心仪的单位投递了求职信，却均似泥牛入海，连个回音都没有。这让她对找工作这件事情都有点心灰意冷了。她学的是文秘专业，俗话说的"万金油"专业，其实是并没有多少高超的专业技能，放到哪里都能用，但是干啥都没有一技之长。

西北大学虽然是地方院校，但是与部队有着密切的合作关系，每年都会为部队输送大批优秀人才。大学里学文科的女生本来就比男生多很多，女生就业显得异常困难，而男生就业压力相对小些。王晓萍所在的文秘专业一共有九十二个学生，女生将近六十个，男生不到四十个，班里几乎一半男生都去参军了，剩下的陆陆续续都找到了工作，而女生就业状况就不那么乐观，除了寥寥无几的女同学考上了研究生或者公务员，还有一些家庭人脉广泛的女同学找到了还算满意的工作，剩下的大部分女同学和王晓萍一样，工作一直没有安顿下来。有几个着急的女同学虽然签订了劳动合同，却一点都高兴不起来，有的同学还偷偷抹眼泪，因为那工作单位实在是不尽如人意，有的是偏远县城的拖拉机厂，有的是造纸厂。在同学们看来，这都是些没有任何前途的单位，迫不得已才去的，真对不起自己上四年大学付出的心血和金钱。

七月初，同学们大都拿到了毕业证书和学位证书，收拾好行李，准备离校去单位报到。这时候，王晓萍的工作还没有一点着落。她只好先回老家待一段时间。

上四年大学花了很多钱，现在毕业了，到了该报答父母的时候，却找不到工作，拿啥给父母尽孝呀？看着妈妈头上稀疏的白发、额头的皱纹，王晓萍感到很内疚。她没有找到工作，妈妈没有说一句埋怨的话，反倒安慰她。王晓萍感动得鼻子发酸，眼泪扑簌扑簌地流下来，抱着妈妈伤心地哭了起来。

妈妈轻轻拍着女儿的后背，知道女儿没有找到称心的工作，心里着急郁闷。一时间，华素也难过得想哭，但是还得强忍住不让眼泪流下来，不能给女儿心里添堵，万不能把女儿的心情往坏处带，就强颜欢笑，对女儿说："你考上大学就是咱一家人的骄傲。农民工进城都不愁找工作，大学生哪有找不到工作的，寻不到个好的，还寻不到个差一点的？"

听妈妈这么一说，王晓萍破涕为笑，搂着妈的脖子，在妈脸上亲了一口，撒娇地说道："还是妈会说话，我爱听。"

上王村位于武功县东南，由两个自然村组成，有四个村民小组，不到三百户人家，总人口约一千人，人均耕地约八分。村民大多种植大蒜、玉米、小麦，几乎家家养猪养鸡，但都是少量养殖，图有个活钱花，没有形成产业化大规模养殖，难成气候。

如果爹不外出打工，全家人供养王晓萍上大学都吃力。每年交学费的时候，哥哥王立方都会背着媳妇，偷偷给王晓萍手里塞上几千块钱，但每次都会让精明的艾米察觉到，免不了闹个天翻地覆。不管艾米怎么闹，都阻止不了王立方时常接济妹妹。

王晓萍知道自己不会在老家待很久，以后陪妈妈的日子会越来越少，就想着在家里多替妈妈分担一些活计。每日里，她除了帮妈妈洗衣做饭外，还要照看侄女和侄子，抽空还要替妈妈喂两头猪和十几只母鸡。王晓萍一天到晚忙忙碌碌地，就不觉得待在农村寂寞，同时深深地体会到妈妈在家的劳累。

艾米从早到晚在村子里找那些懒汉闲人打麻将，到了饭口才回家吃饭，家里啥事都指望不上她。她在外赢钱了，回来还有个笑模样。你啥时候看她回家嘴噘脸吊、打狗骂娃、摔碟子摔碗，看谁都来气，那一准儿是输了钱。

艾米对家里的啥事都不操心，心安理得地当起了甩手掌柜。王晓萍虽然对此极为不满，半个眼都看不上这个嫂子，但她知道自己迟早要离开娘家，娘家最终不过是自己的一门亲戚，可是妈妈还要和嫂子长期相处，老了还要依靠嫂子照顾呢。每当想到这里，王晓萍只好将满肚子的怨气强忍着，实在憋不住了，就偷偷在妈妈面前发几句牢骚。华素也不敢招惹这个儿媳妇，谁叫咱那个瓜儿子立方是个怕媳妇的软蛋。母女俩忍气吞声，对艾米的胡作非为装聋作哑，只要人家不给她娘俩寻事吵架就谢天谢地了。

庄稼地里一望无际的玉米长到一人高了，粗壮的玉米秆半腰裂开了半尺长的棒子，吐出粉红色的娇嫩的玉米须。玉米秆顶端已经长出花穗，每一枝花穗上都挂满了紫红色的小花朵，如一颗颗闪闪发光的小玛瑙，散发出淡淡的香甜味道。

这个夏天雨水充沛，玉米长势旺盛，看来秋庄稼又要丰收了，农民付出一年的苦力和汗水有了回报。

这个季节，正是种大蒜的最佳时机。王立方和爹常年在外打工，顾不上打理庄稼，艾米更指望不上。华素身单力薄，干庄稼活儿吃力。种大蒜工序繁多，麻烦费劳力。王立方和爹都主张不要种大蒜，四亩地全种上小麦，机器种机器收，人轻省。华素说大蒜是经济作物，比种小麦能多卖钱，还能吃个新鲜蒜苗、蒜薹和大蒜，坚持每年都要种七八分地的大蒜，这样，家里一年也好有个零花钱。

华素留够大蒜种子，将多余的大蒜卖了钱，把一部分钱留作家用，又给了艾米一些钱，供她打麻将零用，以免她闹事。

剥大蒜种子虽然不累，却是个费时劳神的活儿：要把大蒜骨朵儿掰成一粒粒蒜瓣，精挑细选个头大的作为蒜种子，小蒜瓣便宜卖钱。艾米不帮忙干活儿，一天就知道去外面玩乐，全把自己当客人，什么事情都不操心，也不管不问。王晓萍和妈妈两个人整整剥了一个星期，才剥了七袋子蒜种，两手十个指头都脱了一层皮。

剥大蒜不算啥，种大蒜才叫受罪呢，一般都在三伏天，早了或者晚了都不利于大蒜发芽生长。清早天凉好干活，天刚蒙蒙亮，艾米睡得正香，王晓萍和妈妈用架子车拉着一蛇皮袋子蒜种子，来到玉米地里。妈妈用镢头在前面挖了两道浅沟。王晓萍提着一篮子蒜瓣，直起腰没法干活儿，只得蜷缩着身子，在地上连爬带跪，把一瓣瓣蒜种在沟渠里，再用手把沟渠两边的土刨进来，埋住蒜瓣。长长的玉米叶子如锯齿一般划在母女俩的脖子上、胳膊上，又疼又痒。玉米地里没有一丝风，闷热难当。王晓萍身上的热汗直流，脊背一个劲儿地往外蹦痱子，间或不小心碰着玉米秆，那穗顶上的玉米花粉便唰唰唰地落在脖子上，钻进后背里，刺痒得如同千万只蚊虫在叮咬。母女俩干一晌活儿回家，裤腿膝盖上、手掌上都糊满了泥巴，人累得简直都想倒地就睡，实在不想动一下，却不得不拖着疲惫不堪的身躯，忙前忙后地喂猪喂鸡、洗衣做饭。

艾米不下地，也不干家务，一天就领着一对儿女满村子找麻将桌，麻将打累了，回家嚷嚷着饭早了晚了的，还总嫌饭菜做得不好吃。

　　王晓萍和妈妈相对无言，一声不吭，全当没听见。随艾米爱咋就咋，只要不胡寻事就行。母女俩累死累活地受了整整四天罪，才把所有的蒜种子都种完了。

　　王晓萍在家里待了两个星期，还没待够，嫂子的脸色就不好看了，三番五次地问她："你啥时候上班去？你是大学生，是要干大事情的人，比不得我这农民泥腿子，咋能守在农村，埋没了人才？"王晓萍听出嫂子说这话是嫌弃她，不想让她在家里待，就强忍着不作声，可这话听得多了，人就有点坐卧不宁，就给妈妈说想回西安找个事情干。华素担心她没有个落脚处，怕她出门受委屈，就不让她走。

　　这天中午，华素做了西红柿鸡蛋扯面。雪白的面条筋道又光滑，西红柿鸡蛋有红有黄，夹几块翠绿的豇豆放进碗里，再舀一勺红艳艳的油泼辣椒和白蒜泥。你再看这碗面，色彩诱人，气味喷香，把人的馋虫勾得直往外冒。王晓萍饭量好，吃了一碗还没有饱，又去调了碗面。

　　艾米一脸不屑地说："你还没结婚，这么能吃，也不怕胖了没人要。"

　　王晓萍听出那话里满是嫌弃和讥讽，又不好和嫂子为了一碗面这点小事争吵，尴尬地端着碗，吃也不是，不吃也不是。

　　华素为了缓和气氛，笑着说："我娃儿人样子好，不愁嫁，管它胖瘦，先咥美再说。"

　　艾米咧着嘴，哼了一声："好心当了驴肝肺。"

　　王晓萍对妈妈笑笑，这碗面吃得没滋没味，想着家里怕是待不下去了。

　　下午，同宿舍的好朋友张丽娜给王晓萍打电话说，周日在省体育场召开大学生暑期招聘会，问她去不。

　　王晓萍想趁此机会离开家，跟妈妈说了这事。华素也支持女儿去试试："你刚毕业，没啥工作经验，对工作期望不要太高，哪怕是先找个不太满意的工作，磨炼一下也好，既能积累一些工作经验，还能领悟与人相处之道。没有能一步到位、一下子就找个称心如意的工作干到退休的。你可以先找个工作干着，空闲时间继续学习，不断提升自己，以后有了机会，你还可以继续考学深造。"

　　妈妈说得在理。王晓萍给张丽娜打电话："我明早直接去省体育场招聘会场。

你现在上班了吗？"

张丽娜说："我最近还没有上班，在家里闲待着，没啥事情。你中午忙完了给我打电话，晚上就住我家里吧。"

四

翌日，天刚亮，王晓萍就早早地起了床，整理好个人求职信，随身带了几件换洗衣服。华素给女儿煮了两个荷包蛋，让她吃了。

村北头就是西宝高速公路的谷米服务区。在那里可以乘坐大巴车直达西安。王晓萍本来想独自一人去服务区乘车，让妈妈在家里休息，家里的活计永远都干不完。华素坚持要送送女儿，边走边问道："你现在毕业离校了，学校宿舍肯定是不能再住了。咱在西安无亲无故的，找工作也不是一时三刻就能找到个合适的，急不得，你晚上肯定赶不回来，住哪儿呀？"

"妈，你不用操心，昨天我那同学打电话，让我住她家里。她家就在西安市区，离招聘会那地方不远。我不行就在她家暂住几天，等工作有着落了，我就去租间房。"

华素点着头，塞给女儿三千块钱，叮嘱她把钱装好，出门在外，该吃吃、该睡睡，别苦了自己。

大巴车来了，王晓萍上车后，找了个靠窗户的座位坐下，向妈妈挥着手。车走远了，王晓萍看见妈妈还站在那里张望着，不禁鼻子一酸，流下泪来。

第二天上午九点半，王晓萍来到招聘会现场。这里人山人海，比菜市场还要热闹。四五十家招聘单位在各自的场地上摆放着巨大的广告牌，上面写着企业宣传信息、招聘岗位、福利待遇及学历、专业要求。每家招聘台前都挤满了一张张稚嫩而急切的面孔，他们大多戴着眼镜，有人在咨询，有人在递交着求职信，人流如潮，里三层外三层挤得水泄不通。看来，未就业的大学生真不少呀！王晓萍惺惺相惜，不禁同情起这些和自己一样毕业就失业了的同学。

王晓萍在会场转了一圈，发现和往常一样，今天的招聘单位大多是一些小微企业，连一个规模稍大一点的国企都没有。就算是这些没有多大吸引力的小微企业，有的岗位动辄要求硕士以上学历、三年以上工作经验，或者明确要求只招聘男生。

　　和别的冷门专业一样，王晓萍学的文秘专业同样不太好就业。这么多用人单位，招收文员的没有几家。她最后给三家单位递交了求职信，其中就有那家规模稍微大些的装饰公司，均被告知回家等通知，三天后如果没有接到电话通知，那就是未被录用。

　　离开省体育场，王晓萍给张丽娜打了个电话，说自己刚参加完招聘会，投了求职信，现在等通知。张丽娜让她坐地铁2号线在凤栖原站下车，从B口出站，一会儿在那里碰头。

　　十多分钟后，王晓萍见到了张丽娜。上学时，她俩最要好，无话不谈。这两姐妹才分别不到一个月，就想念得不行。这下见了面，相互拉着手有说不完的话，甭提有多亲热了。张丽娜的家就在地铁口附近，她拉着王晓萍回了家。张丽娜的父母早已经准备好一桌丰盛的饭菜，盛情款待女儿的同学。

　　经张丽娜她爸爸的朋友介绍，张丽娜去长安区某文化单位面试，并顺利被录用，现在就等着报到呢。张丽娜能在文化单位谋份差事，令王晓萍羡慕不已。她衷心为自己的好朋友祝福："你这工作稳定又轻松，听着也体面，以后找对象都有优势。"

　　和王晓萍一样，张丽娜在大学里专心读书，也没谈男朋友，听了这话，不好意思地笑了："其实也没有啥。"

　　"你今天没去招聘会，不知道找工作有多难。招聘单位的要求越来越高了。"王晓萍说了这话，两个好朋友沉默了，心里都不好受。

　　得知王晓萍要等招聘单位的消息，张丽娜强留她住在自己家里，说道："你踏实留下陪我。我还不知道单位啥时候通知上班呢，心慌得很。你陪陪我，日子好打发。"

　　张丽娜的父母也真诚地挽留王晓萍。面对同学一家人的热情，王晓萍实在不好意思拒绝，说心里话，她也不想回老家来回折腾一趟，就答应在张丽娜家里暂住几天。

五

第三天早上，王晓萍的电话铃声响了，一接听，是那家装饰公司打来的。办公室主任张爱民通知她被录用了，让她转天早上九点来上班。

王晓萍虽然对这样的私企不是太满意，可眼下找不到更称心的工作，只好先干着看吧。

张丽娜安慰她说："你权当积累工作经验了，要是不想在这单位长期干，你可以边工作边学习，考研考公务员都有机会，总不能闲在家里，自己着急父母上火。你说是不是？"

王晓萍点着头，觉得张丽娜说得没错。她家里的情况与别人家不一样，嫂子艾米不是个善茬儿。如果她整天闲在家里，嫂子不闹翻天才怪呢。

王晓萍有了工作，再继续住同学家就不合适了。尽管张丽娜一个劲儿挽留她多住一段时间，王晓萍还是坚持要去单位附近租房住。拗不过王晓萍，下午张丽娜陪她去甘家寨租房。

甘家寨是西安市高新区核心区域的一个城中村，在西安文理学院旁边，地理位置优越，交通十分便利。民房的租金比单元房要便宜很多，因此很多刚参加工作的大学生和外来务工人员都喜欢在此租房。王晓萍之前听同学说过这里环境不错，距离她上班的地方不远，就想在这里租房。

王晓萍和张丽娜大老远就看见甘家寨鲜亮的门楼，走进村子，发现这里果然与别处城中村脏乱差的街容街貌有所不同。它是改造后的新型城中村，保留了原有城中村的房屋和街道结构，居民楼基本上都是三四层，户型十分整齐，楼下是一排排的小吃街，街道干净卫生。

这是三伏天的下午，正是一年中最热的时候，村子街道上没啥人，几个老太太倚在门口和街坊唠着家常。偶尔有一只小狗躺在门口，吐着粉红色的长舌头，听见陌生人的脚步声，并不理会，只是动动耳朵，都懒得叫一声半声。

王晓萍和张丽娜询问了几家房主，看了看房子，价钱都差不多：单间不带卫生间，有八九平方米，每月租金三四百块钱；带卫生间的面积略大一点，有十二三平方米，每月五六百块钱。最终，在东二排一户村民家里，两个女孩相中了一间房。那是三楼的一个单间，带有卫生间，可以洗澡，挺干净的，房间里面有一张一米二宽的小床、一套松木桌椅，八成新，带空调，有无线网络，顶楼还能晒衣服。

房东是一位慈眉善目的老太太，张口要每月租金六百元。

张丽娜哀求道："奶奶，我俩大学刚毕业，正找工作呢，没有收入。您家这么多房子，一月租金肯定多得花不完，房租给我俩优惠点呗！您也不差我俩这点房租吧。"

老太太看看她俩笑了，说道："我就喜欢你们这些大学生住我这里，有文化有教养，守规矩讲卫生，给我家里增添文明气息，那就给你们优惠点。"

经过一番讨价还价，王晓萍最终以每月五百元的租金租下了这间房子，一次性支付三个月房租，押金是一个月的房租。王晓萍当场给了房东两千元钱，拿到了房间钥匙。

张丽娜帮王晓萍把房间彻底打扫干净，又一起下楼去村子里的商店买了床单被褥等床上用品，还有一些生活日用品。两人忙活了半天，终于把房间收拾得整洁又温馨。张丽娜见一切都收拾好了，就要回家，临走时叮嘱王晓萍道："城中村人杂治安乱，你出门一定要锁好门关好窗，别和陌生人说话，尤其是陌生男人。你这么漂亮，哪个男人见了都走不动路。"说了这话，张丽娜笑了。

王晓萍在张丽娜肩膀上轻轻擂了一拳，娇嗔道："瞧你说话这口气，咋跟我妈一个样子？"

送走张丽娜后，王晓萍躺在小床上休息，累得快散架的身体这才得到完全放松。以后，这里就是自己的家了。看着空荡荡的小屋子，王晓萍在心里规划着美好的未来。

小房间没有厨房灶具，不能做饭。邻居们在门口支着案板和煤气灶，本来就不太宽敞的过道显得拥挤又杂乱。

夜幕降临，王晓萍的肚子咕噜噜叫起来，该吃晚饭了。她走下楼，看看有啥吃的，顺道参观一下城中村的夜景。

与白天冷冷清清的街道场景截然不同，甘家寨的夜市热闹非凡。在这个灯红酒绿的花花世界里，无处不弥漫着人间的烟火气息。顺着街道望去，人流如潮水一般，从村口涌进甘家寨。他们等不及脱去上班穿的正装，就急匆匆赶来纵情狂欢了。

民以食为天，甘家寨的店铺以饭馆居多。一家家饭馆灯火通明、人头攒动，各种美食让人流连忘返。或许是因为串串物美价廉的缘故，村中人皆喜食串串，因而这里的串串店格外多。沿村口往里走，一路可见大连村串串、红旗串串、红叶串串、那家串串，一家挨着一家，家家客满。

甘家寨的饭馆汇聚了全国各地的美食：岐山臊子面、山西刀削面、重庆小面、宜宾燃面、老北京炸酱面、东北大水饺、新疆大盘鸡、成都酸辣粉、广东石磨肠粉、柳州螺蛳粉、上海浓汁鸡煲饭、湖南土家菜、青岛虾兵蟹将……应有尽有。外地人可以在这里品尝到地道的家乡美味，所有生活的艰难与困顿都会随之烟消云散。

甘家寨的夜市是城市里一道亮丽的风景线。小商小贩遍布一街两行，大都推着清一色的红色小车，叫卖着各种小吃，有卖鸡翅鸭脖的，有卖章鱼小丸子的，还有卖豆腐烩菜泡馍的，也有卖秦镇米皮、肉夹馍的……都是现做现卖，要的就是个新鲜原味。闻着那沁人心脾的各种饭菜香味，路人忍不住驻足痴望，原本的愁肠百结在一瞬间化作心旷神怡。

闷热的天气让人烦躁不安，能使西安人悦目娱心的，唯有那夏夜的烧烤。甘家寨星罗棋布的烧烤店无不生意兴隆。烤肉串、烤鱼、烤鸡翅、烤玉米、烤豆腐、烤面筋无不挑逗着食客的味蕾。

"师傅，您先坐，马上就好，今天客人多，请多担待。"

烤肉串的小哥刘二左手熟练地飞快翻转着签子，右手拿起搭在脖子上的毛巾，擦着额头和脸上的汗水。

三五人一桌，夹菜撸串、推杯换盏，吃得满嘴流油、聊得神采飞扬。能在一起把酒言欢的，必是情投意合之人。这时候，吃喝已经不重要了，重要的是知心朋友能欢聚一堂。

街道上人声鼎沸，饭馆门前老板在吆喝着，小孩子们在嬉闹奔跑着，老人们边走边嘘寒问暖，有一搭没一搭地谝着闲传；一对对情侣打情骂俏，小声耳语，那短发妖娆的女子便追打长发花衫的男子。也有那醉酒者耍起了酒疯，摔酒瓶子骂大街。

甘家寨的美食慰藉着那些发愤图强、为了实现心中理想而打拼的人的心灵；甘家寨的灯光在黑夜里照亮了每个过客的"曾经沧海难为水"以及"我的未来不是梦"。你哪怕不饿，来此喧闹的夜市上转一转，看看风景散散心也是一种美的享受。甘家寨的住户们在俗世的柴米油盐中忙碌着自己的日子。时光如流水，不舍昼夜地流淌在整个村子里。

走在甘家寨这行人摩肩接踵的街道上，王晓萍心中突然生出许多失落和寂寞，她不禁想起自己的亲人——远在家乡的妈妈、在同一个城市里卖苦力气的爹和哥哥，此时你们都在干什么？今天干活儿累坏了吧，或许已经睡着了。王晓萍想，我得努力工作，挣钱养活自己，孝敬爹和妈，不能再让亲人们为我操心了。上大学时，她一直想去爹和哥哥干活儿的工地上看看，可是他们从来不许她去，说那是吃苦人卖命的地方，环境脏乱差，不是她这个女大学生该去的场所。其实她心里明白，爹和哥哥是心疼她，怕她见到亲人在那种恶劣的环境中出力吃苦而心里难受。

王晓萍吃了一份砂锅三鲜米线，回到出租屋，闲得没事干，就翻看起散文集。那里面有两段话，引起了她的共鸣。合上书，王晓萍想，我一定要在西安市站稳脚、扎下根。我这辈子不想做什么事，只想老老实实做人、踏踏实实做事，不敢想能活出名声，活出荣耀，只想过好自己的平常日子，能不让父母为我操心就好。想着心事，王晓萍竟不知不觉地睡着了。

六

第一天上班，可不能迟到。不到七点，王晓萍就被手机闹铃叫醒了，洗漱干净，在楼下吃了两根油条，喝了一碗豆浆，就去公交车站等车。

装饰公司在锦业路的临街，很好找。王晓萍来到单位大门口，见大门紧闭，看时间才八点半，自己来得太早了，还没有人来上班。

等了二十多分钟，办公室主任张爱民来了，打开公司大门。王晓萍认识张爱民，这是一个三十五六岁微胖的中年男子，头发有些稀疏，和人说话总是一副笑脸，给人一种亲切随和的感觉，三天前就是他去省体育场招聘的。王晓萍便跑上前去，向他问了声好，进行了自我介绍。张爱民对她点点头，笑了笑说："明天不用来得这么早，九点左右到单位就行。"

张爱民带王晓萍走进办公室，把包放在自己的办公桌上，指着另外一张办公桌说："那张桌子是你的。咱这办公室就只有咱两个人。"未等张爱民开口，王晓萍就拿起拖把，打扫起办公室的卫生。

办公室外面是业务大厅，有七八张办公桌，紧挨着办公室的是财务室，再往里走，是总经理办公室。财务室和总经理办公室的门是锁着的，王晓萍很快就把业务大厅打扫干净。之后，她拿出抹布，开始擦拭自己的办公桌。这时候，快九点半了，同事们都陆陆续续地来了。

公司老总刘利丰到办公室后，张爱民领着王晓萍去见他。刘利丰和张爱民年龄相仿，戴着金丝眼镜，一双小眼睛如同耗子般，从眼镜上方打量着王晓萍，那样子很滑稽，似乎有着那么一种不怀好意的味道。刘利丰人长得很瘦，看着病恹恹的，上嘴唇留着短须，咋看都不像个好人，一点都没有公司老总的派头。

王晓萍看着这位老总的古怪模样，心里觉得好笑，强忍住没有笑出声来。她礼貌地对刘利丰点着头，说道："刘总好！我叫王晓萍，请多多批评指教。"

过了一小会儿，刘利丰看着王晓萍，对张爱民说："去给大家介绍一下吧，以后多关照新人。"

王晓萍刚到单位，还有些拘谨，见人不笑不说话，不是把同事叫老师，就是称哥叫姐，高看他人，把自己放在很低的位置上，虚心向同事们请教学习。

王晓萍每天都是第一个到办公室，赶在同事们来之前，就把办公室和业务大厅打扫得干干净净。她勤恳耐劳、为人谦逊，很快就赢得了大家的喜爱。她的工作是负责公司所有文案的整理、校正和打印，还要兼顾收发快递等其他事务。王晓萍读大学时自学并熟练掌握了电脑办公软件，工作上手很快，也很轻松。

　　王晓萍工作兢兢业业，待人接物一团和气，一心想和每个同事都搞好关系。她不刻意讨好谁，也不想和任何人闹矛盾，可是她的漂亮脸蛋和苗条身材还是给自己带来了麻烦。

　　不知道从什么时候开始，单位里就有人传出风言风语，说张爱民对王晓萍格外照顾，两人关系非同一般。这种谣言对王晓萍伤害很大。张爱民是她的直接上级，两人同处一个办公室，因为工作上的事情，交流自然就多一些。当然，除了谈工作，张爱民有时候也会问她一些生活上的事情，可这完全是出于同事之间的友谊和关心。张爱民有家室，她还没有男朋友，他们俩之间根本不可能发生什么越轨的事情。没错，张爱民在工作上对她帮助很大，她对张爱民只有尊敬和感激，怎么会有别的乱七八糟的想法。这样的话莫说是谣言诬蔑人，就是开玩笑也不合适。王晓萍第一次感受到职场的复杂、人心的险恶，走向社会真的比不得在学校单纯。

　　没有人敢在张爱民面前散布这样的谣言，他还和以往那样，和王晓萍坦然相处。可是，王晓萍就不同了，每天一走进办公室，看到张爱民，她的耳边就会响起那些令人厌恶的流言蜚语，就觉得心神不定，浑身不自在，心里的委屈又不知道跟谁去诉说。这种苦闷让她感到很压抑，有时候简直都无法呼吸。

　　公司设计师吴丽是个四十多岁的女人，喜欢化浓妆上班，走起路来，大胸脯努力向前高高耸起，硕大的屁股左右摇摆，显得风情万种。她喜欢给刘利丰献殷勤，有事没事地就爱往总经理办公室跑，还常关上门，和刘利丰叽叽咕咕老半天才出来。最让人看不过眼的是，每逢周一开例会，当刘利丰在大厅讲话时，吴丽总是坐在第一排，高举着手机，从头到尾给刘利丰拍视频，并跟别人说回家要反复看视频，一定要把刘总的工作安排牢记在心。有时候，连刘利丰都忍不住制止她说："我说的这些都是闲话，没必要拍视频。"但她还要坚持这么做。

　　一次，吴丽不在单位，公司的老员工张怡找王晓萍聊天说："你刚来，单位好多事情还不知道。吴丽是刘总的心腹，专爱打别人的小报告，她是刘总安插在公司里的密探。"

　　四十多岁的男同事马鸣心直口快，看不惯吴丽对公司老总的阿谀态度，嘴里不干不净地骂着。

王晓萍站在旁边，尴尬得手足无措。她不想说人是非，也不想听人说是非，就想走，笑着说道："我忙去了。"

见王晓萍要走，张怡忙向她招手，说道："走啥呢？还没跟你说正事呢。"

王晓萍便站住了，看着张怡。

张怡说："我能看出来你是个乖娃，不可能胡来的。你知道谁造谣说你和张主任有事儿？"

王晓萍愣愣地看着张怡，摇摇头。

张怡说："咱公司谁爱造谣生事？你自己想去吧。"

王晓萍惊呆了："难道是她？"

张怡说："你心知肚明就行，你是新人，惹不过人家，忍着吧。"

王晓萍说："身正不怕影子斜。哪个背后不说人，哪个背后不被人说？路是自己走的，嘴长在别人身上，由她去说吧。我不信她能颠倒黑白。"

"唉，"张怡叹了口气说："你娃还是太嫩，往后要经历的事情多着呢，要坚强呀！"

马鸣点着头说："听你张姐的没错，害人之心不可有，防人之心不可无。"

王晓萍走向自己的办公室，脑子里乱糟糟的。

七

国庆节放假前，为了庆双节，刘利丰邀请公司全体员工聚餐，晚饭后，又一起到附近一家 KTV 唱歌。

王晓萍五音不全，不喜欢唱歌，更不喜欢 KTV 乱七八糟的环境，本不愿意去，但想着这是集体活动，自己刚来公司没多久，个性不宜太张扬，就硬着头皮跟进了包房。她不唱歌、不喝酒，只是给那些唱歌的同事鼓掌叫好。大家玩得很开心，豪饮高歌的都是些没开车的，开车来的基本上都不太喝酒，刘利丰也没有喝啥酒。王晓萍喝了一会儿茶水，觉得没啥意思就想走，但是大家的兴致正高，张爱民也劝她出来玩就要尽兴，她就不好意思开口告辞，难受地听着众人嘶吼，如坐针毡。玩到快午夜时分，大家都有点累了，便有人嚷嚷着散场，要回家睡觉。

到了KTV楼下，大家挥手告别，没开车的都坐同事的车顺道走了。这个时间段，公交车早已停运。王晓萍打算在路边等辆出租车回家。刘利丰喊她："王晓萍，这么晚了，你一个漂亮女孩子打车不安全，坐我的车吧。"

王晓萍不好意思地说："不麻烦刘总了，我的住处离这里不远，打车也方便。"

刘利丰提高嗓门说："不赏脸吗？"

张爱民也劝王晓萍坐刘利丰的车，说道："你整天为刘总服务，今天就享受一次刘总的服务吧。"

话说到这份儿了，再拒绝就显得不近人情，王晓萍无奈地点点头，笑着说："那就麻烦刘总了。"

刘利丰去停车场把他的越野车开过来时，其他人都走了，只留下王晓萍独自一人在路边等待。她本想拉开后车门，坐到后排座椅。刘利丰一伸手，从里面推开副驾驶车门。王晓萍只好坐上去，系好安全带。

宽阔的大街上车辆很少，显得空旷又寂静。马路两侧商铺的霓虹灯闪闪烁烁。绿化带里高大的法桐上挂满了五颜六色的彩灯。明亮的灯光静静地铺洒在路面上，染成一条炫目的银白丝带。路灯杆上红艳艳的中国结绚丽无比。

王晓萍夜晚很少出门，第一次见到西安的夜景如此美丽。

刘利丰车开得很慢，扭头看了王晓萍一眼，问道："你老家在武功，那你在西安有亲戚吗？"

王晓萍笑着摇摇头，说道："没有。"

"那你住哪里呀？"

"我在甘家寨租了房子。"

"租金贵吗，一个月多少钱？"

"一个单间，一月五百。"

"那还行，"刘利丰点点头说道："你好好在公司干，等公司效益好了，争取给你们这些年轻人发住房补贴。"

王晓萍感激地说："那敢情好啊，我可得提前谢谢刘总。"

"你一个人住？"

"嗯。"

"你今年多大？"

"二十二岁"

"哦，"刘利丰表示很惊讶，问道："你没有男朋友吗？"

王晓萍害羞了，低下头，轻声说道："还没谈。"

刘利丰吃惊地看了她一眼，很不相信地摇摇头说："你骗我吧，你这么漂亮，上大学怎么会没谈恋爱？"

王晓萍笑了笑，没有说什么。

汽车在静静的夜里行驶。王晓萍看着窗外。街道上的一切树木和建筑都在闪电般向后移动，如同飞逝的记忆。

"问你个私密问题，你不会介意吧？"

王晓萍不知道刘利丰要问什么，看着他。

"你已是成年人，这么大还没有男朋友，难道没有生理需求吗？"

"啊！您说啥？"王晓萍怎么也没有想到刘利丰会突然问这么一个令人面红耳赤的问题，一时间头脑有点发蒙，不相信自己的耳朵。

刘利丰笑了笑，说道："我这人爱乱开玩笑。我想现在大学生思想都比较前卫，你应该不会介意吧？"

"哦……是的……也不尽然，因人而异吧。"王晓萍不知道该怎么回答。这样的话题，让她感到很无趣，也很低级。

见王晓萍沉默不语，刘利丰猜想她一定是害羞了，就自我解嘲地说："你我皆凡人，谁没个七情六欲，有生理需求也正常。"

王晓萍没有接他的话茬儿。

刘利丰似乎对这种话题兴致很高，继续谈论这方面的话题。

王晓萍没有料到刘利丰的话语越来越下流，这和他平日里一本正经的样子大相径庭，堂堂公司的老总，怎么能在一个年轻女孩子面前说这样低俗的话？她不能接受这样的玩笑，感到自己受到了侮辱，不免有些气愤，忍不住提高了嗓门，厉声斥责道："刘总，我尊敬您，也请您尊重我。您怎么能说这样过分的话，这是正常的玩笑话吗？"

刘利丰见王晓萍生气了，不仅没有道歉，反而露出一副无赖嘴脸，反唇相讥："你在我面前装什么清高？张爱民都得手了，我还不能开两句玩笑吗？"

王晓萍气哭了，喊道："请不要胡说八道，您今晚说的话，与您的身份极其不相符。"

见王晓萍哭出声来，刘利丰才收敛起来，向她道歉："对不起，我今晚喝多了，胡言乱语，请原谅。"

王晓萍在啜泣着："刘总，请您尊重我。我不是您想象中的那种轻浮女孩。"

汽车行驶到甘家寨村口。刘利丰要把王晓萍送到家门口，被她严词拒绝。王晓萍下车后，抹了把眼泪，跑进村子。

刘利丰下了车，望着王晓萍远去的背影，喃喃道："多美的一朵鲜花呀，要能得手，死了也值。"

八

第二天早上，王晓萍在单位见到刘利丰时，心里很别扭，如同吞下了千万只苍蝇那样恶心。刘利丰看起来和往日一样神采奕奕，好像什么事情都没有发生过。

从此以后，除非是有重要的事情要请示刘利丰或者找他签字，王晓萍都会尽量躲着他，对这个公司老总既厌恶又害怕。

世风日下，人心不古。你永远都想不到自己在工作和生活中会遇到什么样的垃圾人。王晓萍用一颗真诚善良的爱心去待人，不想招惹任何人，可是你不惹人，别人却要惹你。

早上九点多，王晓萍正在办公室用电脑制作一份表格，突然听见业务大厅一片嘈杂声，像是吴丽和马鸣在吵架。

马鸣喊道："你这不是欺负人吗？看人家娃是新来的好欺负，是不是？"

吴丽的嗓门也高："不是她，还能有谁？每天早上，她都是第一个来单位的，业务大厅的卫生都是她打扫的。你说我该不该怀疑她？"

听吴丽这话好像是在说她，王晓萍不知道发生了什么事情，忙站起身，向办公室门外张望着。

张爱民也起身走向业务大厅，询问出了啥事情。

吴丽说她昨天下午下班时，把钱包落在了办公桌上，今天早上来上班，钱包就不见了，怀疑是王晓萍拿了她的钱包。马鸣愤愤不平，和她争执起来。

张爱民劝解道："这事情有啥好吵的，问问王晓萍不就清楚了。"

吴丽说："她拿了，能承认吗？"

王晓萍这时候也听出来是怎么回事，就走到大厅，来到吴丽跟前，说道："吴姐，早上我第一个来单位，是我打扫的大厅卫生，但是我真的没见你的啥钱包。你再好好找找，看放哪儿了。"

吴丽脸红脖子粗地喊道："我都找了半天了，就差掘地三尺了。你跟我说在哪里找？"

王晓萍也有些着急，说道："你的钱包找不见，也不能说是我拿了。"

"听听，听听！贼不打自招了吧。"吴丽向大家喊道。

"你说话要负责任，不要冤枉好人。"王晓萍不能忍受这样的屈辱。

"我冤枉你，你咋证明我冤枉你？"吴丽的气势咄咄逼人。

"张主任，咱单位大厅有监控摄像头吗？"王晓萍问张爱民，她要证明自己的清白。

张爱民摇摇头，说道："有这想法安装，但还没有落实。"

吴丽一口咬定王晓萍是最大的嫌疑人，说道："你说你没拿，那你敢不敢让我检查一下你的包和办公室抽屉？"

王晓萍理直气壮地说："我没拿就是没拿。你又不是警察，凭啥搜查我？"

这时候，刘利丰走过来，劝说吴丽："人家娃都说了她没拿。你搜人家包不合适，再好好找找吧。"

吴丽仍不愿意退让，嘲讽道："你心虚了吧？不敢让我看你的包。"

老实人的好脾气也是有限度的。面对吴丽这个前辈、公司老总的红人，在这个时候，王晓萍这个公司的新员工也不甘示弱，大声喊道："我再穷，也不会没志气到偷人钱包。你过来，让你好好搜一搜。"说完话，王晓萍扭身走向自己的办公桌。

"搜就搜，谁怕谁？"吴丽跟在王晓萍身后。

"哈哈哈……"马鸣一阵怪笑也跟着走过去。

吴丽回头看了马鸣一眼，表情很怪异。

张爱民和刘利丰担心事态扩大，影响不好，就一起跟进来。

王晓萍把自己的包打开，把里面的东西都倒在办公桌上，又把办公桌的两个抽屉都拉开，让大家看个仔细。

吴丽没看到自己的钱包，却不肯认错，仍在固执己见："你又不傻，拿了钱包会放在办公室吗？"

刘利丰对吴丽的胡搅蛮缠忍无可忍，也是想给她找个台阶下，就训斥说："你讲点道理，咋还非得把人家娃冤枉死，你凭啥认准了就是人家娃拿了你的钱包？"

事情到了这个份儿上，吴丽是煮熟的鸭子，全身都烂了，就只有嘴硬，说道："她没拿，那我的钱包呢，还能长腿飞了？"

王晓萍委屈地趴在桌子上哭起来。

刘利丰向大家摆摆手，说道："大家都忙去吧。今天的事情就到这儿吧，以后谁都不要再提这件事情。"

吴丽悻悻地跟随着大家一起回到业务大厅，还在四处找寻着自己的钱包。

刘利丰走到王晓萍身后，拍了拍她的肩膀，说道："晓萍，大家相信你，希望你不要把这件事情放在心上。今天你受了这么大的委屈，心里肯定很乱，没法安心工作。今天给你放假，你回家休息吧，调整好心态，明天早上以饱满的精神状态投入工作吧。"

王晓萍心里憋屈，真不想在办公室里待着，听了刘利丰这话，就收拾好自己的东西，背着包回了甘家寨。

躺在床上，王晓萍想到自己最近在单位里的遭遇，不禁一阵心酸，眼泪扑簌簌地流在枕巾上，想想还是当学生好，大家都单纯省心，没有这么多的是是非非。

躺了半天，王晓萍想着心事，越想越烦闷，很想找人倾诉说一下，就给张丽娜打了个电话，约她一起去大雁塔广场玩。张丽娜说刚好今天没啥事，请个假就可以出来。

一个小时后，两人在陕西历史博物馆附近见了面，到了吃饭地点，就走进一家面馆，各吃了一碗刀削面，然后向大雁塔广场走去。一路上，王晓萍向张丽娜诉说了在单位里受到老总骚扰以及同事造谣诬陷的烦恼。

"唉，"张丽娜一声叹息，深情拥抱了王晓萍一下，说道，"这就是真实的社会众生相。走出校园，我们面对的最大困难不是做事情，而是做人，与人相处。"

王晓萍点点头，说道："我们踏入社会就意味着要经历现实生活中的各种艰难险阻，现在看来，还是待在校园里读书才是真的轻松愉快。我很想再回到学校里去努力读书。"

王晓萍说自己工作这两个多月以来，心力交瘁，真的太累了，有点坚持不下去，都想辞职算了。

张丽娜鼓励她："你这才工作了几个月，可不能打退堂鼓，再苦再难都要坚持下去。人不能一辈子都待在校园里读书，读书的最终目的是要把知识转化为生产力，以促进社会的发展和进步。人总得走向社会，面对生活。社会是个大熔炉，不仅会提升我们的工作能力，而且会磨炼我们的意志，增强我们抵御挫折的抗击打能力。温室里的花朵终究是不能长久盛开的。"

王晓萍把心里的苦水向好朋友吐出后，感到痛快多了。一份幸福两个人分享，就变成了双份幸福；一份苦恼两个人分担，就变成了半份苦恼。她俩在大雁塔广场走了一下午，聊了一下午。委屈倾诉完了，王晓萍的心情立马轻松愉快了很多。

在张丽娜的劝说下，王晓萍这才下定决心继续留在公司里。可是，不久后发生的一件事，让她毅然决然地选择了辞职。

九

十一月份下旬，西安已经很冷了。从前一天晚上开始，西北风就一直在怒吼着，用力撕扯着法桐枝头那最后几片枯黄的叶子。天灰蒙蒙、阴沉沉的。午饭后，苞谷糁般大小的雪粒就纷纷扬扬地从天而降。这是这个冬天的首场雪，来得比往年要早很多。

临下班时，马路上已经落了一层厚厚的积雪。经过车辆的碾轧，如沙粒般的积雪变成了黑灰色，污秽不堪，只有树枝上、绿化带里的灌木丛和草地上还保留着雪花的洁白本色。

下雪天路滑，出行不便，公司里的员工都着急忙慌地赶时间下班回家，不大会儿工夫，业务大厅里就空无一人了。张爱民起身说："晓萍，下雪天，公交车人挤人，很难等。你忙完早点回家吧。我先走了。"

王晓萍点点头，说道："您先走吧，我把这几份文件打印完就走，明早一上班要交给刘总。"

目送着张爱民走出办公室，王晓萍低头继续打字。

平日里工作并不多，很少需要加班，今天的事情一大堆，忙了一天都没有完。不知道过了多久，还有一沓文件没打完。她抬头向窗外望去，已是夜幕降临、华灯初上。透过窗外璀璨夺目的灯光，她看到漫天飞舞的雪花下得更紧、更密了。

正当王晓萍专注地盯着文件看时，两条臂膀猛地从背后环抱住她。一双大手牢牢地抓住了她的胸部，隔着毛衣使劲揉搓起来。

"啊……谁？"王晓萍大惊失色，忙挣扎着站起身，双手用力气试图掰开那两只按在她胸前的大手，扭头一看，是刘利丰那张因欲火攻心而扭曲变形的丑脸。

"刘总，您要干什么，快松手！"王晓萍喊叫着，怎么都掰不开刘利丰那双有力的大手。

"萍，我喜欢你……你就……你就跟哥好一回吧，解一下哥的心焦。"刘利丰因为情绪激动，说话发出颤音。

"刘总，您是有家室的人，请您自重，快撒手，再不松手，我喊人了！"王晓萍用力把身体向后拱，企图挣脱开，但是刘利丰把她抱得很紧，根本挣脱不开。

"你叫也没用，"刘利丰喘着粗气说："我把公司大门关了，整个大楼里只有咱两个人。你叫喊是没人能听见的。"说着话，刘利丰的双手还没有停下来，把王晓萍都捏疼了。

王晓萍挣脱不开，只得怒骂："你无耻，你流氓！"

刘利丰却笑着说道："你只要听我的，明天这公司都是你说了算。"说话间，右手摸索着去扯王晓萍的裤带。

王晓萍知道在劫难逃，这时候，她反而冷静下来，不喊不叫了，语气柔和地说："刘总，您想干这事情好说。这也不是啥大不了的事，可是你不能就在这里和我……毕竟，这是我的第一次，不能太随便。"

见王晓萍不再挣扎了，刘利丰松开手，笑着说："这就对了。哥刚才心急了，只要你同意，咱现在去吃饭，晚上在酒店开个房。"

王晓萍系好裤带，整理好自己的衣服，背上包，关了灯，跟随刘利丰出了门。她双脚踏出单位大门，见刘利丰正弯腰锁大门，就在他的屁股上猛踹一脚，骂道："你去死吧，你这个道貌岸然的衣冠禽兽！"随即，王晓萍扭身跑了。

王晓萍回到甘家寨，顾不上吃饭，径直回房，没有开灯就关上门，倚靠在门上，心里砰砰乱跳，浑身上下都被汗水浸透了，现在想想真感到后怕，要不是自己刚才机智，可能就遭了那个流氓的毒手了。

这时候，急促的手机铃声响了，王晓萍拿出手机一看，是刘利丰打来的，她立马挂断了，翻看手机，有五六个未接来电，都是刘利丰打的。她不想再听见那令人恶心的声音，就把那个手机号列为黑名单。

不一会儿，手机来了微信信息，是刘利丰发来的道歉短信："对不起，请原谅我刚才的粗鲁。我是真的喜欢你，我没有控制住自己的感情，请体谅我的一片真情。你好好睡一觉，把今晚的一切忘掉吧。我希望明天早上见到的，依旧是一个朝气蓬勃的王晓萍。"

要不要回复呢？王晓萍犹豫了，回复吧，觉得恶心，不回复吧，心里这口怨气出不来，憋在胸中真难受。王晓萍思考了片刻，还是回复了："你的所作所为令人不齿，你要为此付出代价。我是不会再去你那个肮脏的地方上班了。"

刘利丰马上回复她："我愿意为自己的行为负责，我可以补偿你。你说要啥，多少钱？你开口，只要你答应跟我好，咋都行。"

见刘利丰还不死心，王晓萍怒火中烧，回复道："你不要痴心妄想。我要啥？我要报警，我要法律制裁你。"

　　王晓萍真想去派出所报警，平白无故遭到刘利丰这样的侮辱，她实在咽不下这口恶气。

　　很快，刘利丰又发来了道歉信息："求求你千万不要报警，我媳妇现在怀孕了。如果我进去了，她和她肚子里的娃可咋办呀？"

　　看了一眼信息，王晓萍没有理睬。她懒得回复，嫌脏了自己的手。

　　刘利丰又发来一条微信："你要报警，我是不会承认这件事情的。你没有受啥伤，也没有吃啥亏，手里又没有证据，警察也不能把我咋样。你还没有结婚，这种事情闹大了，传出去对你名声没啥好处。你好好思量，我劝你不要报警。"

　　这条微信触动了王晓萍。她躺在床上想着该怎么办？她不想把这件事情闹得满城风雨，她是个要脸面的女孩，一直洁身自好，把名誉看得比生命还重要。对于一个女人来说，尤其是对她这样的未婚女子来说，有个好名声那可比美玉还要珍贵。的确，自己没受到啥伤害，只是受到了很大的惊吓，报啥警，算了吧。她再不想见刘利丰这个大坏蛋了，怎么办？辞职不就行了，惹不起还躲不起了？

　　想着想着，王晓萍就迷迷糊糊地睡着了。

　　第二天早上，王晓萍浑身无力，感觉到很疲惫，赖在床上不想起来。

　　快十点钟了，张爱民打来电话。王晓萍没有接听，她现在一想到单位，眼前就浮现出刘利丰那张令人恶心又让她害怕的面孔。

　　过了片刻，她觉得张爱民这人不错，对她很照顾，就算是不接听人家的电话，出于礼貌，至少也应该发个微信吧。这样想着，她拿起手机，给张爱民发了微信："张主任，您好！感谢您三个多月来对我的照顾和帮助，因为我个人原因，我决定从今天辞职，未完成的工作麻烦您代劳，谢谢。"

　　张爱民立刻回复："公司打算春节后和你签劳动合同，现在辞职挺可惜的。你有什么困难，到单位来说明情况，看我能否帮助你解决。"

　　王晓萍回复："我暂时不能去单位，敬请谅解。"

　　张爱民回复："多保重，有时间请来单位辞行。"

　　王晓萍回复："谢谢。"

十

自从国庆节假期回过一趟老家，有一个多月没有回家看望妈妈了。王晓萍想妈妈了，回家吧，立刻行动。

王晓萍给妈妈打了电话，说现在准备出门回家了，简单收拾一下，就向城西客运站赶去。

王晓萍回到家的时候，华素已经给女儿做好了糊糊面，就是在苞谷糁里煮上细面条，炒好各种蔬菜倒进锅中熬煮。这种饭热热乎乎，味道鲜美，最适合冬季冷天食用，既能养胃，又能暖身，是武功农村人寒冬腊月最喜爱的美食。

"天底下还是妈妈做的饭最香。"王晓萍一边吃着香喷喷的饭，一边不住嘴地感叹着。

"吃了一辈子妈妈做的饭，还没吃够？"华素看着女儿狼吞虎咽的样子，嗔骂道："瞧你吃没个吃相，以后咋寻婆家呀？"

王晓萍美美吃了两大碗糊糊面，热得额头和鼻尖都冒了汗。

艾米满脸不屑地说："你现如今都是大城市里的白领，啥山珍海味没吃过？就那烂糊糊面，倒有个啥吃头儿，还一碗又一碗的。"

王晓萍正要张嘴反驳嫂子，妈妈朝她摇摇头，她便不作声了。

华素不想让姑嫂两个红脸，就岔开话题问："今天不是节假日，你咋回家了？"

王晓萍怕妈妈担心，就没有说辞职的事情，随口说道："这几天单位不忙，没啥事情，领导给我放了几天探亲假。"

华素说："那人真好，你可要给人家好好干工作。"

艾米咧着嘴说："你这城里人挺好的啊，放假不上班，扣工资不？"

王晓萍不想得罪嫂子，就笑着说："不扣工资。"

艾米说："到底是把书念成了，神气得很。现在你没结婚，还能常回家看看，以后成了家、立了业，怕是咱这穷家破庙的，请都请不回来你这尊大神了。"

王晓萍听出嫂子话里带着讽刺，便装傻笑着说："这屋永远是我最牵挂的家，不管走得多远，我都要常回来看看。"

和嫂子说不到一块儿，又不得不和睦相处，王晓萍在家里很不畅快，怕妈妈疑心她工作上的事情，在家陪妈妈睡了一晚上。

第二天下午，王晓萍就回到了西安。

刚辞职，新工作一时间还没有着落，王晓萍心里挺烦的，没事干，就先看看考研和考公务员的书吧，今年没有准备好，明年再报考吧。快到年底了，工作也不好找，等开春后，先找个工作边干边学习备考吧。生活有了目标，日子就过得快乐。

十一

眨眼间，到了冬至。

王晓萍手里拿着那二百五十元的工资单，她非常生气，这明显就是刘利丰在欺负人嘛。

王晓萍走进总经理办公室，随手掩上门。刘利丰正靠在软椅的高靠背上看着手机，抬头看见王晓萍，起身尴尬地笑着说道："你辞职也不打声招呼。我还想给你办个离职宴呢。"

王晓萍表情冷漠地说："那倒没必要。我想知道为啥我上月工资才二百五十元，这是啥意思，羞辱人吗？"

刘利丰皮笑肉不笑地说："你上月下旬有近十天没来吧？"

反正都辞职了，王晓萍也不怕和刘利丰撕破脸，理直气壮地说："我一月工资三千五百块，就算十天没上班，那也应该给我发三分之二的工资。这咋算都不会是二百五十元呀？刘总数学是体育老师教的，连这账都不会算？"

说了这话，王晓萍定定地看着刘利丰，心想我也羞辱一回你这个人面兽心的家伙。

刘利丰的脸色青一阵白一阵，恼羞成怒地高声喊道："你不请假，私自旷工十天，耽误了我多少工作，没让你赔偿就不错了，能给你二百五十元，已经是很照顾你了，你还想咋？"

"凭啥？"王晓萍的嗓门也大起来。

"凭的是公司的规章制度。"刘利丰面目变得狰狞起来，瞪圆了一双小眼睛，说话也特别凶。

"制度在哪里？让我看看。"王晓萍毫不示弱。

"我让你看。"刘利丰站起身，冲到王晓萍面前，猛地伸手掐住她的脖子，一脚踹在她的小腹上，骂道："我看上你是你的福气，不识抬举的东西。我叫你给我要清高，叫你给我牛！"

王晓萍毫无防备，被踹倒在地，未等她爬起身，刘利丰在王晓萍头上恶狠狠地打了一下。

"救命！"王晓萍只觉得头顶钻心疼痛，大声哭喊起来，用手捂住头。

业务大厅里的几个同事，还有李红，听到呼救声，一齐跑进来。刘利丰发疯般地对他们摆摆手，喊道："这里没有你们啥事情，你们都出去。"

他们看了一眼坐在地上号哭的王晓萍，又看了看刘利丰，谁也不敢说啥，都默默地退出去。

王晓萍站起身想要离开。刘利丰伸手拦住她，厉声喝道："不要动，动一下，我对你不客气！"

王晓萍被吓住了，迈不开腿。

刘利丰转身从办公桌上拿起一把水果刀，在王晓萍面前比画着，威胁道："信不信我弄死你都没人知道？"

王晓萍大脑一阵发蒙，心想今天危在旦夕，刘利丰手里有刀，还是不要激怒他为好，便口气立即软下来，乞求道："刘总，我头痛。你让我去医院看一下吧。"

这时候，刘利丰已经完全丧失了理智，手里挥舞着尖刀，歇斯底里地喊道："你现在服软了，知道害怕了，你想走，没那么容易。我问你报警不？"

王晓萍摇摇头。

刘利丰得意地笑了："算你识相，早知如此，你何必当初？你早如了我的意，何至于今天会头破血流！"

刘利丰威胁道："你要敢报警，我不会放过你家里人。"

又僵持了很长时间，刘利丰才让王晓萍离开了。

一离开这个魔窟，王晓萍就去附近一家医院做检查，诊断是轻微脑震荡、头皮挫伤，所幸没有伤到头骨，不用住院。医生给她开了几盒药，让她回家静养。

王晓萍走出医院，一股无形的巨大冷气立刻从四面八方紧紧包围了她。今天可真冷啊！这种寒冷深入骨髓、痛彻心扉。王晓萍不禁浑身瑟瑟发抖，想到正是由于自己的软弱，才一次次地助长了刘利丰的嚣张气焰。倘若她在第一次受到骚扰时就勇敢地报警，或许她今天就不会受到这样的伤害。对！不能再向邪恶低头了，她要勇于斗争，保护自己，她相信，乌云遮不住太阳。于是，她拿出手机，拨通了110。

很快，一辆警车停在了公司楼下，刘利丰被两名警察左右架着从公司门口走了出来。

飞扬的雪花更大了，密密麻麻的如同天上撒下了米糠。白茫茫一片，除了雪，一切都变得影影绰绰。

后记：我命由我不由天

打小，我就喜欢舞文弄墨，到了高中，很自然地迷上了写作，痴迷的程度近乎疯狂，终日一心构思着如何写作，完全沉浸在自己的文学梦想世界里。散文、诗歌、小说各种文体无不尝试。有时候，来了灵感，就在课堂上写起来，全不把功课放在心上。

那时候的我，如同着了魔一般，每日里忘乎所以地写来改去，从学校阅览室里查阅各种报刊，不知天高地厚地投稿。结果可想而知，邮寄出去的稿件大多如同泥牛入海，杳无音讯，偶尔也会收到杂志社编辑的退稿信，但从未有过任何一篇文章被录用发表。我毫不气馁，依旧热情高涨地写作，一天不写作，便觉人生索然无味。

我热衷于写作，就把学习耽误了，成绩一落千丈，眼看着考学无望。父母愁得心急火燎的，不知道该怎么劝我改邪归正。父亲说，咱人老几辈子都是本本分分的庄稼人，祖坟里就从来没有冒过文人的烟，写作是弄不成事的，只有用功读书，考上大学才能光宗耀祖。母亲流着泪劝我不要心浮气躁，想七想八的不实在。舅舅、姑姑这些至亲轮番做我的思想工作，无不苦口婆心地劝我要放下写作的笔，拿起考学的书，只有考上大学，才能改变祖祖辈辈务农的命运。姑姑摇着头说，这娃中邪了，你再写作，就当定农民了。

我高考落榜后，当了一个暑假的农民，跟着父亲下地干活儿。我身单力薄，难以承受繁重的体力劳动，累得死去活来，庄稼活儿还收拾得像一团乱麻理不清。父亲说，你这身体当不好农民，还是回学校上学吧。

看着在庄稼地里卖命的父母，瞅瞅紧巴得快过不下去的苦日子，我问自己：能这样认命，一辈子踏踏实实地当个农民吗？我不甘心！这一天，我终于幡然醒悟了，把杂志社的退稿信全都塞进炕洞子，一把火烧个精光。"浪子回头金不换"，我又回到了学校。校长见了我说："就你这样，根本考不上大学。你要是考上大

269

学了，你把鼓背到我家门口打！"我一声不吭地拿起书，到后来终于能够倒背如流了。

为了逃离农村，摆脱苦难的生活，我拼了命地学习，终于考上西北大学新闻系，成为一名享受国家财政补贴的公费大学生。上大学后，学习轻松了许多。我拿出纸和笔，又一次开始写稿、投稿、退稿的艰苦劳作。一位见不得别人努力的舍友经常给我泼凉水说："你不是当作家的材料。我敢打包票你成不了事！"我一笑而过，并不把这话放在心上。

大三时，我在《三秦都市报》当实习记者，第一次看到自己的名字印在报纸上，激动得手在哆嗦心在颤。随着自己的文章一天天在报纸上刊发，我的心慢慢地平静了，不再澎湃激荡。终于有一天，我厌倦了每天发表豆腐块大小的新闻报道，毕竟这距离我的作家梦，太过遥远。

我大学毕业后，被分配到陕西电视台担任编辑、记者，工作过于繁忙，起得比鸡早，干得比牛多，吃得比猪差，睡得比狗晚，成了实实在在的"新闻民工"，几乎连读书的时间都没有，就慢慢地淡忘了曾经的写作梦。

工作十多年后，我调整了工作岗位，终于有空闲时间读书写作了。我坐在电脑前，打开文档开始写作时，故乡的一草一木便萦绕在脑海中。我离开故乡已经二十多年了，虽然故乡给我的印象始终是贫穷落后，但儿时的回忆总是苦涩中带着许多快乐。一想起父母为儿女的付出，我常常感动得不能自已，瞬间灵光闪现，那就从我的故乡写起，从怀念父母动笔吧。

我常想文章该写什么，怎么写？写作者的社会责任不仅仅是要讴歌真善美，而且还要鞭挞假恶丑，后者往往更能实现文学的社会价值。一位有良知、有担当的文学创作者看待社会问题时，一定要多维度去客观分析，既要肯定社会的发展进步，对于那些不利于社会文明进步的不和谐现象，又不能视而不见。"一叶障目，不见森林"的创作理念是有违文学本质的。

文学创作不是写日记给自己看，更不是自娱自乐，文学作品的价值在于实现它的社会化。一篇文章发表后，如果得不到读者的认可，没有反响，就如同一个年轻貌美、身材婀娜的美女身穿华服，行走于人潮如流的大街上，却没有丝毫的回头率那样令人遗憾。好在现在可以投稿的文学网站不计其数，文章也容易发表。文学网站的影响力虽然不及那些知名的传统文学期刊，但其传播速度和广度却远超传统报刊。

一个人不能没有梦想，否则他与咸鱼有何区别？诚然，梦想的实现令人欢欣鼓舞，但是人不屈服于命运，不苟且于现状，为了梦想而努力拼搏的过程，难道不也是一种美好的人生体验吗？